A
MERIAN C. COOPER
PRODUCTION
SHE
FROM
H. RIDER HAGGARD'S
ASTOUNDING NOVEL
HELEN GAHAGAN
RANDOLPH SCOTT
HELEN MACK
NIGEL BRUCE
AND CAST OF THOUSANDS
DIRECTED BY
IRVING PICHEL
LANSING C. HOLDEN

《她》剧照 1

奥斯卡
经典文库

[020]

She
她

(英)亨利 · 哈葛德●著
于童●译
何亮●丛书主编

首都师范大学出版社
CAPITAL NORMAL UNIVERSITY PRESS

图书在版编目(CIP)数据

她/(英)哈葛德著；于童译．—北京：首都师范大学出版社，2015.2

(奥斯卡经典文库)

ISBN 978-7-5656-2257-1

Ⅰ.①她…　Ⅱ.①哈…　②于…　Ⅲ.①长篇小说—英国—现代　Ⅳ.①I561.45

中国版本图书馆CIP数据核字(2015)第036091号

TA

她

(英)亨利·哈葛德　著　于童　译

责任编辑　刘志勇

首都师范大学出版社出版发行

地　址　北京西三环北路105号

邮　编　100048

电　话　68418523(总编室)　68982468(发行部)

网　址　www.cnupn.com.cn

北京集惠印刷有限责任公司印刷

全国新华书店发行

版　次　2015年5月第1版

印　次　2015年5月第1次印刷

开　本　880mm×1230mm　1/32

印　张　10　插页　2

字　数　217千

定　价　29.00元

总序：电影的文学性决定其艺术性

不是每个人都拥有将文字转换成影像的能力，曾有人将剧作者分成两类：一种是“通过他的文字，读剧本的人看到戏在演。”还有一种是“自己写时头脑里不演，别人读时也看不到戏——那样的剧本实是字冢。”为什么会这样，有一类人在忙于经营文字的表面，而另一类人深谙禅宗里的一句偈“指月亮的手不是月亮”。他们尽量在通过文字（指月亮的手），让你看到戏（月亮）。

小说对文字的经营，更多的是让你在阅读时，内视里不断地上演着你想象中的那故事的场景和人物，并不断地唤起你对故事情节进程的判断，这种想象着的判断被印证或被否定是小说吸引你的一个重要原因，也是作者能够邀你进入到他的文字中与你博弈的门径。当读者的判断踩空了时，他会期待着你有什么高明的华彩乐段来说服他，打动他，让他兴奋，赞美。现实主义的小说是这样，先锋的小说也是这样，准确的新鲜感，什么时候都是迷人的。

有一种说法是天下的故事已经讲完了，现代人要做的是改变讲故事的方式，而方式是常换常新的。我曾经在北欧的某个剧场看过一版把国家变成公司，穿着现代西服演的《哈姆莱特》，也看过骑摩托车版的电影《罗密欧与朱丽叶》，当然还有变成《狮子王》的动画片。总之，除了不断地改变方式外，文学经典的另一个特征，是它像一个肥沃的营养基地一样，永远在滋养着戏剧，影视，舞蹈，甚至是音乐。

我没有做过统计，是不是20世纪以传世的文学作品改编成电影的比例比当下要多，如果这样的比较不好得出有意义的结论的话，我想换一种说法——是不是更具文学性的影片会穿越时间，走得更远，占领的时间更长。你可能会反问，真是电影的文学性决定了它的经典性吗？我认为是这样。当商业片越来越与这个炫彩的时代相契合时，“剧场效果”这个词对电影来说，变得至关重要。曾有一段时期认为所谓的剧场效果就是“声光电”的科技组合，其实你看看更多的卖座影片，就会发现没那么简单。我们发现了如果两百个人在剧场同时大笑时，也是剧场效果（他一个人在家看时可能不会那么被感染）：精彩的表演和台词也是剧场效果；最终“剧场效果”一定会归到“文学性”上来，因为最终你会发现最大的剧场效果是人心，是那种心心相印，然而这却是那些失去“文学性”的电影无法达到的境界。

《奥斯卡经典文库》将改编成电影的原著，如此大量地集中展示给读者，同时请一些业内人士做有效的解读，这不仅是一个大工程，也是一件有意义的事。从文字到影像；从借助个人想象的阅读，到具体化的明确的立体呈现；从繁复的枝蔓的叙说，到“滴水映太阳”的以小见大；各种各样的改编方式，在进行一些细致的分析后，不仅会得到改编写作的收益，对剧本原创也是极有帮助的，是件好事。

——资深编剧　邹静之

主编的话：跟随文学人物走进各种各样的命运险境

能参与《奥斯卡经典文库》丛书的编辑工作，我感到特别的荣幸和高兴。说实话，这套丛书的编辑过程不仅给我，也给我们整个编辑团队带来了莫大的兴奋感。

兴奋之一：这是国内首次以大型丛书的形式出版经典电影的文学原著，这无疑是奉献给广大读者的一场阅读盛宴，我们相信无论何种口味的读者，都会从这套丛书里找到自己的最爱，甚至找到陪伴自己一生的精神伴侣。

兴奋之二：我们选择的书目全部是奥斯卡奖得奖或者提名的电影原著。奥斯卡本身就是全球最值得大众信赖的品牌之一，在奥斯卡异常严格的选拔标准下，这一批电影原著小说的艺术质量，还有部分原著是第一次出中文版本，我们之前也并未读过，但读过之后，深为震撼——世界一流的小说确实能带给人直击心灵而又妙不可言的独特感受。

兴奋之三：这套丛书让我们重新认识了文学原著和电影作品之间的互动关系。有的作品我们只看过小说，没有看过电影；而有的作品我们只看过电影，没有看过小说（后一种情况更多一些）。于是在编辑的过程中，我们重新补课，将同一故事的两种艺术形式尽量都补看完整。补完课才发现，文学与电影之间的关系真是太有趣了——电影或者因为时长所限、或者因为视听特性的发扬、或者因为求新求变，通常都要对原来的文学作品做出取舍和改动，电影编剧和导演如何取舍如何改动，背后其实都隐藏着电影创作者的深入思考。而很多文学名著又被不同的电影创作者多次改编，这些不同的电影版本所体现出来的电影创作者的不同趣味、不同表达以及独特个性，每每让我们生发出一种“又发现了一片新大陆”的感觉。我们作为读者和观众，往往会为哪一个电影版本改得更好而争论得面红耳赤——而对于那些两种艺术形式都没看过的朋友来说，我个人的建议，最好先读小说，充分展开自己的想象世界之后，再去看电影，收获绝对不一样。

兴奋之四：比起编剧和导演对文学作品的改编，演员、明星们对文学人物的演绎无疑更能引起大家的好奇和关注，在看完小说之后，带着悠闲而挑剔的眼光，再去评论、比较电影里的明星的表现，甚至去评论、比较不同版本的明星的表现，这给我们带来了数不清的快乐时光。

因为部分原著小说和电影也是我们第一次接触，以上所呈现的，都是我们在编辑过程中非常真实的感受。我们也非常期望我们的工作能带给广大读者同样的兴奋和快乐。《奥斯卡经典文库》为您精心挑选的这些非常优秀的原著小说，完全值得您腾出一点业余时间，全身心投入其中，跟随着那些精彩的文学人物走进各种各样的命运险境，去迎接那些意想不到的感动和震撼。

——北影老师　何亮

导读：轮回的是对爱情的永恒渴望

亨利·赖德·哈葛德（H. Rider Haggard，1856－1925年），英国小说家。他善于描写自然环境和把握明快的叙述节奏，使其富有传奇色彩的小说在南非颇为流行。哈葛德生于诺福克郡，十九岁去了南非任公职，直到1881年才返回英格兰。之后，他一度做过律师，但很快就从事文学创作。哈葛德因农业事物方面的建树于1912年被授予爵位。哈葛德一生多产，著有75部作品，其中大部分为虚构类作品。其中1885年出版的探险小说《所罗门王的宝藏》是亨利·哈葛德的成名作。这部作品受到了广大读者，特别是青年人的热烈欢迎。而《她》是继《所罗门王的宝藏》出版后，于1887年创作的又一巨著。这两部著作在一个多世纪以来，一版再版，直至今日仍有新的版本出现，并且不断被翻译、改编和改写。据不完全统计，《所罗门王的宝藏》现存至少有29个英文版本，而《她》的现存英文版本也至少有18个，并且这两部作品被搬上电影银幕至少八次。此外，《她》还引起了心理学家的高度关注。弗洛伊德和荣格均是《她》的热衷读者。

《她》是亨利精心创作的最令人心颤的小说。该书描述剑桥大学教授霍利受其朋友的委托，抚养其儿子利奥，在利奥成年之际将祖上传下的陶片交给他，也因为这块陶片，霍利和利奥开始了去非洲克尔国的探秘之旅。陶片上的内容涉及利奥的一名叫卡里克雷特的先祖，此人是两千年前埃及的一个祭祀，不知什么原因，被当时克尔国至高无上的白人女王艾莎所杀害。为了探寻究竟，在朋友的陪同下，霍利和利奥经历了重重的危险，穿过了许多危险的区域，最终找到了这位集权势、美丽、残暴于一身，岁月未曾侵蚀容貌的食人族女王“她”。

《她》的文学价值不仅体现在读者接受方面，在文学史上也意义重大。它们既是亨利·赖德·哈葛德的幻想冒险小说的成名作，也是西方幻想冒险小说的开山之作。他第一次真正把“湮没的古代文明”融入冒险小说的基本框架，并将其提到艺术的高度，从而创造出真正意义上的幻想冒险小说。其核心模式是描述单个或群体男性主人公，在一个虚拟的“湮没世界”，克服重重障碍和危险，完成某种具有道德意义的使命。一方面，它是冒险小说，具有冒险小说的要素，如霍利、利奥等人同食人族的搏击，等等；但另一方面，它又是幻想小说，具有幻想小说的成分，也就是说，存在一个虚拟的幻想世界，而且这个幻想世界是以“湮没的古代文明”为特征的，比如至高无上的艾莎女王统治的食人部落。不过，在冒险和幻想的天平上，作者看中的是前者，因而作品总的基调仍是现实主义的，读者阅读时好似置身于现实生活，而非虚无缥缈的幻想世界。

这样一部小说肯定会让你一口气读完，却仍然久久沉浸于书中那神秘的世界。在掩卷沉思之时，你不禁会为艾莎的执着而叹息，同时也会深深体味到：时光轮回，人类对爱情的渴望却亘古不变。

目 录

绝无仅有的奇幻之旅

献给安德鲁·朗格[1]仅表对他作品的尊敬

---

① 英国著名的童话作家，民间传说收集整理者。——编者注

引言

本书所记载的是一个历险故事，这在我看来是凡人所能经历的最为神奇的历险故事，所以我在介绍此书之前，务必向读者说明一下我本人与此书的关系。我不是故事的记述者，我只是它的编辑而已。下面我讲讲我是如何了解这个故事的来龙去脉的。

几年前，我，也就是本书的编辑，在某个大学的朋友家小住。为了这个故事的缘故，我们权且把那个大学叫作剑桥大学吧。有一天，我看见两个人手挽手沿街走来。他们的相貌引人注目，给我留下了深刻的印象。其中一位是我所见过的最英俊的青年。他身材挺拔而魁梧，充满朝气，举止大气从容，就像一头雍容华贵的野牡鹿。此外，他的面容简直无可挑剔，五官精致，气质高贵。当他向过路的女士脱帽致意时，露出了一头金黄的鬈发。

“真漂亮啊！”我向和我一起散步的朋友说，“就像一尊活生生的阿波罗神像！多俊的小伙子！”

“可不是嘛！”他回答，“他是全校最英俊的，也是最受欢迎的人。他们都叫他‘希腊神’。不过你瞧另外一位，他是文西（Vincey）（这是这位希腊神的名字）的保护人，据说学识非常渊博。人们管他叫‘卡隆’（Charon）。”我打量了一下这位先生，他年纪稍长，却另有一番情趣，并不亚于他身旁那位佼佼者。看上去四十来岁，容貌之丑陋与他伙伴的漂亮程度不相上下。他的身材矮小，胸脯厚实，一副罗圈腿，双臂却又长得出奇。他头发漆黑，眼睛很小，发际低低地压在前额之上，络腮胡长得几乎和头发连成一片，因此他脸上能为人所见的部分就所剩无几了。总而言之，我觉得他活像一头大猩猩。然而，他那双眼睛中却有一种使人感到亲切而愉快的神情。我记得当时我说了声很想认识这个人。

“行啊，”我的朋友回答，“这好办，我认识文西。我来给你介绍。”于是我们便这样认识了，还一起聊了几分钟。当时我刚从好望角回来，便聊了些有关祖卢人的事情。可是没多久，一位胖太太（她的姓名我现在已记不清了）和一位漂亮的金发姑娘沿着人行道走了过来。文西显然和她们十分熟悉，便陪着她们一起走了。而那位年长的先生，一看见来了一位女士，霎时就变了脸色。我记得当时我对此大惑不解。他猛地打住话头，带着责备的神情望了他的同伴一眼，然后，突然向我点点头，独自转身走过街去。后来我听说他的名字叫霍利，听说他怕女人犹如人怕疯狗一样。这大概就是他突然离去的原因吧。不过我看文西却对女人没什么反感。我记得我当时曾笑着对我的这位朋友说，若谁打算给他介绍一位小姐，希望他们日后能喜结良缘的话，那算搭错红线了，他们的交往很可能会以小姐的另有所好而告终。他太过英俊，而自己却又对此漠然不知，而且也不像一般外表光鲜的人物那般趾高气扬，惹人讨厌。

那天也是我在剑桥逗留的最后一个夜晚，在这以后很长一段时间，我都没有再见过“卡隆”和“希腊神”，也没有听到过有关他们的任何消息。实际上，从那以后，我就再没有见过他们，也没有想到还会再见到他们。但就在一个月前，我收到一封信和两个装着手稿的邮包。打开信一看，落款是“霍勒斯·霍利”（Horace Holly），我一时记不起这是谁了。信是这样写的：

剑桥大学，18××年5月1日

亲爱的先生：

收到此信，先生您一定很惊讶，毕竟我们相交不深。八年前，我和我受托监护的利奥·文西（Leo Vincey）曾有幸与您在剑桥的街上相识，不知先生是否还记得？简而言之，近几日，我拜读了您的一部描述中非历险的著作，让我颇感兴趣。以愚之见，书中所述，虚实结合，既有真情实节，又不乏想象发挥。对我确有所启发。我和我监护的人，准确点说，我和我的养子利奥·文西近来经历了一次名副其实的非洲历险，比您书中所述的情境更加奇妙，因为怕您对我所述的经历不予置信而不敢相告于您。这次历险的详情可见所附手稿（同时送上刻有圣甲虫图案的太阳王子的护身符，陶片原件我将派专人送来），在此手稿中，您会看到，我或者说是我们，曾下定决心在我们有生之年，决不将此事公之于众。倘若不是情况有变，我们是不会改变初衷的。当您细读手稿之后，您或许已经猜到了，我们又要远行了。这次我们要去中亚地区一带，去那些能增长聪明才智的地方，这次旅行将会很久，或许不再回来了。既然如此，既然此事与我们个人生活牵连，为了不让他人非议或取笑，我们对此各执己见，多次讨论后达成了一个折中方案，就是将此段经历告诉您，若您觉得合适，可以自由发表，唯一条件是须将我们的真实姓名和身份隐去，当然，文中我们身份应当尽可能地与该事件的原委和情节保持一致。

无须多言，我们所经历的一切都如实记载于附上的手稿之中了。至于“她”（She），我更没有什么可说的，我们只是后悔没能抓住机会，更多地去了解那位神奇的女人。“她”又是谁呢？她最初是怎样去到科尔堡洞穴之中的？她到底信仰什么？这些答案我们已经无从得知了，只有天知道，这可能永远只能是个谜了。至少，目前尚不得而知。诸多疑窦，萦于脑际，今时今日，想来又有何意义呢？

先生，您能否接受我的委托？您享有绝对的主动权，收益皆有您分配。我们相信，您将为世界呈现一段最为奇妙，却又不同于普通的传奇故事。请您先读手稿（为您阅读方便，已先誊抄一遍），烦请告知您的答复。

请相信我们，您最忠实的L. 霍勒斯·霍利①

又及：若您愿意出版此书，出版所得盈利，皆可由您个人支配；若有亏损，我将指示我的律师杰弗里先生和乔丹先生给予补偿。陶片、护身符和羊皮纸手稿等都

① 遵照作者的意愿，此处及全文的人名都做了更换。——原书编者注

交托于您，直至我们要求收回时为止。——路·霍·霍利

不难想象，这封信令我非常诧异，但当我看到那份手稿时就更为吃惊了，我想读者们也会有此同感的。由于我手头上还有其他繁重的工作，我是在两个星期之后才顾得上看这份手稿的。看后，我便全力着手这件事情了。我把我的决定写信寄给了霍利先生，一周后，收到了他的律师寄来的回信，顺道将我的信退回，并告知他们的委托人和利奥·文西先生现已出国到西藏去了，目前行踪不清等。

我要交代的到此为止。至于故事本身，读者自有评论。除了按约定隐瞒主角身份而作极个别的改动外，其余的我都如实登出。我个人不作任何评论。起初，我以为这位以其无穷的生命而显得威严的女人，永恒的阴影像黑夜的翅膀般将她遮蔽起来的女人是某种我尚未领会的高深隐喻。随之，我又以为这可能是一种大胆尝试，它描绘了真能长生不死的人的可能结局。一个从大地中吸取力量而获得永生的凡人，在她人类的胸怀中，仍会时而热情激昂，时而消极沉沦，像那永不停息的风和浪。可是看到后来我又否定了这种想法。我认为这是真实可信的故事。当然，结论和解释还是由读者做吧。这篇必不可少的简短的前言，也就到此结束。

又及：细读这个离奇故事之后，有一点令我印象深刻，不禁也想提醒读者注意。大部分人会以为利奥·文西的魅力与阿霞不相上下，但逐渐了解他了之后便会发现，这个人物实际上毫无特色。在我看来，无论怎么说，他都是一个没有什么亮点的人物。我们甚至可以想象，若是在一般情况下，霍利先生会比文西更容易获得“她”的芳心。可是，这一切

又怎么会发生呢？难道这位超凡脱俗、才华出众的她，是由于某种奇特的生理反应才拜倒在物质神龛面前的吗？难道古代的卡里克雷特只是一头灵物，仅仅因为他具有传统的希腊美男子气质，才受到青睐和钟爱的吗？或者是我认为更令人信服的一种解释——那位阿霞比我们看得更远，能感受到她的爱人灵魂深处潜藏的伟大的胚芽和心灵中积郁的火花，并且深知在她才能的熏陶下，在她智慧的滋润下，在她光辉的照耀下，将会绽放出鲜艳的花朵，像群星璀璨闪耀，让光明和芬芳遍及世界每个角落。

第一章 访客

有些事情人们是永远无法忘怀的，那时的情景、那时的细枝末节都会像刀印般地刻在记忆之中。我下面要讲的就是这么一件事，一件仿佛发生在昨天的、历历在目的事情。

那是二十多年前的事了。也就是在这个月份的一天晚上，我，路德维格·霍勒斯·霍利（Ludwig Horace Holly），正坐在剑桥大学的房间里埋头攻读数学著作，具体读的是本什么书，我记不大清楚了。一周内就要进行研究员的学位考试，我的导师和学院同僚都对我寄予厚望，希望我能出人头地。读到后来，我实在太累了，于是扔下书，走到壁炉前拿起烟斗，装上烟。炉台上燃着一支蜡烛，后面是一面长条形的镜子。点烟的时候，我无意间瞥见了镜中的自己，不由得呆住了。火柴烧痛了手指，我才把它扔掉，但我依然待在那儿，直呆呆地望着镜中的自己出神。

“哎！要想有所成就，唯有靠我这副脑子了，要是凭我这皮囊，必然一事无成啊!”过了许久，我才高声感叹了一番。

读者们一定会对我的话感到莫名其妙。我实在是觉得自己的容貌不敢恭维。大凡二十二岁的男子，无论如何都会具有一种青春美，可我却连这点福分也没有。矮个头，宽横坯，胸脯厚实得近乎畸形，一对胳膊又长又壮，一双深凹的灰色小眼睛，整个身子显得十分笨拙。我低矮的前额约有一半长满了乱蓬蓬的稠密的黑发，活像一片开始蔓延的、荒芜已久的沙漠。二十五年前的我就是这副模样，现在也就是略加修饰了一些而已。我就好似该隐，被打上了烙印——大自然给我打上了奇丑的印记。但与此同时，大自然也赋予我以钢铁般的、非凡的力量和超人的才智。由于我长得太丑，就算是学院里对我的勤勉刻苦和过人体力万分钦佩的风流小子，也不愿让人看到他和我一起同行。我郁郁寡欢，愤世嫉俗。我深居简出，奋力攻读。我鲜朋少友——只有唯一的一个朋友。我孑然一身，独自度日，在寂寞中寻找慰藉。我也唯有这样才能有所慰藉啊！女人们讨厌见到我。就在一个星期前，我还听到一个女人叫我“怪胎”，她以为我没听见她说什么，她说看见我，让她相信人是由猴子进化的。曾有那么一次，一个女人虚情假意地表示喜欢我，我向她倾注了我曾被压抑的全部的激情。可是，当一笔原由我继承的钱财落空了时，她瞬间变脸，抛弃了我。我苦苦地恳求她，我从没有这样恳求过任何人！她可爱的脸庞是那么让我着迷，我是那么深深地爱着她！末了，她是怎样回答我的一片痴情的呢？她把我拉到镜子面前，和我肩并肩地站着。

“你瞧瞧，”她说，“如果说我是个美人儿的话，那么你呢?”那时我才二十岁。

我就这么站着，傻傻地看着，对自己的孤苦伶仃感到一种残忍的满足；我无父无母，也无兄弟。正在这个时候，我听到了一阵敲门声。

我仔细地听了听才走去开门。已经临近午夜了，我可不想这个时间还来人打扰。我在剑桥，或者说在这个世界上，只有一个朋友。也许是他来了吧。

就在这时，门外的人咳嗽起来。我听出他的声音了，于是赶忙过去把门打开。

一个身材修长、非常俊美的男子匆匆走了进来。他大约三十岁，右手提着一只硕大的铁箱，铁箱的重量压得他跌跌撞撞。他把铁箱往桌上一放，便拼命地咳嗽，直咳得脸色发青，跌坐在椅子上咳起血来。我往玻璃杯中倒了点威士忌给他。他喝了点后，虽然效果不是太明显，但也比刚才好一些了。

“你怎么让我站在外面挨冻啊!”他发起脾气来，“你明明知道穿堂风会要我的命。”

“我哪知道是谁在敲门，”我解释道，“何况你又来得这么晚。”

“我是来得晚，我相信这是最后一次了，”他勉强一笑道，“我不行了，霍利！我快死了，活不到明天了!”

“别说胡话!”我说，“我这就去请医生。”

他断然挥手制止了我，“我说的是实话，但我不需要医生。我研究过我的病情，什么情况我很清楚。医生对我的病情无能为力。我生命的最后时刻就要到了！过去一年我能活过来，已经是奇迹了。听我说，仔仔细细听着，因为以后你就再也听不到我说话了。我们相交已经两年了。告诉我，你究竟有多了解我?”

“我知道你很有钱，在你这个年纪大多数人早已从学校毕业了，而你却还有兴致来念大学。我还知道你已经结婚了，但妻子已经过世了，你是我最好的朋友，也是我唯一的朋友。”

“你知道我有个儿子吗?”

“不知道。”

“我有个儿子。他现在五岁了。他母亲生他时死去了，看见他的脸我就会想起她的母亲。霍利，如果你愿意接受我的委托，我想请你当这个孩子的唯一监护人。”

“我!”我差点从椅子上蹦了起来。

“是的，你。这两年我都在暗暗地观察你。我早已知晓自己大限之期不远，所以我一直在寻找一个能够把孩子和这个东西托付给他的人，”他指了指那个铁箱子，“你就是我要找的那个人，霍利；你就像一棵外表粗糙的大树一般，你的心地坚实可靠。”

“你听我说，这个世界上历史最为悠久的古老家族的唯一后裔就是这个孩子。听我这么说，你可能会觉得可笑，但事实胜于雄辩，你终会相信我是爱塞斯（Isis）女神的埃及祭司卡里克雷特（Kallikrates）的第六十五代或第六十六代直系子孙。卡里克雷特本人是希腊血统。他的父亲是第二十九代王朝门第斯法老哈克-荷尔（Hak-Hor）征募的一名希腊雇佣军，而他的祖父或曾祖父，我相信就是希罗多德（Herodotus）所提到的那个卡里克雷特①。大约公元前 339 年，也就是法老们的没落时期，卡里克雷特祭司违背了独身的誓言，

① 我的朋友所说的卡里克雷特，就是希罗多德说的那位以俊美著称的斯巴达人。他在光荣的布拉底战役中（公元前 479 年 9 月 22 日）战死，葬于青年统帅墓中，以别于其他的斯巴达人和希腊人。——路·霍·霍利

与爱上他的公主双双从埃及私奔了。他们的船行驶到非洲海岸一带时沉船了，我想沉船的地点就在现在的迪拉果阿湾一带，或者往北一点的位置，全船无人幸存，除了他们夫妻俩。在那里，他们历尽千难万险，最后却落入了一个蛮荒民族的女王之手，这个女王充满魅力，又拥有极大的权力，最后她将我的祖先卡里克雷特杀害，具体因为什么原因我不得而知，若你有一天想知道的话，你可以打开这只铁箱寻找答案。虽然卡里克雷特死了，但他的妻子却怀着身孕逃到了雅典，具体如何逃脱的，我不清楚。她给遗腹子起了个名字，叫蒂西斯纳斯（Tisisthenes），就是‘大力复仇者’的意思。”

“五百多年后，我们家族移居到了罗马，当时的情形已经无从查证了。他们给自己起的姓为文德克斯[①]，也是复仇者的意思，用这个姓的意图和从前的蒂西斯纳斯一样，都是为了让后代不忘复仇这件事。他们在罗马大约居住了五百多年。直至公元770年，查理大帝入侵伦巴底，那时他们就住在那，当时的一家之长好像是在查理麾下谋事，并随皇帝越过了阿尔卑斯山，最后在布列塔尼定居下来。又过了八代之后，他的直系后裔渡海来到了‘忏悔者’爱德华统治的英格兰。到了‘征服者’威廉时代，我们家族已经颇有声势了。从那以后到现在的这段家谱，我可以倒背如流。文西家族（来到英国定居后，为适应当地而更改的姓）地位并不显赫，家族中也未有身居要位之人。有从军的，也有经商的。总的说来，虽然我的家族是受人尊敬的体面家族，但家世却一直平平。从查理二世至18世纪初，他们一直都是商人。大约在1790年，我的祖父靠酿酒业发了一笔大财后就回家赋闲了。1821

① 健美之意，即力量之美。——译者注

年祖父去世，我父亲继承了财产，但他挥霍掉了大部分财产。十年前，当父亲去世时，只给我留下了一年两千镑的收入。也就是那时候，我进行了一次探险，此行与这有关，”他指着铁箱子说，“结果却令人非常失望。在回国途中，我走遍了南欧各地，最后来到了雅典。在那儿我和我的爱妻相识。她的美与我的希腊先祖不相上下。我们在雅典成婚。一年后，也是在雅典，我的儿子出世了，但她却死去了。”

他停了一会，用手支着头，又接着说道：

“我的计划被结婚打乱了，当然，我现在更是无力实行了。我没有时间，霍利，一点儿时间也没有了！如果你接受我的委托，将来你会知道这一切的。妻子死后，我又开始重新计划。但我首先要做的事情，至少我认为是这样，我得熟练掌握东方语言，尤其是阿拉伯语。正是为了便于学习，我才来到了剑桥。可是，我的病情却很快恶化了，现在我的大限已至。”这时就像是为了验证他的话似的，他又开始剧烈地咳嗽起来。

我又给他倒了些威士忌。休息了一会儿，他接着说道：“除了他还在襁褓之中的时候，我就再没见过我的儿子利奥了。我不敢去见他，但人们告诉我他聪明又漂亮。在这封信里，”他从口袋里掏出一封信给我说，“对于他今后的教育，我简要地写了写。这可能有点怪。但不管怎样，这件事我要托付给我认识的人。再问你一遍，你愿意接受吗？”

“我得先弄清楚你要我干些什么呀。”我回答道。

“你要做的就是照顾我的儿子利奥，照顾他到二十五岁，记住不能把他送到学校。当他二十五岁时，你的监护责任也就结束了。那天，你就用我现在给你的钥匙（他把钥匙放在桌上）打开这个铁箱子，让他看里面的东西，然后问他是否愿意承担里面所提出的探索任务。当然，他并不是非做不可。那么我们谈谈条件吧。我现在的年收入是两千两百镑。若你能承担监护责任，我保证其中一半归你终生享用。这就是说，一年一千镑归你自己，作为对你用全副精力承担监护责任的报酬，一百镑作为孩子的膳食费。剩下的一半存起来，到利奥二十五岁为止。这样，若他愿去接受我所说的使命的话，那么他手头就有一笔钱可供使用。”

“要是我死了呢?”我问。

“那么将由大法官法庭对他进行监护，而他的生活也只能听天由命了。唯一要注意的是，这只铁箱必须按你的意愿交到他的手里。听我说，霍利，不要拒绝我。相信我，这对你有利无害。相对于这个世界，你是个异类，这个世界只会给你带来痛苦。再过几周，你就成了你们学院的研究员了，你的收入加上我给你的报酬会使你过上一种舒适的学者生活，间或再搞些你爱好的体育运动，这样的生活对你是再合适不过了。”

他停了下来，急切地看着我，但我难以抉择。这样的责任实在太特别了。

“为了我，霍利。我们是知心朋友，而且我也没有时间另做安排了。”

“好吧，”我摸着桌上钥匙旁的信封说，“我答应了，只要这里面没有什么可以让我改变主意的东西。”

“谢谢你，霍利，太谢谢你了。信封里面没有这些东西。凭着上帝对我发个誓吧，你要将这个孩子视如己出，并按我信中所述去做。”

“我发誓。”我严肃地说。

“好极了！记住，或许有一天我会来核对你的誓言的。即使我已经死了，被人遗忘了，我仍然活着。根本就无所谓死亡，霍利，只是一种变化，也许到时候你就会懂得这一点的。我相信，就在这儿，这种变化在某种情况下也会无限期地推迟下去。”他又可怕地咳嗽起来。

“好了，”他说，“我该走了，保管好这个箱子，我的遗愿都写在遗嘱上了。按照我的遗嘱所述，这个孩子将会送来由你抚养。霍利，我不会亏待你的，我知道你是个诚实的人，若你违背了我的嘱托，老天在上，我必不会饶了你。”

我听了这话，一时不知所措，一句话也答不出来。

他举起蜡烛，端详着自己镜中的面孔。这张极英俊的面容已经被疾病毁坏了。“蛆虫之食，”他说，“想想再过几个小时后，我就会又僵又冷——生命之旅已到尽头，人生之戏业已收场。啊，霍利！人生就是场苦难，唯有爱到浓时才可解脱——至少我这一生不曾得到。但利奥这个孩子，若有信念和勇气，则能拥有幸福。永别了，我的朋友！”他突然温情地伸臂拥抱我，吻了我的前额，然后转身走了。

“文西，看着我，”我说，“你要是真的病得像你说的那么重，还是让我去请个医生来吧！”

“别，别，”他恳切地说，“答应我别去请医生。我就要死了，我希望像只中毒的耗子那样孤独地死去。”

“你不会死，我相信你不会死的！”我说道。他笑了，嘴角还带着“记住”两个字，转身离去。我一屁股坐了下来，揉着眼睛，怀疑自己是在做梦。我想文西说的一切根本经不起推敲，可能是他的醉话吧。我想他就是喝醉了，当然也是病得不轻了，就像他不可能预见自己今晚就将离世一样。假如他真的离死亡这么近，他根本就走不到我这儿来，更提不动那么重的铁箱子了。在我看来，他所说的故事只是一个故事。那时的我还年轻，阅历尚浅，还不懂得世事无绝对，看似不可能发生的，却是实实在在存在的。说实话，这道理我是最近才懂得的。当时我想，难道一个人可以从他孩子五岁之后就不见了吗？不可能。他能那么准确地预告自己的死期，可能吗？不可能。他可以追根溯源续出自己之前三个多世纪的家谱吗？能把自己的儿子和一半的家产全权托付给一个大学同学吗？完全不可能！显然，文西不是喝醉了就是疯了。可是，他这样做是什么意思呢？那只密封的铁箱里又藏着什么秘密呢？

这件事不断地折磨着我，让我百思不得其解，实在想不下去了，干脆睡觉拉倒。我从椅子上一跃而起，把文西给我的钥匙和信放进了公文箱，把铁箱子藏在一个大旅行箱里，一头倒在床上，很快就进入梦乡。

好像才睡了几分钟而已，有人就把我叫醒了。我坐起来，揉了揉眼睛，才发现天已大亮，已经八点了。

“你怎么啦，约翰？”我问服侍文西和我的校工，“怎么你就像碰到了鬼一样？”

“先生，我是碰着鬼啦，”他说，“比撞着鬼还倒霉，我看见死人了。我像往常那样进去叫文西先生，可他直挺挺地躺着，死啦！”

第二章 岁月如梭

不难想象，可怜的文西的突然死亡在全校激起了一阵轩然大波，但由于大家都知道他重病缠身，又有一份令人信服的医生证明，所以没有人要求验尸。那时候，人们不像现在这么讲究这一套。此外，验尸往往会牵扯出一些丑闻，所以人们普遍都讨厌这种事。在这种情况下，既然无人问我，我也不必没事找事，说出他在临死的当晚到过我的房间这件区区小事，当然更不必说我们的那次谈话的具体内容了。举行葬礼的那天，一位律师从伦敦赶来，跟着我可怜朋友的棺椁来到了墓地，随后带着死者遗留下的文件和物品回去了，当然，留在我那儿的铁箱子不在其内。一个星期后，就再也没听人提起这事了。实际上，我的注意力当时已完全被别的事情占据了。我在全力以赴争取研究员的学位，以致没能参加上他的葬礼，自然也没见到那位律师。考试终于结束了，我回到自己的房间，躺进安乐椅里，为自己的优异成绩暗自欣喜。

过去的几天，为了通过考试，我心里承受着很大的压力，现在一下子从这种压力中解脱出来了，但我又想起了可怜的文西去世当晚发生一事了。我又开始琢磨这件事的始末，拿不定主意该不该去探个明白，如果不去管这件事，又该怎样处置这个奇怪的铁箱子呢？这可是我的职责呀！我坐在椅子里左思右想，越想越糊涂，那场神秘的午夜来访、那招之即来的死亡、我起的誓言、文西在另一个世界里还要找我兑现誓言等等，这一切扰得我心烦意乱。文西是自杀的吗？好像是这么回事。那么他说的答案又在哪里？虽然我的神经并不紧张，也没有被这桩近乎鬼神的怪事吓得大惊失色，但这一切都太神秘了，神秘得叫我担心，只巴望与这些事毫不相干。而现在，事过二十年后，我甚至比当初还更希望没有发生过这些事。

正当我在那儿胡思乱想时，有人敲门，给我送来了一封信。蓝色的信封很大，我一眼就看出这是一封律师函，直觉告诉我这与我所受托付之事有关。至今我仍然保存着这封信，其内容如下：

先生：

我们的委托人，已故的 M.L. 文西先生（已于九月在剑桥大学逝世）留下了一份遗嘱。我们是遗嘱执行者。现附上遗嘱抄件。据此遗嘱，您将有权获得已故文西先生半数财产。这笔财产目前投资于统一公债。但该权益取决于您是否接受遗嘱授予您的对其五岁幼子利奥·文西的监护权。根据文西先生的当面授权和书面授权，我方制定该文件，以及文西先生让我方确信他此行为乃事出有因，我可以告诉您，我方认为该遗嘱的条款有所异常，并会报请大法官法庭注意，以立遗嘱者的能力欠佳或保护幼童的利益等理由采取一些必要措施。现在，因文西先生才能出众、智慧超群，且他与授权人无任何亲属关系，此程序即无须执行。

关于孩子的移送和您应得财产的相关问题，请您及时与我联系，我方随时等待您的答复，先生，真心祝福您！

查弗里（Geoffrey）和乔丹（Jordan）敬上

霍利

放下信，我匆匆浏览了一遍这份遗嘱，字里行间都是经过斟酌的，不难看出这份遗嘱是依照最为严格的法律程序写出来的。文本中准确地将我的朋友文西去世当晚对我说的话表达出来。一切都确认无误。我必须监护这个孩子。突然我想起了文西那封与箱子一并交给我的信，我取出信，并把它打开读了起来。信里写的都是他已经对我讲过的事情，如待利奥过二十五周岁生日时再打开箱子之类，并列了一张关于孩子应受教育的清单，其中包括学希腊语、高等数学和阿拉伯语等。信的末尾加了一句，若孩子不足二十五岁就已死亡，虽然他相信这并不可能，我就可以打开箱子。若我认为可行，即可按里面提出的要求行事；若我认为不宜，则须将箱内物品尽数毁掉。任何情况下，都不得将此箱转手他人。

这封信也没有其他重要内容，我决定立刻履行对我死去朋友的诺言——只有一件事就是要给查弗里和乔丹先生回信，表示乐于接受这项委托，并于十天后担当起对利奥的监护责任。这件事办完后，我就找到校方，有选择地讲述了一遍事件的经过，并费了一些口舌使得校方破例做出让步，若我可取得研究员资格，则允许我和这个孩子住在一起。对取得研究员资格这点我是胸有成竹的，校方的条件是学院的宿舍我不能继续居住，需于别处自行租房。我接受了这个条件，经过一番奔波之后，我终于在学院大门附近找到一套相当不错的公寓。下一步该找保姆了。对保姆我有一条定规。在孩子的问题上，女保姆不能对我指手画脚，也不能偷偷地将他的感情转移。这孩子已经不小了，没女人侍候也可以生活了。所以我决定物色一名适当的男仆。精挑细选后，我有幸雇上一位极为可靠的圆脸小伙子。他曾在一家喂养狩猎马匹的马厩中当过帮手，他说他出生在一个有十七个孩子的家庭，很熟悉孩子们的习性。他还保证说，利奥少爷一来，他定会把他侍候得无微不至。这两件事办妥后，我带着箱子进城，亲自将它保管在我存钱的那家银行里，我还买来几本有关幼儿保健和与幼儿交往的书籍，我自己通读之后，又读给乔布（Job）听（这是那个小伙子的名字），等待着利奥的到来。

终于，一个老太太带着孩子来了，但又要和他分离了，哭得十分伤心。这孩子可真漂亮！我从未见过这么完美的孩子，灰色的双眸，饱满的前额，那稚气的小脸就像一个丰满的宝石浮雕。最为吸引人的，还是他那浑圆的小脑袋上一头浓密的鬈发，像纯金般熠熠发光。当他的保姆留下他离去时，他哭了起来。我永远也忘不了当时的情景。他站在屋子中，头上金色的鬈发沐浴在阳光里，一只小手攥成拳头在一只眼睛上擦拭，而另一只眼睛却在偷偷打量着我和乔布。我坐在椅子上，伸出手去逗引他过来，乔布站在屋角，嗓子眼里发出一种咯咯的声音，大概是出于他的宝贵经验，或许也是想起了老母鸡唤仔的情景，他认为这种声音有某种镇定作用，能唤起那颗幼小心灵的信任，他还将一匹奇丑的木马来回地摇，活像个大傻瓜。这种情景持续了好几分钟，突然，孩子伸出双臂向我跑了过来。

“我喜欢您，”他说，“虽然您长得丑，但您是个好人。”

十分钟后，他就开始大快朵颐，吃着涂着奶油的面包片。乔布想给他加点果酱，但我严肃地提醒他我们看过的书籍，这种行为是不可行的。

没几天（不出我所料，我考取了研究员），孩子就成了全院人的宠儿。尽管规定他不许进校，他仍然可以在学院里进进出出。因为这个宝贝的缘故，一切清规戒律都土崩瓦解了。他收到的礼物简直是难以计数，当时有一个住校老研究员与我的观点截然不同（现已不在人世），人们都说他是全校最为孤僻古怪的人，他特别厌恶孩子。有一次，利奥生病了，病情总是反复，我让乔布仔细照看他，但我竟发现那个没道德的老头竟然引诱孩子去他的房间，给他喝的饮料兑了大量的白兰地，还让他不能对外人讲。乔布告诉老头子，说他该为自己感到可耻，“哼，如果他这辈子干过好事的话，在他那把年纪，早都该当爷爷了！”乔布愤愤地骂道，暗示老头是结过婚的。自然后面又是一场吵闹。

可惜我没有时间来细述这些美好的日子了，许多幸福的回忆至今仍萦绕在我的心间。年复一年，随着岁月的流逝，我们俩也越来越亲近了。没有人爱自己的儿子能像我爱利奥那么深，也没有一个父亲能像我这样体会到利奥对我怀有多么深挚的爱。

一个又一个宝贵的年头过去了，孩子成了少年，眼看着又长成了青年小伙子了。他的外貌和心灵随着岁月的流逝而变得越来越美。十五岁时，人们就叫他为学院的“美男子”，给我却取个“野兽”的绰号。每日我们例行出去散步时，人们就叫着我们的绰号。有一次，一个身材比利奥大一倍的屠夫在我们后面浪声大叫，利奥将他痛打了一顿。我佯作不知，继续散步往前走，等到他们打得不可开交时，我才转过身去，为利奥加油打气，直到他大获全胜为止。这件事那时成了学校的笑谈，弄得我不置可否。他变大些后，低年级学生给我们取了新的绰号，叫我“卡隆”，叫他“希腊神”！我长相很丑，年岁的增长并未让我的容貌有所改变，所以这个丑陋的绰号也让我无所影响。他的绰号是名副其实。二十一岁的利奥·文西就是青春焕发的阿波罗的化身！世界上无人能与他相媲美，也无人能无视他的英俊。他腹有诗书，聪明狡黠，却无一丝学究气，也无半分书呆子的迂腐气息。我严格执行他父亲制定的那套教程，对他所进行的教育一丝不苟。他的学业总的来说是很不错的，尤其是他的希腊语和阿拉伯语令人满意。为了教他学阿拉伯语，我先学习了这种语言。五年后，他的水平赶上了我，几乎也赶上了教我们俩的教授。我本人一向爱运动（这是我唯一的嗜好），每年秋天，我们都出去旅行、打猎、捕鱼，有时去苏格兰，有时去挪威，还去过一次俄国。我的枪法很准，但即使在这方面，他也胜过了我。

利奥十八岁时，我回到了我原来住的房间，让他在我工作的学院上学。二十一岁时他获得了学位，这个学位虽然不高，但也令人钦羡。后来，我开始给他讲一些他自己的身世，暗示他可能会遇到的神秘莫测的事情。他自然对此感到非常好奇，但我也告诉他现在还不到时候。此后，二十五岁前的这段时光，我建议他攻读法律，于是他先在剑桥学习法律，以后又到伦敦实习深造。

只有一件事情我对利奥最放心不下，那就是凡是见过他的姑娘，不能说是全部，但至少十有八九都对他一见钟情。这事在当时是很难应付的，而我又不便插手干预。但总的说来，利奥还是行为检点，守规矩的。

岁月如梭，利奥二十五岁生日这天终于来到了。从那一天起，这段奇异的、也是可怕的经历也就真正开始了。

第三章　阿美娜特丝的陶片

利奥二十四岁的最后一天，我们一起来到伦敦，去取回我二十年前寄存在银行的那个神秘铁箱。我认出了给我们取箱子的那个职员就是原来收箱子的那个。他说他仍清楚地记得当时曾特意把这个箱子保管在一处，不然的话，要想把它找出来可真得费不少力气，箱上已经覆满了蛛网。

晚上我们带着这个宝贝箱子回到剑桥，到现在我还想那晚我俩竟然还能睡着觉。我想哪怕那晚不睡，情形也还是差不多的。天刚破晓，利奥就穿着睡衣来到了我的房间，要我马上就开箱。我觉得这种好奇心未免过分了一点，就说这个箱子已经放了二十年了，稍待片刻，等吃了早饭再开也不迟。于是，我们照老规矩到了九点整（这个非同凡响的九点整）才吃早饭。其实，当时我的心中也并不平静，我竟然把一片咸肉当成方糖放进了利奥的杯里，现在说起来还感到好笑。我们的激动当然也传染给了乔布，他把我的法国塞夫勒出产的中国式茶杯拿在手中扭来扭去，差点将茶杯扭断。我相信这个杯子就是马拉在洗澡时被刺前刚刚用过的那只。

早餐终于吃完了。乔布依照我的吩咐拿来了那只箱子，诚惶诚恐地将它放在桌子上，一副疑神疑鬼的样子，然后转身要走。

“等等，乔布，”我说，“如果利奥先生不反对的话，我倒想有个第三者当见证，只要他嘴巴牢靠就行。”

“当然可以啦！霍斯勒叔叔。”利奥回答我。我要利奥从小就叫我叔叔，但他总是变换对我的称谓，老大不恭地称我“老伙计”或者“我的叔伯亲戚”之类的。

乔布摸了摸脑袋，可惜没戴帽子。

“锁上门，乔布，”我说，“把我的公文箱拿来。”

箱子拿来了，我从里面拿出利奥的父亲，我可怜的朋友文西在去世的当晚交给我的那串钥匙。一共有三把，最大的一把式样较新，第二把就很古老了，第三把是见所未见的，它根本就不像钥匙。看起来就像是一根细长的银条，中间横嵌一个棍子似的把手，把手的边上刻有一些凹槽，我看倒有点像把粗制的火车车门钥匙，也看不出像其他什么东西了。

“你们准备好了吗?”我用人们要引爆地雷时的那种口气问道。没人回答。我拿出那把大钥匙，往锁孔里滴了点色拉油，颤抖地把钥匙往里插，试了两三次，好不容易才插进去。锁打开了，利奥弯下腰，双手抓住那个巨大的箱盖。铰链已经生了锈，他费了好大的劲儿才把它打开。里面又是个布满尘埃的箱子，我们毫不费力地就把这个箱子从铁箱子里取了出来，用抹布擦去了上面的积垢。

从外观来看，那只箱子像是用黑檀木或漆成类似花纹的黑木做的，四角都用铁皮包裹着。这个古董的年代一定非常久远，连这种沉重的木料有的地方也已碎裂了。

“轮到这一个了。”我说，插进了第二把钥匙。

乔布和利奥弯着身子看着，紧张得气都喘不过来。旋转钥匙，我掀起盖子，不由得发出一声惊叹。在这个黑檀箱子里，有一个精美绝伦的银匣子，十二尺见方、八尺高。四条箱腿上是狮身人面像，毫无疑问这是出自古埃及工匠之手。岁月的流逝虽然让它锈迹斑斑、颜色发暗，却是完好无损的。

我把它拿了出来，放在桌子上，在一片极度的沉寂之中，我把那个奇形怪状的银钥匙插了进去，这么推推，那么转转，最后总算嘎一响，箱子在我们面前打开了。里面装了满满的一箱破烂，与其说像纸，还不如说像干菜叶。到底是什么东西我至今也不得而知。这些东西堆了约有三寸厚，我小心地将它们取了出来。下面是一封普通的信，信封上是我已故的朋友文西的笔迹：“给我的儿子利奥，若他能活到打开箱子的年龄。”我把信递给了利奥，他扫了信封一眼，就放在了桌子上，示意我继续翻箱子。

我发现的第二样东西是一个仔细卷起的羊皮纸卷。打开来一看，还是文西的笔迹，题头是“陶瓷片上希腊安色尔文译文”，我把它放在信的旁边。然后是一卷很古老的羊皮纸，由于年代久远，已经干皱发黄了。我把它打开来，是那篇希腊文的黑体拉丁语译文，从书写格式上一眼就看得出来是十六世纪初写的。

紧挨在这个纸卷下面是一块又硬又重的东西，用一块黄色的亚麻布包着，下面还衬着一层纤维织物。我慢慢地、小心翼翼地打开这个布包，出现在眼前的是一块黄得发灰的远古的陶瓷片！据我判断，这块陶片原来是一个中等大小的普通的古希腊两耳细颈瓶上的一部分，长约十寸半，宽七寸，厚四分之一寸。凸出来的一面朝向匣底，刻满了古希腊后期的安色尔文字。不少地方已经模糊不清，但大部分字迹仍旧清晰可辨。看得出来这些铭文是用一种古人常用的芦苇笔精心描绘出来的。我得交代一句，在远古时，这块神秘的陶片曾被打成两半，后来用胶泥和八个长铆钉重新黏接起来了。靠内壁的一边有无数铭文，但字体极不规则，很显然，这是出自不同的手笔，在不同的时代写出来的。这些东西和陶片上的铭文，我下面就会提及。

【碎片 1】
阿美特纳斯陶片复制品
尺寸：约为原作一半
原作最长为 10.5 英寸
原作最宽为 7 英寸
原作重为 11 磅、5.5 盎司
【碎片 2】
阿美特纳斯陶片复制品
尺寸：约为原作一半

“还有什么吗?”利奥紧张地小声问道。

我四处摸索一番，又拿出一个小亚麻布口袋，里面装了一个硬邦邦的东西。我们从口袋里拿出了一幅刻在象牙上的小画像，画像异常精美，然后是一个小小的巧克力色的圣甲虫护身符，后来我们知道它的意思是“太阳神之子”。那幅小画像是利奥的希腊母亲，一个美丽的黑眼睛女人，背后有可怜的文西的手迹“我最爱的妻子”。

“就这些了。”我说。

“好吧。”利奥答道，放下了那个他一直满怀深情地注视着的画像，“现在读信。”他边说边利落地拆开信封，高声朗读起来：

我的孩子利奥，当你打开这封信时（若你能活到做这件事的话），你现已成年了，我则早已不在人世，认识我的人也已将我忘却。但当你看这封信时，你要记住，我曾生活在这个世界，我的生命不曾毁灭，此时此刻，纸和笔又将把我们连在一起。跨越死亡的深渊，我向你伸出我的双手，坟墓的死寂中，响起我对你讲话的声音。虽我已离世，虽我不曾在你脑海中留下印象，但此时此刻当你读这封信时，我不就在你身边吗？从你出生至今，我极少见你。原谅我吧，孩子！因你的生命取代了另一个人的生命，一个我深深爱着的人的生命，世界上没有别的女人获得过比她所得的更深的爱情，这给我带来的痛苦太深了！倘若我还能活，我可能会有时间来克服这种痴情，可是我命中注定活不长了。我不堪忍受这种使我身心交瘁的折磨和痛苦。在把你的未来安排妥当之后，我就可以暂时脱离这种痛苦了。上帝啊！若我有何不对，请您饶恕我。我至多活不过一年了。

“他是自杀的！”我惊叫起来，“和我想的一样。”

“而现在，”利奥没回答我的话，继续念了下去。“我自己的事就这些了。我要讲的不是我这个已经死去的人，这个人们已经遗忘，好像世界上从来就没有过的人。我要讲的，是与你们这些活着的人有关的事情。利奥、我的朋友（倘若他肯答应我的嘱托，我将把你交给他监护）一定给你讲过你最古老的家世。在这个匣子中，你将找到充足的证据。你将看到你的古老的祖先铭刻的陶片上的奇异传说，这是我的父亲在他临死时告诉我的。它让我心驰神往。我刚十九岁就下决心效法我们家伊丽莎白时代的一位祖先，去追根溯源。但是现在我无法完成这一使命了。不过我还是亲眼见到了一些东西。正如文件所述，在非洲赞比西河入海口处往北的一片荒凉的海滩上，有一座海岬，海岬之端，有一个酷像黑人头像的山崖兀然耸立。我在那里登陆，从一个因犯罪而被部落逐出的当地流浪汉口中得知，在远离该海岸的内地，有许多状如茶杯的峻岭和无数沼泽环境的洞穴，那里的人操一口阿拉伯方言，由一个美丽的白种女人统治。她的臣民很少见到她，可是据说她主宰着人间地府的一切。可是两天后那个流犯就在经过沼泽地时感染上热病死去。食品的缺乏和疾病的折磨，迫使我返回到我那艘独桅三角帆船上。

“这以后我的经历就不值一提了。在马达加斯加沿海，我们的船搁浅了，几个月后，我被一艘英国船救起，将我送到亚丁。我从那里出发去英国，打算做足准备再出发。途中，我在希腊稍作停留，在那个地方，我见到了你可爱的母亲，我们结了婚。就是在那儿，你出世了，但她却死了。后来，致命的疾病缠住了我。我回到这里已奄奄待毙。但是我仍然抱着一线希望，为了有朝一日能恢复健康重返非洲，揭开笼罩在我们家族历史上的这个千古之谜，我开始学阿拉伯语，可是我的身体每况愈下，我已经无能为力了。

“但是对于你来说，我的孩子，事情并没有了结，我把我探索的结果和祖传的证物交给了你。是我自己要求一定要你到一定年龄时才把这些东西交给你的。只有到这种时候，你才能自己作出判断，是认为这千古之谜确有其事，而去从事这一世界上最为神奇的探险；还是把它作为一个神志不清的女人的胡言乱语。

“我相信这是真的；我相信若能重新找到这个地方，那里必然一派生机盎然。既然生命生生不息，为什么孕育着生命的载体却不能永生？我不想强迫你，由你自己决定。若你愿意去进行这次探险，我可以保证你出行所需的费用。假若你认为这个传说是无稽之谈，我希望你能将陶片和所有的记载材料尽数毁去，把我们家族中这个不稳定的因素永远消除。这可能是最明智的选择。人们对未知的世界会觉得恐怖，这并非由于人们天生迷信，但事实确实往往如此。敢于挑战的人，敢于向法力无边又神秘莫测的力量挑战的人，敢于向赋予世界生命的力量挑战对的人，终将成为这股力量的牺牲品，反之将破解青春永驻的奥秘，时间将为你的容颜停住脚步，噩运也将远离你，肉体和灵魂将永葆青春，但谁又敢断言，这种令人敬畏的改变将会为你带来幸福？自己做选择吧，我的孩子！全能的上帝，言称‘行万里路，知天下事’的上帝会指引你找到幸福，找到正确的选择！若能成功，你将从丰富的经历中获得所向无敌的力量，从而统治世界。永别了！”

这封既无署名又无日期的信，到此戛然而止了。

“霍利叔叔，您说怎么办?”利奥说。他把信放在桌上，紧张得气都喘不过来。“我们追寻着奥秘的踪迹，现已初现端倪。”

“我说怎么办？我看你那可怜的父亲已经神志不清了，如此而已，”我悻悻地说道，“二十年前那个晚上，他走进我房间时我就猜到了。你现在也明白了他本不该死那么早的。可怜的人！这完全是痴人说梦！”

“是这么回事，先生。”乔布一本正经地说。他是那种诚实的老实人的典范。

“不管怎样，我们还是先看看陶片上写了什么吧。”利奥说，他拿起了他父亲写的译文，念了起来——

吾乃阿美特纳丝，系埃及法老之后，神鬼皆服之女神爱塞斯之祭司卡里克雷特（意为“力量美”）之妻。吾将不久人世，乃遗书吾子蒂西斯塞纳斯（意为“大力复仇者”）。汝父与吾相爱甚笃，其乃背誓而与吾于内克塔内博法老在位之时双双逃离埃及，渡海南行，于利比亚东海之滨漂泊两载之久。该地有一大江，江侧有一酷似埃塞俄比亚人头之山岩。吾等乘舟逆水而上，凡四日，然船毁而人亡，溺死、病毙者有之。吾二人幸得死里逃生，却旋为野人所劫，乃于飞鸟蔽日之沼泽中跋涉十日有余，至一高山深谷之中。此乃一盛而复衰之城邦，遍山皆为深不可测之洞穴。该地人常以热釜置于异邦人的头顶，杀而食之。吾二人被引见该地女王，其人乃为一青春永驻、美貌倾城、无所不知之女巫。其女一见而钟情于汝父，必欲置吾于死地而与汝父结为夫妻。汝父矢志不移。其女乃以黑障之法导吾二人历万险而至一巨穴，穴口一老者尸体犹存。吾等乃目睹一生命之火，其势如火龙翻腾，其声似风吼雷鸣。该女置身火中而不焚，反更显其光艳照人。其又以永生相诱汝父，欲令汝父杀吾与她婚。盖因吾自有法术护身，其乃鞭长莫及，不得已乃求助于汝父。汝父以手障眼，无视其美，亦不为长生所动，执意不从。其乃勃然大怒，以妖术杀汝父，继而又伏尸大恸不已。其唯恐吾复仇心切，乃遣吾至一渡口，吾乃产汝于江海之中，舟船之上。四方漂流，辗转千里，遍尝艰辛而至雅典。吾之将死，唯有一言相嘱：汝必为汝父复仇，将此女得而诛之，并悉得其长生之妙。若不成，则代代相传不得有误。信诸子诸孙中必有一勇者堪当其命，沐浴于永生之火，就尊于法老之位。吾言之将已矣，事虽奇，然决无一虚妄之词，切莫等闲视之，切记切记！

乔布张着大嘴听得发呆，说了一句："上帝啊！饶恕她吧！"

我则一言未发，故事离奇得不可思议，起初我以为是我那可怜的朋友神志不清时，异想天开杜撰出来的，但现在看来这件事不可能由人凭空编造，它太有根有据了。为了解决我的疑惑，我拿起了那片陶片，查看上面一个个的安色尔字。一个土生土长的埃及人能够写出这种希腊文，的确是相当漂亮了。原文照抄如下：

ΑΜΕΝΑΡΤΑΣΤΟΥΒΑΣΙΛΙΚΟΥΓΕΝΟΥΣΤΟΥΑΙΓΥ
ΠΤΙΟΥΗΤΟΥΚΑΛΛΙΚΡΑΤΟΥΣΙΣΙΔΟΣΙΕΡΕΩΣΗΝΟΙΜ
ΕΝΘΕΟΙΤΡΕΦΟΥΣΙΤΑΔΕΔΑΙΜΟΝΙΑΥΠΟΤΑΣΣΕΤΑΙΗ
ΔΗΤΕΛΕΥΤΩΣΑΤΙΣΙΣΘΕΝΕΙΤΩΠΑΙΔΙΕΠΙΣΤΕΛΛΕΙ
ΤΑΔΕΣΥΝΕΦΥΓΟΝΓΑΡΠΟΤΕΕΚΤΗΣΑΙΓΥΠΤΙΑΣΕΠΙΝ
ΕΚΤΑΝΕΒΟΥΜΕΤΑΤΟΥΣΟΥΠΑΤΡΟΣΔΙΑΤΟΝΕΡΩΤΑΤΟ
ΝΕΜΟΝΕΠΙΟΡΚΗΣΑΝΤΟΣΦΥΓΟΝΤΕΣΔΕΠΡΟΣΝΟΤΟΝΔ
ΙΑΠΟΝΤΙΟΙΚΑΙΚΔΜΗΝΑΣΚΑΤΑΤΑΠΑΡΑΘΑΛΑΣΣΙΑΤ
ΗΣΛΙΒΥΗΣΤΑΠΡΟΣΗΛΙΟΥΑΝΑΤΟΛΑΣΠΛΑΝΗΘΕΝΤΕΣ
ΕΝΘΑΠΕΡΠΕΤΡΑΤΙΣΜΕΓΑΛΗΓΛΥΠΤΟΝΟΜΟΙΩΜΑΑΙΘ
ΙΟΠΟΣΚΕΦΑΛΗΣΕΙΤΑΗΜΕΡΑΣΔΑΠΟΣΤΟΜΑΤΟΣΠΟΤΑ

ΜΟΥΜΕΓΑΛΟΥΕΚΠΕΣΟΝΤΕΣΟΙΜΕΝΚΑΤΕΠΟΝΤΙΣΘΗΜ
ΕΝΟΙΔΕΝΟΣΩΙΑΠΕΘΑΝΟΜΕΝΤΕΛΟΣΔΕΥΠΑΓΡΙΩΝΑΝ
ΘΡΩΠΩΝΕΦΕΡΟΜΕΘΑΔΙΑΕΛΕΩΝΤΕΚΑΙΤΕΝΑΓΕΩΝΕΝ
ΘΑΠΕΡΠΤΗΝΩΝΠΛΗΘΟΣΑΠΟΚΡΥΠΤΕΙΤΟΝΟΥΡΑΝΟΝΗ
ΜΕΡΑΣΙΕΩΣΗΛΘΟΜΕΝΕΙΣΚΟΙΛΟΝΤΙΟΡΟΣΕΝΘΑΠΟΤ
ΕΜΕΓΑΛΗΜΕΝΠΟΛΙΣΗΝΑΝΤΡΑΔΕΑΠΕΙΡΟΝΑΗΓΑΓΟΝ
ΔΕΩΣΒΑΣΙΛΕΙΑΝΤΗΝΤΩΝΞΕΝΟΥΣΧΥΤΡΑΙΣΣΤΕΦΑΝ
ΟΥΝΤΩΝΗΤΙΣΜΑΓΕΙΑΜΕΝΕΧΡΗΤΟΕΠΙΣΤΗΜΗΔΕΠΑΝ
ΤΩΝΚΑΙΔΗΚΑΙΚΑΛΛΟΣΚΑΙΡΩΜΗΝΑΓΗΡΩΣΗΝΗΔΕΚΑ
ΛΛΙΚΡΑΤΟΥΣΤΟΥΣΟΥΠΑΤΡΟΣΕΡΑΣΘΕΙΣΑΤΟΜΕΝΠΡ
ΩΤΟΝΣΥΝΟΙΚΕΙΝΕΒΟΥΛΕΤΟΕΜΕΔΕΑΝΕΛΕΙΝΕΠΕΙΤ
ΑΩΣΟΥΚΑΝΕΠΕΙΘΕΝΕΜΕΓΑΡΥΠΕΡΕΦΙΛΕΙΚΑΙΤΗΝΞ
ΕΝΗΝΕΦΟΒΕΙΤΟΑΠΗΓΑΓΕΝΗΜΑΣΥΠΟΜΑΓΕΙΑΣΚΑΘΟ
ΔΟΥΣΣΦΑΛΕΡΑΣΕΝΘΑΤΟΒΑΡΑΘΡΟΝΤΟΜΕΓΑΟΥΚΑΤΑ
ΣΤΟΜΑΕΚΕΙΤΟΟΓΕΡΩΝΟΦΙΛΟΣΟΦΟΣΤΕΘΝΕΩΣΑΦΙΚ
ΟΜΕΝΟΙΣΔΕΔΕΙΞΕΦΩΣΤΟΥΒΙΟΥΕΥΘΥΟΙΟΝΚΙΟΝΑΕ
ΛΙΣΣΟΜΕΝΟΝΦΩΝΗΝΙΕΝΤΑΚΑΘΑΠΕΡΒΡΟΝΤΗΣΕΙΤΑ
ΔΙΑΠΥΡΟΣΒΕΒΗΚΥΙΑΑΒΛΑΒΗΣΚΑΙΕΤΙΚΑΛΛΙΩΝΑΥ
ΤΗΕΑΥΤΗΣΕΞΕΦΑΝΗΕΚΔΕΤΟΥΤΩΝΩΜΟΣΕΚΑΙΤΟΝΣΟ
ΝΠΑΤΕΡΑΑΘΑΝΑΤΟΝΑΠΟΔΕΙΞΕΙΝΕΙΣΥΝΟΙΚΕΙΝΟΙ
ΒΟΥΛΟΙΤΟΕΜΕΔΕΑΝΕΛΕΙΝΟΥΓΑΡΟΥΝΑΥΤΗΑΝΕΛΕΙ
ΝΙΣΧΥΕΝΥΠΟΤΩΝΗΜΕΔΑΠΩΝΗΝΚΑΙΑΥΤΗΕΧΩΜΑΓΕΙ
ΑΣΟΔΟΥΔΕΝΤΙΜΑΛΛΟΝΗΘΕΛΕΤΩΧΕΙΡΕΤΩΝΟΜΜΑΤΩ
ΝΠΡΟΙΣΧΩΝΙΝΑΔΗΤΟΤΗΣΓΥΝΑΙΚΟΣΚΑΛΛΟΣΜΗΟΡΩ
ΗΕΠΕΙΤΑΟΡΓΙΣΘΕΙΣΑΚΑΤΕΓΟΗΤΕΥΣΕΜΕΝΑΥΤΟΝΑ
ΠΟΛΟΜΕΝΟΝΜΕΝΤΟΙΚΛΑΟΥΣΑΚΑΙΟΔΥΡΟΜΕΝΗΕΚΕΙ
ΘΕΝΑΠΗΝΕΓΚΕΝΕΜΕΔΕΦΟΒΩΙΑΦΗΚΕΝΕΙΣΣΤΟΜΑΤΟ
ΥΜΕΓΑΛΟΥΠΟΤΑΜΟΥΤΟΥΝΑΥΣΙΠΟΡΟΥΠΟΡΡΩΔΕΝΑΥ

ΣΙΝΕΦΩΝΠΕΡΙΠΛΕΟΥΣΑΕΤΕΚΟΝΣΕΑΠΟΠΛΕΥΣΑΣΑΜΟ
ΛΙΣΠΟΤΕΔΕΥΡΟΑΘΗΝΑΖΕΚΑΤΗΓΑΓΟΜΗΝΣΥΔΕΩΤΙΣ
ΙΣΘΕΝΕΣΩΝΕΠΙΣΤΕΛΛΩΜΗΟΛΙΓΩΡΕΙΔΕΙΓΑΡΤΗΝΓ
ΥΝΑΙΚΑΑΝΑΖΗΤΕΙΝΗΝΠΩΣΤΟΤΟΥΒΙΟΥΜΥΣΤΗΡΙΟΝ
ΑΝΕΥΡΗΣΚΑΙΑΝΑΙΡΕΙΝΗΝΠΟΥΠΑΡΑΣΧΗΔΙΑΤΟΝΣΟ
ΝΠΑΤΕΡΑΚΑΛΛΙΚΡΑΤΗΝΕΙΔΕΦΟΒΟΥΜΕΝΟΣΗΔΙΑΑΛ
ΛΟΤΙΑΥΤΟΣΛΕΙΠΕΙΤΟΥΕΡΓΟΥΠΑΣΙΤΟΙΣΥΣΤΕΡΟΝ
ΑΥΤΟΤΟΥΤΟΕΠΙΣΤΕΛΛΩΕΩΣΠΟΤΕΑΓΑΘΟΣΤΙΣΓΕΝΟ
ΜΕΝΟΣΤΩΠΥΡΙΛΟΥΣΑΣΘΑΙΤΟΛΜΗΣΕΙΚΑΙΤΑΑΡΙΣΤ
ΕΙΑΕΧΩΝΒΑΣΙΛΕΥΣΑΙΤΩΝΑΝΘΡΩΠΩΝΑΠΙΣΤΑΜΕΝΔ
ΗΤΑΤΟΙΑΥΤΑΛΕΓΩΟΜΩΣΔΕΑΑΥΤΗΕΓΝΩΚΑΟ ΥΚΕΨΕΥ
ΣΑΜΗΝ

为了便于阅读起见，我将这段铭文写成书写体：

Ἀμενάρτας, τοῦ βασικοῦ γένους τοῦ Αἰγυπτίου,

ἡ τοῦ Καλλικράτους Ἴσιδος ἱερέως, ἣν οἱ μὲν θεοὶ

τρέφουσι τὰ δὲ δαιμονια ὑποτάσσεται, ἤδη τελευ

τῶσα Τισισθένει τῷ παιδὶ ἐπιστέλλει τάδε· συνέφυ

γον γάρ ποτε ἐκ τῆς Αἰγυπτίας ἐπὶ Νεκτανέβου

μ ετὰ τοῦ σοῦ πατρός, διὰ τὸν ἔρωτα τὸν ἐμὸν ἐπιο

ρκήσαντος. φυγόντες δὲ πρὸς νότον διαπόντιοι

κ αὶ κ΄δ΄ μῆνας κατὰ τὰ παραθαλάσσια τῆς Λιβύη ς

τὰ πρός ἡλίου ἀνατολὰς πλανηθέντες, ἔνθαπερ π

έτρα τις μελάλη, γλυπτὸν ὁμοίωμα Αἰθίοπος κεφαλ

ῆς, εἶτα ἡμέρας δ´ ἀπὸ στόματος ποταμοῦ μεγάλου

ἐκπεσόντες, οἱ μέν κατεποντίσθημεν, οἱ δὲ νόσῳ ἀ

πεθάνομεν· τέλος δὲ ὑπ᾽ ἀλρίων ἀνθρώπων ἐφερόμ

εθα διὰ ἐλέων τε καὶ τεναλέων ἔνθαπερ πτηνῶν πλῆ

θος ἀποκρύπτει τὸν οὐρανὸν, ἡμέρας ί, ἕως ἤλθομε

ν εἰς κοῖλόν τι ὄρος, ἔνθα ποτὲ μεγάλη μὲν πόλις ἦν,

ἄντρα δὲ ἀπείρονα· ἤγαγον δὲ ὡς βασίλειαν τὴν τῶν

ξένους χύτραις στεφανούντων, ἥτις μαλεία μὲν ἐχρ

ῆτο ἐπιστήμη δὲ πάντων καὶ δὴ καὶ κάλλός καὶ ῥώμην

ἀλήρως ἦν· ἡ δὲ Καλλικράτους τοῦ πατρὸς ἐρασθεῖ

δα τὸ μὲν πρῶτον συνοικεῖν ἐβούλετο ἐμὲ δὲ ἀνελεῖν·

ἔπειτα, ὡς οὐκ ἀνέπειθεν, ἐμὲ γὰρ ὑπερεφίλει καὶ τὴν

ξένην ἐφοβεῖτο, ἀπήγαγεν ἡμᾶς ὑπὸ μαγείας καθ´ όδο

ὺς σφαλερὰς ἔνθα τὸ βάραθρον τὸ μέγα, οὗ κατὰ στόμ

α ἔκειτο ὁ γέρων ὁ φιλόσοφος τεθνεώς, ἀφικομένοις δ´

ἔδειξε φῶς τοῦ βίου εὐθύ, οἷον κίονα ἑλισσόμενον φῶ

νην ἰέντα καθάπερ βροντῆς, εἶτα διὰ πυρὸς βεβηκυῖα ἀβλαβὴς καὶ ἔτι καλλίων αὐτὴ ἑαυτῆς ἐξεφάνη. ἐκ δὲ το ύτων ὤμοσε καὶ τὸν σὸν πατέρα ἀθάνατον ἀποδείξειν, εἰ συνοικεῖν οἱ βούλοιτο ἐμὲ δε ἀνελεῖν, οὐ γὰρ οὖν αὐτ ὴ ἀνελεῖν ἴσχυεν ὑπὸ τῶν ἡμεδαπῶν ἣν καὶ αὐτὴ ἔχω μαγείας. ὁ δ΄ οὐδέν τι μᾶλλον ἤθελε, τὼ χεῖρε τῶν ὀμμά των προίσχων ἵνα δὴ τὸ τῆς γυναικὸς κάλλος μὴ ὁρῴη· ἔπειτα ὀργισθεῖσα κατεγοήτευσε μὲν αὐτόν, ἀπολόμενον μέντοι κλάουσα καὶ ὀδυρμένη ἐκεῖθεν ἀπήνεγκεν, ἐμὲ δ ὲ φόβῳ ἀφῆκεν εἰς στόμα τοῦ μεγάλου ποταμοῦ τοῦ ναυ σιπόρου, πόδδω δὲ ναυσίν, ἐφ΄ ὧνπερ πλέουσα ἔτεκόν σε, ἀποπλεύσασα μόλις ποτὲ δεῦρο Ἀθηνάζε κατηγαγόν. Σ ὺ δέ, ὦ Τισίσθενες, ὧν ἐπιστέλλω μὴ ὀλιγώρει· δεῖ γὰρ τῆ ν γυναῖκα ἀναζητεῖν ἤν πως τῦ βίου μυστήριον ἀνεύρῃς, καὶ ἀναιρεῖν, ἤν που παρασχῇ, διὰ τὸν πατέρα Καλλικράτους. εἐ δὲ φοβούμενος ἢ διὰ ἄλλο τι αὐτὸς λείπει τοῦ ἔργου, πᾶ σι τοῖς ὕστερον αὐτὸ τοῦτο ἐπιστέλλω, ἕως ποτὲ ἀγαθός τ ις γενόμενος τῷ πυρὶ λούσασθαι τολμήσει καὶ τὰ ἀριστεῖα ἔχων βασιλεῦσαι τῶν ἀνθρώπων· ἄπιστα μὲν δὴ τὰ τοιαῦτα λέγω, ὅμως δὲ ἃ αὐτὴ ἔγνωκα οὐκ ἐψευσάμην.

这篇英译文，读者稍加比较，就可发现此文用词准确、语句优雅。除了陶片顶部凸面的安色尔字外，皆漆为暗红色，在细颈瓶原来的口部，有和箱子中金甲虫护身符图案一样的花纹。不过这种象形文字，或者说是徽饰，像是印在蜡模上的一样，是反的。这究竟是卡里克雷特的徽饰①，还是他的妻子阿美娜特丝的先祖，某个法老或者别的什么皇亲国戚的徽饰，我弄不清楚；也不知道它是在刻写安色尔体希腊文的同时刻上去的，还是后代子孙照金甲虫护身符的图形画上去的，或者两者都不是。文字的下面也被涂成暗红色，有一个粗糙的斯芬克斯头像，上面插着两片象征威严的羽毛。这东西在一些神牛或天使的画像上常见，但在斯芬克斯头上看见，我还是头一回。

陶片表面右侧，安色尔文的空白处，用红颜料写着这么一段离奇的铭文，签名用的是蓝颜色：

天上地下海中

无奇不有

哈克·弗西特（HOC FECIT）

达罗瑟·文西（DOROTHEA VINCEY）

我大惑不解地把陶片翻了过来。这一面从上到下刻满了希腊文、拉丁文和英文的文字及签名。头一个用安色尔字体写的是蒂西斯塞纳斯，遗书就是交给他的。这段话的内容是，

① 霍利先生认为，卡里克雷特是祭司，不能有自己的徽饰，这徽饰代表的是埃及的皇权，也许他可能会将自己的名字篆刻于椭圆形的位置处。——译者注

"我未能前往。蒂西斯塞纳斯传子卡里克雷特。"下面是照他的字体临摹下来的原文及其草书体：

ΟΥΚΑΝΔΥΝΑΙΜΗΝΠΟΡΕΥΕ□ΘΑ

ΙΤΙ□Ι□ΘΕΝΗ□ΚΑΛΛΙΚΡΑΤΕΙΤΩΙΠΑΙΔΙ

οὐκ ἂν δυναίμην πορεύεσθαι. Τισισθέν

ης Καλλικράτει τῷ παιδί.

这位卡里克雷特先生（可能依希腊风俗，以祖父名命名）肯定作过一些探险尝试。他的记载含含糊糊："天意不允，吾行受阻。卡里克雷特传诸子。"下面是原文并草体字：

ΤΩΝΘΕΩΝΑΝΤΙΣΤΑΝΤΩΝΕΠΑΥΣΑΜ

ΗΝΤΗΣΠΟΡΕΙΑΣΑΛΛΙΚΡΑΤΗΣΤΩΙΠΑΙΔΙ

τῶν θεῶν ἀντιστάντων ἐπαυσάμην τῆς πο

ρείας. Καλλικράτης τῷ παιδί.

这段文字是倒着刻的，久经磨损，字迹模糊不清。要没有文西的译文，我几乎无法辨认。因为它刻写的位置正好是手拿的地方。年复一年，历经无数人的抚摸，让它几乎被磨平了。在这两段古文中间有一个十分豪放的现代字体签名——莱诺·文西（Ætate sua 17），我想这大概是文西的祖父写的。在这个签名的右边有字首字母缩写"J. B. V."，下面是用各种希腊文体签的字，有的用安色尔体，有的是草写体，都是简单重复“传诸子”这句话。看来这个遗物是郑重其事地一代一代传下来的。

在这些希腊文签字之后，是一个清晰的字——“Romae. A. U. C.”，意为该家族已迁往罗马。不幸的是，除此之外，他们迁至罗马的日期永远找不到了，因为正好在写日期的地方，陶片缺了个口。

下面是十二个拉丁文签名，在这个陶片上，凡是能刻上字的地方都见缝插针，三言两语地写上了字。这些签名大都是“文德克斯”即“复仇者”，这大概是家族迁往罗马后，用这两个姓代替了原来希腊文的“蒂西斯纳斯”，但仍是“复仇者”的意思。其中只有三个例外。可想而知，这个拉丁姓氏“文德克斯”先是变成“德·文西”，后来才简化为目前的“文西”。耶稣诞生之前，一个埃及人传下来的复仇的遗愿如此这般地变成了一个英国姓氏，倒是件饶有兴味的事情。

我后来发现陶片上有些罗马姓氏在史籍上可查。如果记得不错的话，这些名字是：

穆西夫·文德克斯

塞克斯·瓦雷夫斯·马弗雷夫斯

C. 夫菲迪夫斯·C. E. 文德克斯

和

拉比利娅·庞培阿娜·科妮克斯·马克蕾妮·文迪奇丝

最后一个当然是个罗马女人的姓名，下面这个名单是陶片上全部拉丁文签名：

C. 西塞利夫斯·文德克斯

M. 埃米利夫斯·文德克斯

塞克斯·瓦雷夫斯·马弗雷夫斯

Q. 索西夫斯·普雷斯克夫斯·塞内基·文德克斯

L. 瓦勒雷夫斯·卡米尼夫斯·文德克斯

塞克斯·奥泰西利夫斯 M. F.

L. 阿蒂斯·文德克斯

穆西夫斯·文德克斯

C. 卡西利夫斯·文德克斯

利西利夫斯·文德克斯

莱伯拉·庞皮阿纳·卡内克斯·马奇尼·文德克斯

马尼拉·卡西勒·卡克夫克斯·马利夫·文德克斯

在这一连串罗马姓氏之后，姓氏空白了有几个世纪。现在无人知晓在欧洲中世纪这段时间里，这个遗物的经历及它如何在这个家族中流传下来的。记得我可怜的朋友文西曾对我说过，他的罗马祖先后来移居到伦巴第，查理大帝占领伦巴第后，又追随查理大帝越过阿尔卑斯山，在布列塔尼安了家。在英王忏悔者爱德华在位时，又渡海来到了英国。我不明白他是怎么知道这一段历史的，因为陶片上找不到伦巴第和查理大帝时的记载，只有一处提到了布列塔尼。再往下的陶片上，除了一撇可能是用血，或者是用某种红色颜料涂抹的痕迹外，就只有两个用红颜料画的十字叉，这可能象征着“十字军”的短剑。还有一个用红蓝两色画的交织的字母（D. V.）图案，可能与前面的两句打油诗一同出于那位达罗瑟·文西先生的手笔。在这左面，有一个浅蓝色刻的字头字母缩写——A. V.，落款为1880年。

然后又是一段铭文，其内容之奇特不亚于刻在这个遗物上的其他铭文。它是用黑体拉丁文写在十字叉或是“十字军”的短剑的上方，落款为1445年。我在这里把这段黑体字照抄下来，并将其拉丁语译文全文刊登，其意读者自明。看得出来，这位作者是一位优秀的中世纪的拉丁语文学家。后来我们又发现了一样更奇怪的东西，这段黑体拉丁文的英语译文，也是用黑体字写的。这是后来在箱子里的另一张羊皮纸上找到的，看得出它比我们要讲的那篇用中世纪的拉丁文翻译的希腊安色尔文的铭文还要早一些。这一篇我也将全文誊出。

阿美娜特丝的陶片上的黑体拉丁文：

Iſta reliq□ ia eſt valde miſticu □ et myrific u□ op □ s q □ d maiores mei ex Armorica ſſ Bri ttania mi □ ore ſecu□ co □ veheba □ t et q □ dm ſc □ s cleric □ s ſe □ per p □ ri meo in manu fereb at q□ d pe□ itus illvd deſtrueret, affirma □ s q □ d eſſet ab ipſo ſathana co □ flatu □ preſtigioſa et dyab olica arte q □ re p □ ter mevs co □ fregit illvd i □ dvas p □ tes q □ s q □ dm ego Johs □ de Vi □ ceto ſalvas ſervavi et adaptavi ſicut ap □ paret die lu □ e p □ r □ poſt feſt beate Mrie vir{g} anni gr □ emccccxlv.

下面是上述黑体拉丁文的意译：

Ista reliquia est valde misticum et myrificum opus，quod majores mei ex Armorica，scilicet Britannia Minore，secum convehebant；et et quidam sanctus clericus semper patri meo in manu ferebat quod penitus illud destrueret, affirmans quod esset ab ipso Sathana conflatum prestigiosa et dyabolica arte, quare pater meus confregit illud in duas partes, quas quidem ego Johannes de Vinceto salvas servavi et adaptavi sicut apparet die lune proximo post festum beate Marie Virginis anni gratie MCCCCXLV.

羊皮纸上的拉丁文黑体字的古英语黑体字译文：

Thys rellike ys a ryghte mistycall worke & a marvaylous y whyche myne aunceteres afore tyme dyd conveigh hider w y ffrom Armoryke wh ys to ſeien Britaine y leſſe & a certayne holye clerke ſhoulde allweyes beare my ffadir on honde y he owghte uttirly ffor to ffruſſhe y ſame affyrmynge y yt was ffourmyd & confflatyd off ſathanas hym ſelffe by arte magike & dyvellyſſhe wherefore my ffadir dyd take y ſame & to braſt yt yn tweyne but I John de Vincey dyd ſave whool y tweye p̄tes therof & topeecyd y togydder agayne ſoe as yee ſe on y{s} daye mondaye next ffolowynge after y ffeeste of ſeynte Marye y bleſſed vyrgyne yn y yeere of ſalvacioun ffowertene hundreth & ffyve & ffowrti.

下面是上述古英语黑体译文的含义：

此陶片乃一奇妙之佳作。吾祖先自阿摩卡带之于此，故其绝非英国所产。若某牧师得此物，必曰，陶片者，乃撒旦亲以其魔术所致也。是故，吾父碎之为二。吾约翰·德·文西（John de Vincey）将其修补如故并藏之于今，乃为今之所观者。1445年圣母玛利亚祝宴节后之星期一

下面一段，也就是倒数第二段铭文是于伊丽莎白时代，书写日期是1564年。“为此奇事，吾父丧命。其乘舟前往东非，欲觅得事出之地，不幸于罗伦佐·马奎兹与一西班牙舢板船相撞，舟覆而人亡。——约翰·文西。”

然后是最后一段铭文，从书写的风格看来，是18世纪中叶这个家族中某位族人写上去的。那是《哈姆雷特》中一段名言，但摘抄顺序有误：“天上人间，无奇不有，在你们哲学的世界里哪怕搜肠刮肚亦无法想象，霍拉旭。”

毫无疑问，当时的文西（可能这人就是在许多年以前挽救了这个遗物并于1445年写下那篇黑体字拉丁文字的约翰·德·文西），正是冲着这些学者的大名赶来剑桥，求其帮助揭开这篇译文的秘密。他此行不虚，这位埃德蒙先生果然堪当此任。他的译文实在是一篇中世纪拉丁文的学术代表作。所以我甘愿冒着这些老古董会使饱学的读者厌烦的危险，把全文照抄下来。为了方便一些看原文感到困难的读者，我还将它的草书体经过改写，也一并登出。这段拉丁译文有若干令人费解之处，但不必去着力揣摩，我意请学者同仁注意这一句拉丁语“duxerunt autem nos ad reginam advenaslasanis-coronantium”①，此句于我理解原文，有如茅塞顿开，令人欣慰非常。

埃德蒙德斯·德·普拉托1495年所译的阿美娜特丝的陶

① 意为指引着再航行到光环笼罩的异国女王的国度。——译者注

片上的安色尔铭文的中世纪黑体拉丁文译文：

Amenartas e gen. reg. Egyptii uxor Callicratis ſacerdot□ Iſidis qua□ dei fove□t demonia atte□du□t filiol’ ſuo Tiſiſtheni ia□ moribu□da ita ma□dat: Effugi quo□da□ ex Egypto regna□te Nectanebo cu□ patre tuo, p̃pter mei amore□ pejerato. Fugie□tes aute□ v’ſus Notu□ trans mare et xxiiij me□ſes p’r litora Libye v’ſus Orie□te□ errant̃ ubi eſt petra queda□ m̃gna ſculpta inſtar Ethiop̃ capĩt, deinde dies iiij ab ɔſt̃ flum̃ m̃gni eiecti p’tim ſubmerſi ſumus p’tim ıorbo mortui ſum̃: in fine aute□ a fer̃ ho□i□bs portabamur p̃r palud̃ et vada. ubi aviu□ m’titudo celu□ obu□brat dies x. donec advenim̃ ad cavu□ que□da□ monte□, ubi olim m̃gna urbs erat, caverne quoq̃ im□e□ſe: duxeru□t aute□ nos ad regina□ Advenaſlaſaniſcorona□tiu□ que magic̃ utebat̃ et peritia omniu□ rer̃ et ſalte□ pulcrĩt et vigore i□ſe□eſcibil’ erat. Hec m̃gno patr̃ tui amore p̃culſa p’mu□ q’de□ ei con□ubiu□ michi morte□ parabat. poſtea v’ro recuſa□te Callicrate amore mei et timore regine affecto nos p̃r magica□ abduxit p’r vias horribil’ ubi eſt puteus ille p̃fu□dus, cuius iuxta aditu□ iacebat ſenior̃ philoſophi cadaver, et adve□ie□tib̃ mo□ſtravit flam□a□ Vite erecta□, i□star columne voluta□tis, voces emitte□te□ q̃ſi tonitrus: tu□c p̃r igne□ i□petu nociuo expers tra□ſiit et ia□ ipsa ſeſe formoſior viſa eſt.

Quib̃ fact̃ iuravit ſe patre□ tuu□ quoq̃ im□ ortale□ oſte□ſura□ eſſe, ſi me prius occiſa regine co□tuberniu□ mallet; neq̃ eni□ ipſa me occidere valuit, p̃pter noſtratu□ m̃gica□ cuius egomet p̃tem habeo. Ille vero nichil huius geñ maluit, manib ante ocul̃ paſſis ne mulier̃ formoſitate □ adſpiceret: poſtea eu□ m̃gica p̃cuſſit arte, at mortuu□ efferebat i□de cu□ fletib̃ et vagitib̃, me p̃r timore□ expulit ad oſtiu□ m̃gni flumiñ veliuoli porro in nave in qua te peperi, uix poſt dies hvc Athenas invecta ſu□. At tu, O Tiſiſtheñ, ne q'd quoru□ ma□do nauci fac: neceſſe eni□ eſt muliere□ exquirere ſi qva Vite myſteriu□ i□ petres et vi□dicare, qua□tu□ in te eſt, patre□ tuu□ Callierat̃ in regine morte. Sin timore ſue aliq̃ cavſa re□ reli□quis i□fecta□, hoc ipſu□ oi□b̃ poſter̃ ma□do du□ bonvs q̃s inveniatur qvi ignis lauacru□ no□ p̃rhorreſcet et p̃tentia digñ do□i□ abit̃ ho□i□u□.

Talia dico incredibilia q̃de□ at min□e ñcta de reb̃ michi cognitis.

Hec Grece scripta Latine reddidit vir doctus Edm□ds de Prato, in Decretis Licenciatus e Coll. Exon: Oxon: doctiſſimi Grocyni quondam e pupillis, Id. Apr. A□. Dn□i. MCCCCLXXXXV°.

以下就是根据黑体拉丁文的草书体改写的译文：

Amenartas，e genere regio Egyptii，uxor Callicratis，sacerdotis Isidis，quam dei fovent demonia attendunt，filiolo suo Tisistheni jam moribunda ita mandat：Effugi quodam ex Egypto，regnante Nectanebo，cum patre tuo，propter mei amorem pejerato. Fugientes autem versus Notum trans mare，et viginti quatuor menses per litora Libye versus Orientem errantes，ubi est petra quedam magna sculpta instar Ethiopis capitis，deinde dies quatuor ab ostio fluminis magni ejecti partim submersi sumus partim morbo mortui sumus：in fine autem a feris hominibus portabamur per paludes et vada，ubi avium multitudo celum obumbrat，dies decem，donec advenimus ad cavum quendam montem，ubi olim magna urbs erat，caverne quoque immense；duxerunt autem nos ad reginam Advenaslasaniscoronantium，que magicâ utebatur et peritiá omnium rerum，et saltem pulcritudine et vigore insenescibilis erat. Hec magno patris tui amore perculsa，primum quidem ei connubium michi mortem parabat；postea vero，recusante Callicrate，amore mei et timore regine affecto， nos per magicam abduxit per vias horribiles ubi est puteus ille profundus, cujus juxta aditum jacebat senioris philosophi cadaver, et advenientibus monstravit flammam Vite erectam, instar columne voluntantis, voces emittentem quasi tonitrus: tunc per ignem impetu nocivo expers transiit et jam ipsa sese formosior visa est.

Quibus factis juravit se patrem tuum quoque immortalem ostensuram esse, si me prius occisa regine contubernium mallet; neque enim ipsa me occidere valuit, propter nostratum magicam cujus egomet partem habeo. Ille vero nichil hujus generis malebat, manibus ante oculos passis, ne mulieris formositatem adspiceret: postea illum magica percussit arte, at mortuum efferebat indecum fletibus et vagitibus, et me per timorem expulit ad ostium magni fluminis, velivoli, porro in nave, in qua te peperi, vix post dies huc Athenas vecta sum. At tu, O Tisisthenes, ne quid quorum mando nauci fac: necesse enim est mulierem exquirere si qua Vite mysterium impetres et vindicare, quautum in te est, patrem tuum Callieratem in regine morte. Sin timore sue aliqua causa rem reliquis infectam, hoc ipsum omnibus posteris mando, dum bonus quis inveniatur qui ignis lavacrum non perhorrescet, et potentia dignus dominabitur hominum.

Talia dico incredibilia quidem at minime ficta de rebus michi cognitis.

Hec Grece scripta Latine reddidit vir doctus Edmundus de Prato, in Descretis Licenciatus, e Collegio Exoniensi Oxoniensi doctissimi Grocyni quondam e pupillis, Idibus Aprilis Anno Domini MCCCCLXXXXV°.

“好了。”我说。我将那些文件和铭文都仔细地看了一遍，至少是好懂的都看过了。“事情大致就这样，利奥，现在该你自己拿主意，我已经心中有数了。”

“你怎么想的?”他急忙问。

“就如你所看到的。我认为这件事情非常离奇，但我相信这块陶片确实是你们家族从公元前4世纪就传下来的古物。无论它显得多么荒唐，事实终归是事实，上面的铭文就是证据。不过我相信仅此而已。我不怀疑陶片上那些东西是由你远祖，也就是那位埃及公主，或者是在她授意下由别人写上去的。可是我更相信，生活中的磨难，失去丈夫的痛苦已使她神思恍惚，在她写这些东西的时候，她的头脑不是那么清醒的。”

“那你对于我父亲在那里的所见所闻又怎样解释呢?”利奥问。

“巧合！毫无疑问，在非洲海岸边总会有些看上去有点像人头的山崖，也会有许多操着杂七杂八的阿拉伯语的人。我还相信那儿会有许许多多沼泽地。此外，利奥，虽然可能这种话我不应该说，但我认为你父亲在写这封信时头脑混乱。他的旅行遇到了许多的困难，但还要按这个故事去想象场景，他就是一个爱幻想的人。总而言之，他的整个经历都是荒诞不经的。我知道自然界中存在着罕见的神奇力量，若我们一旦遇到这种情况，便会不知所措。若非我亲眼所见，我难以相信世界上有不死之术，哪怕是一种短暂的不死之术。我也不会相信在非洲的某个沼泽深处，有着一个或有过一个白人女巫，不过这种机会恐怕不会有了。这是无稽之谈，我的孩子，十足的无稽之谈。乔布，你觉得呢？”

“我认为，先生，那是撒谎，如果真有这么回事，利奥先生，可别去管它！没什么甜头好尝的！”

“可能你俩说的都对，”利奥极为平静地说，“我没什么好说的。不过我要说，我打算把这件事彻底搞清楚，反正我已经打定了主意，如果你们不愿意和我一起去，我就自己去。”

我望着这位年轻人，看得出来，他没说假话。从利奥小时候，每当他决心要做什么事情时，他就会做出一副奇怪的嘴形。哎！说实话吧，哪怕不是为了他，就算是为了我自己，我也不愿他独自去任何地方。我太爱他了，不能忍受和他的分离。我是一个无亲无故的人，在这点上，命运偏偏和我作对，不论男女见我就怕，至少我想是如此，反正效果一样。人们都认为我人如其表。我宁愿尽量远离世俗，远离社交，也不愿别人见我避之唯恐不及。所以，利奥就是我在这个世界上的一切——我的兄弟，我的孩子，我的朋友——只要他不嫌弃我，只要他在哪儿，我就在哪儿。不过，我当然不想让他知道我有多依赖他，所以我要想好如何给自己台阶下。

“真的，我要去，叔叔，即使找不到那股‘奔腾不息的生命之火’，起码也要来一次最棒的游猎！”

这正是我给自己台阶的好机会，我立即接住他的话头。

“游猎？”我说，“啊哈！对啊，我可没想过这点。我想那个国家幅员辽阔，遍地野兽。我一直想在我有生之年打死一头野猪呢！你知道吗，孩子，我想探险倒无可能，但定有大猎物好打。若你执意要去，我就请假和你一起去。”

“啊，”利奥说，“我就知道你不会错过这个好机会的。但钱从哪里弄呢？我们要用的钱可不是个小数目呢。”

“这你就不必操心了，”我回答，“你有一笔存了多年的存款，此外，你父亲留给我的那部分钱的三分之二我都节省下来了，也交给你，钱足够了。”

“那好极了！我们还是把这些东西收拾好，进城买把枪去吧！对了，乔布，你也打算去吗？这可是你去周游世界的好机会。”

“嗯，先生，”乔布呆呆地回答道，“我没去过国外，不过你们两位先生要去的话，总得有个人侍候你们。我服侍了你们二十年，这时候我可不想撒手不管。”

“这就对了，乔布，”我说，“也许你不会看见什么奇珍异宝，却可痛快狩猎。好啦，你们瞧，我从未对任何人提过这件事情，”我指着那块陶片说，“若此事被他人得知，我再出点什么事情的话，周围的人会觉得我精神错乱，我也会成为整个剑桥的笑柄。”

这次谈话三个月后，我们已在开往赞比亚的海轮上了。

第四章 风暴

此时此刻与那时的差别多大啊！与寂静的学院告别，与随风摇曳的英格兰榆树告别，与呱呱直叫的白嘴群鸦告别，与那一排排熟悉的书籍告别，展现在眼前的是一轮非洲满月照耀之下的一片静谧的、无边无际的、波光粼粼的万顷海涛。我们那只独桅帆船上的巨大风帆被一阵清风吹起，波浪似奏乐般拍打着船舷。深夜，人们都早已深深入睡，只有一个身材粗壮、皮肤黝黑的阿拉伯人站在船舷边，他叫穆罕默德(Mahomed)，他一边观察星星辨别方位，一边懒洋洋地转动着舵柄。离我们右舷三里多处，隐隐约约有一条黑线，那是中非的东海岸。我们顺着东北季风，在大陆延绵数百里的危险暗礁之间南行。万籁俱寂的夜晚，哪怕是这艘三桅船上的一声轻轻的叹息也清晰可闻，更不用说远处大陆上一阵低沉的吼声了。

站在舵边的阿拉伯人抬起头，说了声："西姆巴（狮子）!"

我们都坐起来听。又是一声，声音缓慢、有力，令人彻骨生寒。

“要是船长计算准确的话，”我说，“我想他大概是不会错的。我们明天上午十点就该到那块神秘的人头岩边，开始打猎了。”

“也可以开始搜寻那座毁灭的城市和生命之火。”利奥微笑着，拿下叼在嘴里的烟斗。

“瞎扯！”我说，“今天下午你就对着那个掌舵的阿拉伯人卖弄你的阿拉伯语。他对你说什么啦？他半生可能都在过着罪恶的生活，应该是在这一带做买卖（八成是贩卖奴隶），他还曾经登陆过那人头岩下。那座毁灭的城市，还有山洞什么的，他听过吗？”

“没有，”利奥回答，“他说那里沼泽遍地，毒蛇巨蟒横行，飞禽走兽游走，杳无人烟。当然了，在东非海岸沿岸一带，就有一条沼泽带，所以这也无关紧要。”

“是，”我说，“那儿有疟疾。你知道人们都是怎么看那里的吗？他们根本就没人肯和我们一起去。他们以为我们都疯了，他们是对的。若是我们能再踏上英格兰的土地，我自己都会感到惊讶。对我这个岁数的人来说，我已经不在乎了，但我还是担心你，利奥，还有乔布。这是傻瓜才干的蠢事，我的孩子！”

“好吧，霍勒斯叔叔。依我看，还是听天由命吧。你们看！那片云是什么东西？”利奥指着船后繁星点点的天空中的一朵乌云。

“去问问那个掌舵的。”我说。

他站起来，伸了个懒腰，走了过去。不一会儿又走了回来。

“他说那是暴风，但暴风离我们很远的地方就停歇了。”

这时乔布走了过来，他身穿褐色法兰绒打猎服，显得十分壮实，而且英国气派十足。从船驶进这片陌生海域后，他那淳朴的圆脸一直带着一股神奇劲儿。

“先生，请!”他举手碰了碰遮阳帽檐，那帽子滑稽地扣在他的后脑勺上，“我们已经在船尾的救生艇上放上枪了，也把粮食放在橱柜里了。我讨厌这些黑东西（说到这里，他的声音已经如耳语一般），一个个都是贼眉鼠眼的。说不定有人趁着天黑溜进船里，砍断缆绳，划上它跑了呢！那可就糟啦！真的!”

我要说明一下，那艘救生艇是我们在苏格兰的敦提市特制的。因为这一带海岸河湾交错，密如蛛网，为了便于掌控，我们买了这么一艘小船。这是一艘漂亮的船，长约三十尺，船体中央装有升降板，船底用铜皮包了起来以防虫蛀，而且都是防水船舱。独桅船的船长曾对我们说过，当船驶到人头岩时——就是陶片上记载的和利奥的父亲讲过的那个地方，可能因为浅滩和激浪难以靠岸。因此，那天早晨太阳出来时趁风不大，我们将船停了下来，用了三个小时把大部分的杂物用品放到了救生艇内，枪支、弹药和存粮也放到了防水舱中的特制橱柜里。这样，只要故事中讲的那个人头岩在望，我们便万事皆备，只等划船上岸了。我们这么做的另外一个原因是，若是那位阿拉伯船长认错地方，爬过了那个山岩也未可知。海员们知道，独桅船顶风航行的话，不能只装顺风帆。因此当我们把船收拾妥当后，就准备随时向那个山岩出发了。

“说得对，乔布，”我说，“也不是没有这种可能的。艇上有好多羊毛毯，睡觉时别让月亮照着头，把你照得昏头昏脑，睁不开眼睛。”

“老天保佑，先生！月亮照照倒没有关系，我早就被这帮黑小子弄得头昏脑涨了。一看见他们那种贼头贼脑的邋遢样，我就心烦。他们只配去掏垃圾！你闻闻他们身上那股臭味儿吧！”

不用说，乔布对我们黑皮肤的兄弟们的外表和辞官都看不顺眼。

用缆绳把小艇系在船尾，让它始终和独桅船一起前行，乔布也像块木头似的躺在艇里蒙头大睡。我们又坐回到甲板上，边抽烟，边闲聊起来。夜色迷人，我和利奥思绪万千，心潮激荡，都不想这么早就进船舱。大概我们就这样坐了一个多小时，才打起瞌睡来。我还迷迷糊糊地记得利奥睡眼惺忪地说要杀死一头水牛，要抓住它的两只角，再朝它脑袋上开一枪，准能把它打死，或者往它的喉咙里开一枪。

其他的就什么都不记得了，突然一阵可怕的呼啸声响在耳边，梦中惊醒的船员们在惊恐地尖叫，海浪如鞭子般抽打在我们的脸上。有的人想降下船帆而跑去松帆索，但帆索却绞成了一团，帆桁则一动也不动。我一下子蹦了起来，吊到一根绳子上，好把它拖下去。我们后面一片漆黑，前面却仍然是皓月当空。月光下，一排高达二十多尺的巨浪正向我们迎面扑来。浪打在船的顶楼，一缕月光正好泄在浪尖，射得白沫银光闪耀。之后，巨浪又在狂风推卷下，扑进了漆黑的天幕。刹那间，我看见浪涛将我们那艘救生艇高高地抛向空中。接着，又一排巨浪打过来！沸腾的浪花狂奔乱冲着，我死死抓住一根桅索，才保全了性命。我吊在桅索上，被海浪冲打得动摇西荡，那模样，就像在狂风中乱舞的一面旗帜。

我们都筋疲力尽了。

浪头终于过去了。我好像在水下待了几分钟，但可能就几秒钟而已。我朝前一看，被狂风撕破的船帆，在高空中乱舞，好似一只受了伤的巨鸟的翅膀。在短暂的静默中，我听到乔布声嘶力竭的叫声“快到小艇上来!”

虽已被淹得半死不活，头昏脑涨，但我奔向船尾。我感到脚下的独桅船慢慢下沉，它里面已经进满了水。船尾下面，我们的救生艇在后面剧烈地颠簸着，那个掌舵的阿拉伯人穆罕默德纵身一跳，跃到了小艇上。我拼命拉住那根绷紧的缆绳，想把小艇拉到船边来，结果是枉费心机，最后也只得不顾一切地朝小艇跳了下去。乔布抓住了我的胳膊，我一下子跌进了艇底。这时，独桅船的船体已沉没，穆罕默德迅速拿出了一把弯刀，砍断了那根系在船上的结实的缆绳，小艇正好就被风暴刮到了独桅船沉没的地方。

“上帝啊!”我发狂地吼叫着，“利奥在哪儿?利奥!利奥!”

“他死了，先生！上帝保佑他!”乔布在我耳边大喊大叫，不过风暴的呼啸声使我几乎听不见他的声音。

我痛苦地挥动着双手，利奥淹死了，而我却活着，活着去祭拜他!

“当心!”乔布大叫起来，“又来了!”

我转过身去，又一排巨浪迎头向我们扑过来。我以为肯定得被淹个半死，不由胆战心惊地瞅着那可怕的大浪。这时，咆哮的风浪几乎将月亮吞噬，黑暗中透露出一丝细微的月光。好像漂浮着一块船体碎片。浪头击打着我们的船，船里几乎灌满了水，好在船舱是分层密封的（上帝保佑那个发明这种船的人!），它像一只天鹅，从浪头上飞了过去。在滔天的白浪和震耳的怒吼中，我看见波浪中那个黑色的东西径直朝我漂来。我伸出右臂想把它挡开，没想到却碰到一个人的臂膀。我像把老虎钳似的死死地抓住了他的手腕。平时我自恃身强力壮，臂力过人，可是这个漂过来的人体的冲击力和重量却差点让我的臂膀脱臼。若是那股急流再持续两秒钟的话，我要是不撒手就只能和他同归于尽了。还好急流总算过去了，而我们站在了齐膝深的水里。

“舀水！舀水！”乔布有节奏地一边喊一边往外泼水。

但是此刻我却不能舀水，乌云蔽日，我们又沉浸在了一片黑暗之中。我抓住的那个人现在已躺在船底，半个身子浸泡在水中。一道转瞬即逝的微弱的光照亮了他的脸。

那是利奥！无论是死是活，大浪把利奥带回来了！从死亡的边缘拉回来了！

“舀水！舀水！”乔布喊道，“不然船要沉了！”

我抓起一个原来固定在座位下的带把的大锡碗舀起来，为了保命，我们三个人都在拼命舀着。四周的波涛汹涌回旋，船被抛来掷去，狂风裹挟暴雨，挟着海浪，抽得我们头晕目眩，连眼睛都睁不开。绝望带给人力量，我们像着魔似的拼命舀着水。一分钟！三分钟！六分钟！船开始变轻了，海浪也没有再来与我们为难。又过了五分钟，船里差不多没什么水了。这时，突然又传来了一阵比飓风的呼啸还要阴郁、沉闷的号叫声。上帝啊，那是激浪的声音！

好在这时月亮又重新出现了，照耀着奔腾的风暴。月光像一支支银箭，射在那一望无垠、支离破碎的海面上，我们前方半里，波浪像一条白线奔腾而来，好似划开黑暗的一条白线。那就是激浪，我们的船似燕子般飞快地划过波涛上时，它的咆哮声清晰可闻。翻腾着的波浪，就像一锅泛着雪白水泡的沸水，而簇拥在一起的浪尖，简直就是地狱里白森森的獠牙了。

“稳住舵，穆罕默德!”我用阿拉伯语喊着，“我们必须冲过去!”我抓起一片桨，示意乔布也照我的样子做。

穆罕默德朝船尾爬去，抓住了舵。乔布也在费力地划着桨，他只有小时候在坎姆河上划浴盆玩过。过了一会儿，船头对准浪涛，像脱缰之马似的劈波斩浪冲了过去。正前方的浪涛似乎比前两次要弱，那儿有道很深的豁口，我转过身来，指着旋涡呼喊。

“稳住舵，穆罕默德！这次豁出去啦!”我狂吼着。穆罕默德是个老手，对这一带危险航线上的紧急情况游刃有余。我看见他弯下壮实的身躯，紧握舵柄，那双又圆又大的眼睛紧盯着白浪翻滚的激流，眼珠鼓得像要掉出来似的。海浪的推力把船头逼向右边，如果船在豁口右面五十码内冲进这道激浪，那就必沉无疑了，因为那儿有一个浪涛翻滚的大旋涡。穆罕默德两脚死死地顶住前面的座位，当他用劲扳舵时，棕色的脚趾像手掌似的张开。船转过来了一些，但还是不行，我喊乔布过来划船，自己也拼命地挥动着桨，船体这才又慢慢地偏过来一点儿。

天啊！我们又冲进浪里了！有几分钟，我们的心跳得好似要跳出来似的，已经无法形容了。只记得奔腾咆哮的大海，四面八方都是巨浪，巨浪，翻滚着像一群从大洋坟墓中爬出来复仇索命的魔鬼。我们绕着漩涡转了整整一圈，也许是运气使然，也许是穆罕默德的高超技术，不等下一个浪头打上我们的船，就又笔直向前了。我们又一次战胜妖魔，更准确点说，是从妖魔口中逃生。随着穆罕默德的一阵欢呼，船穿过那像白森森的獠牙似的层层巨浪，向着平静的海面飞去。

这时船里的水差不多又满了，在不到半英里的前方，第二道激浪在咆哮翻腾。我们又拼命地舀起水来。幸好风暴这时已差不多完全过去。如洗的明月，照见前面一个深入大海半英里多的怪石嶙峋的海岬。在它的脚下翻滚的波涛，看上去就像是海岬的延伸部分。可能这是一个伸进海中的山脊形成的海岬，只是高度略微低些而已，下面的礁脉也可能是由它形成的。绝壁之端是一个奇形怪状的峰顶，离我们大概不到一里远。船里的水又被舀干净了，这时利奥的眼睛也睁开了，口中嗫嚅着他的衣服掉到床底下去了，以及什么该起床上小教堂去做礼拜了之类的呓语。这使我松了一口大气。我叫他闭上眼，别说话。他很听话，一点儿也没有意识到发生了什么事情。不过，他说到上教堂之类的，倒使我怀念起我在剑桥的那些舒适的房间来。我怎么会这么蠢，居然抛下了它们而来冒险？从那个晚上以后，这个想法时时向我袭来，一次比一次来得强烈。

现在，我们的船又向那层激浪漂了过去，风小了点，速度慢了些，只有水流仍推着我们向前（后来才知道这是一股潮水）。

没多久，我们又冲进了激浪之中。那个阿拉伯人在凄凉地狂呼真主的名字，我也不由自主地突然虔诚地祷告起来，只有乔布在不恭不敬地抱怨着什么。到我们最后脱险为止，每次的险情都和前面遇到的一样，只是劲头弱了些。穆罕默德的高超技术和密封舱救了我们，五分钟后我们就穿过激浪，以令人炫目的速度向那个海岬漂过去。我们都已筋疲力尽，除了控制一下船头的方向以外，都无力动弹。

我们随波逐流，四处漂荡。到了海岬下面的避风处，速度突然减低，船慢慢停了下来。最后就好像走进了一道死水湾似的。暴风雨过去了，留下的是一片静穆的、月华如水的夜空。海岬截断了被风暴搅得发疯的大海，那冲向河口的滔滔浪潮也在慢慢地退缩（我们现在正位于一条河的入海口处），小船平稳地漂浮着。我们乘着那轮当空的皓月，将船里的水舀了出来，让船体多少上浮一些。利奥睡得正香，我想还是不要弄醒他为好。他穿着湿透了的衣服，但是夜晚温暖宜人，我和乔布都觉得对他那种好体质的人来说这是无所谓的，何况手头上也没有衣服可换。

月亮一会儿就西沉了，海面像一个在痛苦呻吟着的妇女的胸脯，微微起伏，任我们的船在上面漂荡。现在我们总算有时间来回忆我们经历过的险境和逃脱的灾难了。乔布坐在船头，穆罕默德仍守在舵边，我则坐在船中间的座位上，旁边紧靠着正在熟睡的利奥。

月亮慢慢地落在地平线之下，长长的、薄暮似的阴影爬上了太空，星星在其间闪烁。不久，晨曦微露，群星失色，东方的天空露出了一片鱼肚白。又一个黎明来到了！大海越来越平静，静得就像笼罩在它胸怀上的轻雾，将它的一切骚动不宁都掩盖了，就像在我们紧张动荡的生活中，短暂的梦境也能笼罩一个痛苦的灵魂，使它忘记它的不幸一样。黎明的天使在漫天飞舞，她们越过高山，飞过海洋，把光明撒向人间。她们驱散了黑暗，显得那么纯洁、乐观！她们飞过那静静的大海，飞过那低低的海岸、绵延的沼泽、高耸的山峦，飞过那些安详地酣睡的人们和痛苦地醒来的人们。对罪恶的，善良的，活着的或死去的都一视同仁，把这个广阔的、充满无限生机的世界通通照亮。

多么美的景色啊！也许是美到极致了，它又显得那么凄凉！东升的红日，夕阳的余晖！人类与人类行为的指向，万物轮回的象征。这日清晨，我犹如醍醐灌顶，似领悟人生真谛般。这轮冉冉升起的红日，昨日却为那十八个旅伴苍然西坠，而那十八个人却已永葬大海深处！

独桅船同他们一同葬身大海，漂荡在石缝和海草中，啊，多少人在死神般的大海上随波逐流！我们四人得以生还。但当那日旭日东升时，我们也将与他们同行黑暗，也有一些人将看到这万丈阳光，或美丽或忧伤，在那死亡的梦境中诞生希望与生命！为了我们所有的人。

第五章　人头岩

黑暗终被晨曦取代，金光灿烂的朝阳从它的大海眠床上冉冉升起，将温暖和光明倾泻给大地。我坐在船头，倾听着悠扬的涛声，看着那喷薄而出的旭日。小船悠悠地顺水漂荡，把我们带到那座奇形怪状的山岩面前，或者说到了山峰脚下。这座山峰就在让我们死里逃生的海岬的尽头，它耸立在那儿，挡住了日出的辉煌美景。我心不在焉地看着，不一会儿，渐渐升起的耀眼阳光给它镀上了金边。突然间，我大吃一惊，这座高约八十尺，底部宽约一百五十尺的峰顶的形状，竟然酷似一个黑人的头颅！它的脸上带有一种恶魔般狰狞可怖的表情。

就是它，这惟妙惟肖的黑人头像！正对着我们的是厚厚的嘴唇、丰满的双颊。在明亮的背景衬托下，那突出的粗短的鼻梁显得格外清晰。那个或许是由于千百年来风吹雨打造就的圆头，像是为了更臻完美似的，顶上还长着矮小的草丛或是苔藓之类的植物，逆着阳光看起来，活像长在一个奇大无比的黑人头上的那撮又短又密的鬈发。这实在太诡异了，让人难以置信。这不是大自然的鬼斧神工，而是一个巨大的人工雕像，一个为世人所遗忘的民族依照天然岩石雕刻出来的，好似著名的埃及斯芬克斯一样的杰作。这可能是用来警告那些敢于来犯的敌人。啊，你看他那蔑视海湾的神情吧!

不幸的是，我们永远也无法确定塑造这座头像的目的，不论是从岸上，还是从海边，要接近这块岩石都很困难，另外我们到这里还有更重要的事情要做。根据我们后来的观察，我相信这是人工雕刻的。无论来历如何，雕像依然耸立在那儿，千秋万载地凝视着那变幻无常的汪洋大海。两千年前，它就在那里，那时埃及公主阿美特纳丝，利奥的远祖卡里克雷特的妻子就曾见过它那魔鬼般的面容，我想，将来待我们灰飞烟灭、被人遗忘，它依然会屹立在这儿的。

“你看那座山像什么，乔布?”我问我们的随从，他正坐在船边，晒着太阳，顺着我指的方向看那个火一般燃烧着的恶鬼似的山头。

“啊上帝，先生，”乔布这才看见了那个山岩，“先生，我看这个魔鬼肯定是一直坐在岩石上，让别人给他画像。”

我哈哈大笑起来，笑声惊醒了利奥。

“喂，”他问，“我这是怎么了?我全身发僵，独桅船呢?请给我点白兰地好吗?”

“啊，你还没完全僵硬就算万幸了，孩子。”我回答他，“独桅船沉没了。除了我们四人之外，船上其余的人都死了。你还能留下这条小命，简直就是奇迹了。”这时天已大亮，乔布在橱柜里到处找利奥要的白兰地，我则把晚上的经历向利奥讲述了一番。

“天哪!”他有气无力地说了一句,“我们居然活了下来了!”

白兰地拿来了，我们都痛痛快快地喝了一大口并庆祝了一番。这时太阳变得炽烈起来，温暖了我们冰冷的躯体，要知道我们浑身湿透已有五个多小时了。

“为什么?”利奥放下酒瓶时突然激动地大叫一声，“那里会有他们描述的那个人头，那个雕成埃塞俄比亚人头形的山岩。”

“是的,”我回答,“就是它。”

“这么说来,”他说，“事情都是真的了!”

“那不见得,”我说，“我们原来就知道这儿有这么个头像，你父亲就见过它。不过它不一定就是记载中所写的那一个，更何况即使它就是，也说明不了什么问题。”

利奥揶揄起我来,“您是一个不信教的犹太人，霍勒斯叔叔,”他说,“咱们走着瞧吧!”

“好吧,”我说,“现在你该看清楚了，我们正越过沙洲向河口漂去。乔布，拿起桨来，我们把船划进去，看有没有什么地方好上岸。”

河口处并不宽阔，河的两岸也是白雾茫茫，河面到底有多宽也不得而知。它就像大部分东非的河流一样，在入海处有一片相当大的沙洲，若岸上起风，又值退潮之时，小船想向前进一步都不甚艰难。但当时我的境况还没有那么糟糕，而我们也没有带一口淡水，所以我们非进不可。

适时恰有一阵海风直吹上岸，虽然风力时有变化，但我们还是借着这股海风，没费多大力气，二十分钟后就到了河口。这时，在阳光照耀下，浓雾已消散，天也开始热得让人难以忍受。我们看见那条河的河口大约有半里宽，河岸上杂草丛生，成群的鳄鱼像一根根木头似的躺在泥泞里。在前方一里左右，好像有一片干地，我们便朝那里划去，约一刻钟便到了。

我们把船系在一棵美丽的树上，这棵树上的叶子很宽，闪闪发亮，树上开着的木兰花是玫瑰色而不是白色，花朵倒映在水面上，显得十分可爱。我们上了岸，脱去衣服洗了个澡，并把身上穿的衣服和船上的物品都摊在地上晒干。然后，我们坐在树荫下，避开烈日，开始大快朵颐着美味的罐装蛇肉。我们现在还有很多这种食品，幸好在独桅船被摧毁的前一天，我们把东西都装上了救生艇，实在值得庆贺！饭后，衣服也干透了，我们匆匆穿上衣服，一下子觉得清爽多了。实际上，除了劳累和几处碰伤外，我们这伙人对刚才这场使我们许多同伴丧生的灾难倒没有什么不适。虽然利奥是被淹了个半死，但对于一个才二十五岁的血气方刚的小伙子来说，这也确实算不上什么事情。

吃过早饭，我们看看四周。我们现在在一块长约三百码、宽约二百码的条形地带上，一面靠河，另外三面都是一望无际的荒凉的沼泽地。这一小块地方比四周要高出二十五尺左右，很像人工筑成的。

“这儿原来是个船码头。”利奥果断地下了结论。

“瞎扯。”我答道，“谁会傻到在这种吃人不吐骨头的地方，沼泽遍地的地方修建码头呢?”

“也许这地方原本不是沼泽地，也可能这儿的人原来也并不是野蛮人。”利奥望着陡峭的河岸，冷冷地反驳我。当时我们正站在河边。“您看那儿，”他朝下指着河边一块地方，在那儿，斜坡最下边，昨夜的飓风将一棵傍水而生的木兰树连根拔起。“那不是一道石头搭建的堤坝吗？就算不是，也像得很啦!”

“瞎扯。”我又说，这时我们已经走到那个地方，站在被掀起的树根和河岸之间。

“怎么样?”他问。

这回我没话可说了，只是吹了个口哨。泥土已被翻起，下面确实露出来了一块结实的石坝表面。那是用大块的石头垒起来的，中间用褐色的黏结剂黏合起来，结实得用猎刀上的锉子都刻不下一丝痕迹。除此之外，在坝基下方裸露出来的地方，我还看见有个什么东西从泥土里鼓了出来，扒开上面的浮土一看，是个巨大的石环，直径有一码多，约三寸厚。这个发现立刻使我哑口无言。

“看来是像个码头，还停泊过不少的船只，您看是不是，霍斯勒叔叔?”利奥高兴地咧嘴笑着说。

我本想再说一个“瞎扯”，但话到喉咙口就哽住了——这个旧石环说明了一切。在过去某个年代里，确实有船在这里停泊，这堵石墙也无疑就是那个坚实的港口的遗迹。很可能原来拥有这个码头的城市已被它后面的沼泽所吞没了。

“看了这些，我想那个故事也不见得是无稽之谈，霍斯勒叔叔。”利奥欣喜若狂地说，联想起那个神秘的黑人头像和这座同样令人不解的石头建筑，我没有直接回答他的问题。

“在非洲这种地方，”我说，“肯定是充满了早已灭绝、为人所遗忘了的文明遗迹的。没有人能知道埃及文明的确切年代，很可能它有分支。后来的巴比伦人、腓尼基人和波斯人及其他各民族人，他们都具有不同程度的文明，更不消说如今大家都‘离不开’的犹太人了。很可能他们或其中某个民族曾经占领过此地，或与此地有过贸易往来。你还记得领事带我们在基尔瓦参观过的那些被埋没的波斯城镇吗?”①

“记得,”利奥说,“可是您以前不是这么说的。”

“得了得了!还是说说眼下该怎么办吧!”我转移了话题。

没人回答。我们走到沼泽边上,极目望去,无边际可循。水草深处,各种水鸟成群结队地遮天飞过。这时,随着太阳照射,温度逐渐升高,沼泽和水塘中都蒸发出一团团的瘴气,毒物迷漫,令人头晕目眩。

“有两点很清楚,”我对这三个目瞪口呆地看着眼前这种奇景的伙伴说,“其一,那地方我们过不去(我指着沼泽);其二,待在这里不走,我们也会患热病死掉。”

“这事您不说一看就明白的,先生。”乔布说。

“因此,在我们前面有两种选择。一是掉转航向,乘上救生艇,设法去找个港口,这是一条十分危险的路;还有一个是仍旧沿着这条河逆流而上,弄明白究竟到了什么地方。”

“我不知道您是怎么打算的,”利奥坚定地说,“我是要逆流而上的。”

乔布两眼朝天,唉声叹气,阿拉伯人嘀咕了一声“真主保佑”,也愁眉不展。我自己则直言不讳地说,我们已置身于魔鬼和深渊之间,去哪里都相差无几。不过说真心话,我是巴望着像利奥说的那样去做的。巨大的头像和石环已激起了

---

① 在基卢比附近,桑给巴尔以南四百英里的东非海岸边,有一处被海水冲刷的山岩,山顶有波斯人的陵墓,据上面清晰可见的日期推断,至少已有七百年历史,陵墓下有一城市废墟。山岩第二层是年代更为久远的城市废墟,再往下,还有第三层大规模的、无法测定年代的古城废墟。在最底下的城市废墟之下,近期发现了釉陶器,与至今在该海岸仍可偶然见到的陶器相似。我相信现在这些陶器已为约翰·克尔克爵士所有。——原书编者注

我极大的好奇心，我只是暗自觉得这种好奇心让我有些难为情，但我还是准备不惜一切代价来满足它。我们把桅杆重新装牢，把船又整理了一番，拿出了枪，重新起航。运气还不错，风正从大海往陆上吹着，我们还能把帆从船上升起。后来我们发现了这个规律，黎明伊始，风从海上往陆地上吹几个小时；傍晚时分，则会从岸上往海里吹。我认为产生这种现象的原因是，露水和夜晚使地面温度降低，热空气就上升，于是阵风就从海上吹来，直到太阳再把地面晒热。至少，此地的情况基本如此。

借着东风，我们顺利地乘风航行了三四个小时。有一次看到一群河马，离我们的船有十至十二码的样子，正一沉一浮地怪叫着朝我们游来，样子十分可怕。乔布吃了一惊，我自己也着实吓了一跳。这是我们第一次看到河马。从它们那副不胜好奇的样子看来，我们也许是它们头一次见到的白人。有两次我还真在想，它们会不会爬到船上来把我们看个够。

利奥想朝它们开枪，我担心这样会出事，就制止了他。我们也见过数以百计的鳄鱼在泥泞的岸边晒太阳，还有成千上万的水鸟。我们打了一些水鸟，其中有一只野鹅，它除了在翅膀上长了一对尖利的矩外，双眼之间，还长了一个长约四分之三寸的矩。以后我们再也没有打中过这种鹅，因此弄不清它到底是只“畸形儿”还是一种特殊的种类。如果是后者，可能会引起一些自然科学家的兴趣。乔布给它取了个名字叫“独角鹅”。

中午时分，烈日当空，酷热难忍，沼泽地上蒸发出来的气味也越发臭不可闻，我们一个个都马上吞点奎宁片以防疾病。过了一会儿，一丝风都没有了，冒着酷热划这么一条船逆水而上是根本不可能的事情。好在河边长着一丛丛的柳树，我们爬上岸，在一丛紧靠河边的柳树荫里躺下，热得连气都喘不过来。就这么一直躺到太阳落山，我们的罪才算受完。看到前面是一片开阔的水面，我们决定先划到那边去，然后再决定晚上干些什么。可是刚要解缆开船时，一只美丽的非洲大羚羊来到河边喝水。它的头上长着一对巨大的向前弯曲的角，臀部上是一道白纹，它一点儿也没察觉到我们就隐蔽在离它不到五十码的柳树下。利奥第一个看见它，这位兴致勃勃的大猎人立即全身紧张，几个月来梦寐以求捕获大猎物的愿望眼前就可以实现了。他像一只塞特猎狗似的跃跃欲试，我一看，立即将他的快枪递给了他，同时抓起了自己那支枪。

“喂，”我低声说，“当心别打偏了!”

“打偏?”他不高兴地咕哝了一句，“我向来弹无虚发!”他举起了枪，那头棕色灰斑的大羚羊喝够了水，抬头向河对岸望去。它背衬着夕阳站在一个土包上，或者说是地埂上(那是一条穿过沼泽、大野兽出没的小径)，显得那么英俊。我就是活到一百岁也不会忘记这幅荒凉而又极度迷人的景色，它就像印在我的脑子里了一样。我们左右都是广阔且寂寥，又孕育着死亡的沼泽，放眼望去，无边无垠，其间星星点点、散发出泥炭味的黑水潭镜子似的反射着夕阳的红光。我们的前面是一条长河，缓缓注入那隐约可见的芦苇环绕的湖泊之中。微风吹起一阵阵涟漪，夕阳的狭长光束在水面上闪耀。右边那轮西坠的落日，正消失在迷茫的地平线下，它的余晖映照苍穹，给那些呈一字形、四方形、人字形疾飞的白鹅和野雁镀上一层鲜血般殷红的光泽。而这时我们自己，三个时髦的英国人，坐在一艘时髦的英式船里，似乎都沉溺在这种深不可测的荒凉寂寞之中了。在我们的面前，映衬着那血红天空的，就是那只羚羊的矫健、俊美的身影。

“嘭!”枪响了，它却一纵身跳了起来，飞快地跑了，利奥没打中。“嘭!”又低了一点。该我打了，我非打上一枪不可！这时羚羊已经箭也似的窜出去一百多码了。啊！我打中了！羚羊在地上翻滚挣扎！“喂，利奥少爷，实在是不好意思了。”我说，拼命地想压抑即使最有涵养的猎手在这种狂喜时刻也会产生的那种得意忘形的劲头。

“去你的!”利奥不高兴地喊了一声，随后，脸上又闪过一丝微笑，像一道阳光照亮了他漂亮的面庞似的，他显得更为可爱了。他说：“对不起，老朋友，祝贺您！您这一枪打得真漂亮，我的枪法太蹩脚了!”

我们从船上跳了下来，向羚羊跑去。它的脊骨已被打断，早就死了。我们花了一刻多钟把它洗净，把它身上的好肉割了下来，能拿多少就割多少。等我们把这些肉装好，天色已经不早了，只能勉强划船去那个湖泊似的地方了，那儿是沼泽中的低洼地带，河水在那儿显得宽些。天黑下来时，我们在离湖岸三十码的地方抛了锚。一方面由于不知道岸上有没有干燥的地方可以栖身，另一方面也是对沼泽地的毒气敬而远之，所以我们觉得待在水上还自在一些。于是我们点起了一盏灯，又开了个猪肉口条罐头，吃了一顿我们所能做出的最美味的晚餐，饭后就准备睡觉了。可是我们发现根本就睡不成，成千上万嗜血的、闻所未闻、见所未见的巨大的蚊子，不断向我们发起攻击。它们成团成阵、密密麻麻地飞来，嗡嗡地叫着，叮着，咬着，直逼得我们都快发了狂。烟熏似乎使得它们更为精神抖擞，咬得更欢。我们无法可想，只好用毯子从头到脚裹了起来，坐在那儿，捂得浑身是汗，一面不停地搔痒，一面不停地咒骂这些该死的东西。正在这时，猛然间，穿过黑夜的寂静，传来了雷鸣般深沉的此呼彼应的狮吼声。它们就在离我们只有三十码远的芦苇丛中。

“我说，”利奥从毛毯下面伸出了脑袋，“幸好我们没在岸上过夜。嗯，你看是不是，我的表兄（有时他就这么不恭不敬地叫我）？啊，该死的！蚊子咬了我的鼻子！”脑袋又缩了回去。

不久月亮探出了头，水面上回荡着岸上传来的狮吼，时而厉声长嘶，时而深沉短号，可是我们却以为太平无事，一个个都昏昏欲睡了。

弄不清到底是什么把我从那舒适的毛毯罩子中唤醒过来，也可能是蚊子透过毛毯叮了我，我抬起头来时听见了乔布惊慌失措的声音：

“啊！天啊！快看啊！”

我们立即借着月光都望了过去。我们看见岸边有两个很大的，而且越来越大的圆圈，正在水面荡漾开来，在圆圈的中心，有两个黑东西在移动。

“那是什么？”我赶紧问。

“就是那些该死的狮子，先生！”乔布答道，语调中似带着委屈，又似在维持自己的尊严，还掺杂着一股恐惧心理的古怪味儿，“他们游过来了！七（吃）我们来了！”他又不安地加了一句，激动得连字也说不清了。

我又看了看，事情是不容置疑的。我甚至连它们那残忍的眼睛中的灼灼目光都看清楚了。可能是那只刚杀的大羚羊的血腥味，也可能是我们的人味将它们引了过来。这两只饥饿贪婪的野兽正凶猛地向我们袭来。

利奥拿起了一支枪，我叫他等它们走近些再打，自己也拿起了一支。离我们十五尺的地方水较浅，大约只有十五寸深。不一会儿，头一只狮子，是一只母狮已经涉水走到那儿了。它抖了抖身子，吼叫起来。利奥开了一枪，子弹穿过它张开的大嘴从颈后飞了出去，它扑通一声倒在水里死了。另一头狮子（一头成熟的雄狮）离它只有两步远，前爪已扑在土堤上了。就在这时又发生了一件事。水中突然发出一阵骚动声和冲击声，就像人们在英国看水池中的梭子鱼抓小鱼一样，不过来势要凶猛一千倍，范围也要大一千倍。猛然间，狮子发出一声可怕的咆哮，冲上了土堤，后面拖着一个黑乎乎的东西。

"天哪!"穆罕默德大叫了起来，"鳄鱼咬住了它的腿!"我们看见了鳄鱼的长嘴巴、口中那一排寒光闪闪的长牙以及后面爬行的身躯。

后面的景象可怕极了。狮子拼命地往土堤上爬，鳄鱼一半身子在土堤上，一半泡在水里，死死地咬住它的腿不放。狮子不顾一切地吼着，连周围的空气也跟着颤抖起来。然后它又凄厉地狂叫一声，转过头去，抓住了鳄鱼的头颅。鳄鱼松了口，后来我们发现，它的一只眼睛已被抓出来了，但仍不声不响地往前爬。狮子又抓住了它的喉咙，它们在堤上翻滚着，疯狂地撕咬着，根本无法看清它们的动作。等我们看得清楚时，鳄鱼的头已被撕咬得血肉模糊，但它那钢铁般的长牙死死咬住了狮子的腹部，把狮子拖来拽去。那遍体鳞伤的野兽怒吼着，疯狂地撕咬着敌手那长着鳞片的头，它那两条强壮的后爪则死死揪住鳄鱼脖子上的软皮，像人们撕手套似的把它撕剥开来。

突然，狮子可怕地长嗥一声，一头倒在鳄鱼背上，死了；鳄鱼一动不动地待了一会儿，也慢慢地侧身倒了下去，可它的长牙仍旧紧紧咬住狮子的尸体，几乎把它咬成了两截。

这场惊心动魄而又令人震惊的生死搏斗终于结束了，我想这种场面，大概是绝少有人有幸看到的。

一切归于平静后，我们让穆罕默德值班警戒，若是不计较蚊子的叮咬，后半夜过得很是平静。

第六章　淳然古风

第二天，天际微曦，简单洗漱一番后，就准备动身了。当天色渐亮，看着彼此的脸，我不由得对乔布那张轻松愉快的脸感到羡慕。东方刚刚破晓，我们就起床了。凑合着洗漱一番之后，便准备出发了。当天色亮到我们可以看清对方的面孔时，我不由得大笑起来。乔布的胖脸上被蚊子叮了大包，脸足有原来的两倍大，利奥的样子更不用说了，比他强不了多少。在我们这三个人中，也许是因为我的皮肤又黑又粗，加上我的脸上大部分都长满了须发，我的情况算是最好的。自乘船离开英国以来，我就不再打理我那天生就十分浓密的胡须。但他们俩，勤于打理胡须，自然也就给这些蚊子留下了更广阔的空间一展拳脚了。至于穆罕默德，蚊子大概嗅出了他是个虔诚的真主信徒，碰也不去碰他一下。接下来的一周，我一直希望我们身上能有阿拉伯人的那股味儿！

待我们咧着肿胀的大嘴笑够了后，天已大亮了，海上吹来的晨风，穿过沼泽地上的浓雾，卷起了大团大团的轻烟。我们乘着船，先去看了看那两头死了的狮子和鳄鱼，由于没有剥皮的工具，就不能将它们的兽皮剥下来。我们穿过湖水，沿着河道向深处划去。到中午风停时，我们顺利地找了一块干爽的平地露营，升起了篝火，又烤了两只野鸭和一些羚羊肉。说实话，味道虽不甚鲜美，但也足以果腹了。剩下来的羚羊肉，我们将它们切成条，在太阳底下晾晒成“比尔通”，这是南非的荷兰人对所制鲜肉的一种叫法。在这块舒服的干地上，我们度过了第二个夜晚，这晚和昨日一样，除了蚊子的骚扰之外，也没有什么别的麻烦。接下来的两三天也是这样，也没什么刺激的历险，只是打了一只极为美丽的无角雄鹿，见了许多各种各样的盛开的睡莲，有些开的还是蓝色的花朵。虽然绝大多数莲花被一种以专吃它们为生的白色大脑袋虫子咬得残缺不全，但仍然显得十分娇艳。

在我们旅行的第五天，约莫距海岸西行了一百三十五到一百四十里路程之后，我们才真正遇到危险了。那天早晨，和往常一样，十一点钟左右风就停了，我们划了一段，累得够呛，便在与另一条河流的相交处停了下来。这条河河面整齐，约有五十尺宽。旁边就是树（在这个地方只有河边才有树），我们靠着树停下来，这儿非常干燥，顺着河岸溜达，我们打了几只水鸟充饥。可还没走满五十码，就发现根本就不能继续乘船前进了，在离我们登岸处不到二百码的前方，是一道接一道的浅水滩和土堤，水深不过六寸。原来这是一道水上死角。

我们又转过身，沿着另一条河的河岸走去，也很快就看出那根本就不是条河，而是一条古运河，样子就像在蒙巴萨以上，桑给巴尔沿海地带的那种连接塔纳河与奥泽河的运河。

沿塔纳河而下的船只就是经过这条运河到奥泽河去，再从奥泽河入海，这样就可以避开阻塞在塔纳河口的危险的沙滩。肯定是历史上某个远古的民族开凿出了眼前这条运河，至今被垫高的堤坝痕迹仍清晰可见，这无疑是用来纤路的。黏土铸就的堤坝坚硬且等距，水深相似，只是有些地方已被水冲垮或是坍塌了。由于这些地方鲜受潮水侵蚀，河床上长满了植物，只有一些窄窄的水路穿插其间，可能也是被大羚羊、鼠蜥或别的什么动物经常往来所踩。就目前来看，我们已经无法沿河而上了，我们要不然就沿运河向前，要不然就返航，回到大海上去，反正不能停在这儿让太阳把我们烤干或者是喂了蚊子，又或者在这个可怕的沼泽地里害热病而死。

“没什么办法了，我想还是走运河吧。”我说。他们对我的建议都各有表态。利奥觉得这是世界上最大的玩笑，乔布则用一种令人作呕的恭敬态度，而穆罕默德则在祷告先知穆罕默德，把所有不信真主的人及他们的歪门邪道都诅咒了一番。

太阳开始西斜时，我们就无顺风可借了，只好划船出发。开头的一个钟头虽然划得费劲，但还可勉强向前，但以后就再也划不动了，因为水草长得太密，我们不得不采用最原始的也是最费力的办法拉纤。穆罕默德、乔布和我（他们都认为我的力气足顶他们两个）在岸上拉，利奥坐在船头，用穆罕默德的短刀清除堆集在船鼻上的水草。就这样拼死拼活地干了两个钟头。天黑后，休息了几个小时，“享受”一下蚊子带来的“乐趣”，半夜时分，又趁天凉继续前进了。黎明时休息了三个小时，然后又出发，一直干到快十点。这时下了一场雷阵雨，河水立即暴涨，大雨足足浇了我们六个小时。

我们随后的四天之旅没什么必要详述，总而言之，这可能是我一生中最为悲惨的日子，繁重单调的劳动交织着酷热、疼痛和蚊虫叮咬。我们一直在可怕的无边沼泽地中行进，不断地吞咽大剂量的奎宁和泻药和不停地劳动，才得以免除热病和死亡之灾。在运河中航行的第三天，透过沼泽地上的雾气，我们隐约看见一座圆形的小山头。到第四天傍晚，我们停船时，那座山离我们就只有二十五至三十里远了。

此时我们都已苦不堪言，满是水泡的双手哪怕向前拉一步都似无望，我们能做的就只有躺在那荒凉恐怖的沼泽里等死。当时的处境真是可怕，我想别的白种人大概都难以遇到。当我力竭地躺倒在船中时，我痛骂自己的愚蠢，竟然会有这种不理智的举动，这种只能以葬身在这地狱般的地方而告终的举动。我现在还记得，当我渐渐入睡时，我还在迷迷糊糊地想，再过两三个月我们这艘船和它的不幸的船员们会是什么样子。它可能躺在那儿，船身开裂，灌满了臭水，当雾气沉沉的风吹动船身时，我们的白骨就会被船中的臭水冲来荡去。这必定是这艘船的下场，那些听信妄言而去探索所谓大自然奥秘的人的必然下场。

我好像已经听见了水在冲刷我们的白骨的声音，水把骨头冲到了一起，我的枯骨紧挨着穆罕默德的枯骨，突然阿拉伯人站了起来，它那两只黑洞洞的眼眶死盯着我，咬牙切齿地咒骂我，因为我，这个基督教徒狗崽子搅乱了一个真主教徒的安眠。我睁开双眼，为那可怕的梦境而战栗，但马上又颤抖起来，透过黑蒙蒙的雾气，真有两只巨大的眼睛在瞪着我。我吓得尖声大叫，挣扎着站了起来，茫然无措。别的人也都跳了起来，恐惧和睡眠使他们站立不稳。突然，闪过一道铁器的寒光，一支粗大的长矛直逼我的喉头，后面还有一支铁矛在冷冷地闪光。

“不准动，”一个操着阿拉伯语的口音说，或者说是一个阿拉伯语占很大成分的口音在说。“你们是什么人？到这儿来干什么？如实招来，否则要你们的命！”铁矛直顶我的喉头，一股寒气从头直贯到脚底。

“我们是旅行的，偶然来到此地。”我用最标准的阿拉伯语回答他。看来他听懂了，转过头对后面一个隐约可见的高大黑影子说：“父亲，是否处死？”

“他们是什么肤色的人？”一个低沉的声音在问。

“白色。”

“不杀，”那人回答，“四天前‘不可违抗的她’就传话给我，‘白人将到，若来之，不得加害’。带他们去见‘不可违抗的她’好了。把他们带走，还有他们随身携带的东西。”

“走。”那个人连拖带拉地把我弄下了船，其他人对我的伙伴也如法炮制。

河岸上聚集了五十来人。晚上只看得见他们身材高大，全身赤裸，肤色较浅，只在腰间裹了一块豹皮，都用巨大的长矛武装起来。

不一会儿，利奥和乔布就被推到我的身边。

“到底是怎么回事？”利奥问道，还在揉眼睛。

“老天爷呀，这是闹的什么鬼呀，先生！”乔布嚷嚷着，就在这时，又是一阵骚乱。穆罕默德摔倒在我们中间，后面紧跟着一个手执长矛的人影。

“真主安拉！真主安拉！”穆罕默德觉得死到临头了，不断地哀号，“真主保佑啊！”

“父亲，这是个黑家伙！”一个声音在说，“‘不可违抗的她’有说对黑人怎么办？”

“她没说。不过别杀他。过来吧，我的孩子。”

那个人走了过去，那个高大的黑影弯腰小声地说了点什么。

“好，好。”那个人答道，咯咯地狞笑起来。

“那三个白人都在吗?”那个黑影问道。

“都在。”

“把给他们准备好的东西拿过来，船上的东西能拿走的都拿走。”

他的话音刚落，那些人就涌了过来，肩上扛着几个有盖的轿子，每乘由四个人扛抬，还有两个空手的站在一边，示意着要我们坐上去。

“太好了!”利奥说，“一步一挪走了这么多路，这下居然有人抬着走了!”

利奥遇到事情总是这么乐观。

毫无办法，他俩都坐进了轿子，我也只好爬了进去，不过还真是舒服。这东西看起来是用草纤维织成的布造的，可随人体的动作伸缩自如，布的上下两端固定在抬杆上，头颈枕在上面也很惬意。

我刚刚坐了进去，抬轿的人就哼着一种单调的号子，一悠一晃地上路了。有半个多小时我一动不动地躺着，回想着我们不平凡的经历，若有奇迹，我还能回到剑桥熟悉的饭桌旁，向我的那些朋友讲述这一切的话，不知道那些可敬而保守的朋友是否会以为我在撒谎。我称这些善良又学识渊博的人为保守派，丝毫没有污蔑和藐视之意，而是我的经验之谈。当有些人钻牛角尖的时候，即使是在像剑桥这样的大学学府里，他们也会变得冥顽不灵。我自己也在日趋保守，只不过，近来我的思路才大为开阔。我就这么躺着，想着，揣测着这一切的结局到底会怎样，不知不觉间就睡着了。

我想我最少睡了有七八个小时，这是独桅船失事以来睡得最安稳的一次，我醒过来时，太阳已经高悬。我们仍然以每小时四英里的速度前进着。透过轿子上精巧的薄帘望去，我发现我们已经走出了那片无止境的沼泽，正在穿越一片地势稍高点的杂草丛生的平原，朝一座茶杯形的小山走去。我大松了一口气。我不知道这座山是不是我们在运河中看到的那一座，而且也一直没有机会进行一番探查，因为正如我们后来所知的，这里的人对这类问题是讳莫如深的。我看了一眼抬我们的那些人，他们的外貌与东非的索马里人大致相似，身材高大魁梧，大都在六尺以上，肤色棕黄，只不过他们浓密的黑发披到了肩头而不是卷曲向上的。他们长着鹰钩鼻，牙齿极为整齐美丽，可以说外貌都相当漂亮。可是，我又总觉得这些面孔都显得十分邪恶，他们脸上都带着那么一副冷漠、阴沉、残忍的神态，我感到很反感，有时我的这种反感会强烈得连我自己也感到不可思议。

我还发现，他们从来都不笑。有时也哼一下我前面提到过的那种单调的号子，但只要不唱，就一声不吭，欢笑之光从未照亮他们那阴郁邪恶的面庞。他们属于哪个民族？他们所说的阿拉伯语并不纯正，我敢肯定他们不是阿拉伯人，原因之一就是他们肤色太深，或者说是太黄了点。说不清什么原因，这些人的外貌使我的心里充满了一种病态的恐惧，我为自己感到羞愧。正当我这么胡思乱想时，一乘轿子赶到我的身边，里面（因为轿帘已经拉了起来）坐着一位长者，身穿一件看来是用亚麻布做的宽大白袍。我一下就认出来，他就是我前面提到过的站在岸上被称作“父亲”的那个人。这位老人仪表堂堂，雪白修长的胡须垂到了轿子抬杆上，钩鼻，一双蛇一般敏锐的眼睛灼灼闪光，面部表情十分丰富，显得既富于智慧又兼有一种冷嘲热讽的幽默神情，实在难以用笔墨形容。

“您睡醒了吧，异乡人？”他问，声音低沉而深邃。

“睡醒了，我的父亲。”我恭敬地答道，我想我得尽量谦卑一些，好博得这位老谋深算的恶神的好感。

他捋了一把他那美丽的白髯，淡淡地笑了一笑。

“无论你来自何方，”他说，“那儿一定是个懂得我们语言的地方，教子有方的礼仪之邦，我的异乡孩子。从人类有记载的年代开始，我们这儿就从未有生人踏足了，你们又是从哪里到我们这儿的呢？难道你和你的伙伴是来寻找世外桃源的吗？”

“我们是来探寻新事物的，”我鼓足勇气回答，“我们对老一套感到厌烦了。我们来自海外，想探寻一些未知的事物。我们的民族是一个勇敢的民族，我们不畏惧死亡，我最为尊敬的父亲，也就是说，若我们能获得一点新的知识，就是死也值得了。”

“哼！此话当真？人贵有信，否则你就是个谎话连篇的人，我的孩子。不过，我敢说，见过‘不可违抗的她’之后，你们会不虚此行的。”

“谁是‘不可违抗的她’？”我好奇地问。

老人看了那些轿夫一眼，然后微笑着答复了我的问题。他的笑容使我勇气倍增。

“如果她愿显圣亲自接见你们的话，你们很快就会知道的，我的外乡孩子。”

“显圣？”我说，“父亲，请问这话是什么意思？”

他什么也没回答，只是嘿然一笑，笑声令人胆寒。

“请问父亲，您的民族叫什么名字？”我问。

“阿马哈格（Amahagger），即山岩之民的意思。”

“倘若父亲不怪罪，不知父亲您的尊姓大名可否告知?”

“彼拉里（Billali）。”

“那么，我们现在到什么地方去呢，父亲?”

“你会知道的。”然后他示意轿夫向前跑去追赶乔布的轿子，乔布正躺着（一条腿吊在轿杆上）。看来，他没有从乔布那儿打听出什么，于是，不一会儿轿夫就抬着他跑上前去追赶利奥的轿子了。

这以后就没什么新鲜事了，轿子悠悠晃晃、舒适宜人，我又睡着了。我太累了。当我再醒过来的时候，我们正在走在一条熔岩形成的陡峭险峻的羊肠小道上，山坡上有许多美丽的乔木和鲜花盛开的灌木丛。

小路转了个弯，眼前豁然开朗。那地方像一个巨大的泥杯，杯径约有四至六英里长，形状很像大罗马的圆形竞技场。这只大杯子的边壁是由岩石构成的，岩石上覆着密密的矮树丛，杯子中央是一片茂盛的牧草地，有几棵枝繁叶茂的树点缀其间，蜿蜒而过的泉水则滋润着这片富饶的牧场。草地上可见牛和山羊，但没有绵羊。起初我怎么也想象不出这地方为什么会是这种怪异的形状，后来才恍然大悟，原来它是一个死火山口，后来变成了一个湖泊，再后来又不知用什么方法把水排了出去。从我后来的经历和观察一个更大且相似的地方来看，我相信我的结论是正确的，以后的见闻我会详细讲给你们听。使我迷惑不解的是，明明看见有人走来走去在放牧，可却不见住房。他们住在哪儿?我很纳闷。但很快我的疑问就有了答案。我们这一行轿子朝左拐了个弯，沿着喷火口陡峭的边缘走了半里的样子，也可能不到半里，就停了下来。看见我认下的“父亲”彼拉里下了轿子，我也照做，利奥和乔布也都下来了。我最先看到的就是我们那可怜的阿拉伯伙伴穆罕默德精疲力竭地躺在地上。看来他没轿子坐，而是被逼着走完了全程，而且因为出发时他就已经累得不行，现在几乎是气息奄奄了。

我朝四周一看，发现我们正停在一个大山洞的平台上，台上还堆积着我们船中的物品，连船桨、船帆都拿来了。洞口的四周站着一群男人看着我们，还有一些和他们很相像的手持长矛的男人也站在那儿，他们都很高大漂亮，只是肤色深浅不同，有的像穆罕默德那么黑，有的又像中国人那么黄。一个个都赤身裸体，只在腰间缠了块豹皮。

围观的人群中也有些妇女，她们的腰间围着的不是豹皮而是硝制过的红鹿皮，看起来有点像非洲小羚羊皮，只是颜色要深得多。总的说来，她们都很漂亮，大大的眼睛，清秀的五官，那蓬松卷发，有黑色的也有栗色的，而且不像黑人头发卷成一团那么难看。少数的几个妇女也穿着彼拉里穿的那种黄色的袍子，后来我们发现，这是某个阶级的标志，而不是为了打扮。她们的表情不像男人那么可怕，偶尔也会露齿一笑。我们刚刚下轿，她们就围了过来，虽好奇但却冷漠地打量着我们，但是利奥高大健美的体形，清俊的希腊人式的面孔无疑吸引了她们的注意力，当他彬彬有礼地向她们脱帽致意时，一头卷曲的金发露了出来，人群中爆发出一阵轻微的啧啧赞叹声。事情还不止于此，其中最漂亮的一位姑娘，一个身穿袍子，长着一头介乎棕色与栗色头发的女子，细细地把利奥从头到脚打量了一番，然后轻快地走到他的面前，用一种很迷人的姿态（假如不是那么决然的话）默默地搂住了利奥的脖子，弯下身去吻了他的嘴唇。

我大叫了一声，以为利奥这下子马上会被嫉妒的男人用长矛刺穿了。乔布也大叫了起来："骚货！嗨！不准！"利奥呢，他看上去稍微有些吃惊，不过立刻又想到我们大概是到了一个遵循早期基督教徒礼俗的国度，他也彬彬有礼地亲吻了她一下。

我又叫了起来，以为这下准会惹出乱子来，但事实上只有一些姑娘稍稍露出一丝懊恼的表情，那些年纪大些的女人和男人们都在微笑，这真是大大出乎了我的意料。当我们渐渐了解这个奇异民族的风俗之后，谜底才解开。原来阿马哈格族不同于世界上绝大多数的野蛮民族，这里妇女的权力与男人完全平等，而且男人对她们没有任何的约束力。他们都是母系家族，子女以其母系祖先为名门望族而自豪，就像欧洲人以自己为世家子弟而感到骄傲一样。他们根本不在意或者根本就不知道他们的父亲是谁，即使知道也不当回事。一个部落或者他们口中的"一家"只有一个男性的挂名家长，他就是他们选出来的头人，冠之以"父亲"的称号，譬如彼拉里就是这一"家"的"父亲"。这一"家"有一千多口人，再没有其他的人被称为"父亲"了。如果一个女人爱上了某个男人，她可以公开地走上前去亲吻他，以表示自己的钟情，那个叫作犹斯坦的漂亮多情的姑娘就是用这种方式作了表白。如果男方也回报一吻，就是他愿意娶她为妻，这种关系就可以一直延续到双方中任何一方对此表示厌倦为止。不过我有必要加上几句，丈夫的更迭并不像人们想象的那么频繁，其间也不会发生什么争端，至少在男人中间是如此。当他们的妻子抛弃了他们而另有新欢时，他们对此安之若素，就像我们接受所得税或婚姻法中的条款一样，无论这些条款在某些场合对某个人来说是多么难以接受，但双方仍然认为这是不争的事实，而且这样做对整个族群也是多有裨益的。

若把道德视为言论及行动自由的一把标尺，又或是一种宗教信仰，以此来审视各国人之于婚姻问题的不同风俗习惯，你定会感到惊奇。此国可能名正言顺，他国可能就大逆不道，有违伦理。文明的国度，婚姻仪式是道德的一块试金石，就算按我们的道德规范来说，阿马哈格人也未出格，在他们看来，公开地互换一个吻，就相当于一场合法的结婚典礼。

第七章 犹斯坦的歌声

可算不再当众接吻了（顺便讲一句，连乔布的身边也有个女人在转来转去，但却没有一个姑娘用这种方式向我表示什么爱意），彼拉里老人走上前来，很客气地将我们请进山洞。我们走到哪儿，犹斯坦就跟到哪儿，对我所做的禁止打扰的暗示，也不予理会。

还没走上五步路，我就看出来，我们进的这个山洞并非天然形成，而是人工开凿出来的。据我们的判断，这个洞长约一百尺，宽约五十尺，高大空旷，形似大教堂的走廊，每隔十二到十五尺就有岔路，我猜是通向一些小房间的。离洞口约五十尺处，光线渐渐变暗，那儿生着一堆火，在四周乌黑的墙壁上投下了巨大的阴影。彼拉里走到这里就站住了，请我们落座，说一会儿就会有人将食物给我们拿来，我们依言在铺好的皮地毯上坐下等候。没多大一会儿，年轻的姑娘们就把食物端了上来，有煮山羊肉的，有装在陶罐里的牛奶的，还有烤玉米的。我们正饿得慌，便狼吞虎咽地吃得精光，就好像我们一辈子都没吃过这么香的饭菜一般。

彼拉里一直面色阴沉，一言不发地看着我们。我们吃完后，他起身对我们说，你们的到来是件好事，从未有人说过，也未有人听过，这山岩之民的国度有白人的足迹。这里偶有黑人会来此地，听他们说过有一种比他们白得多的人，这些人常泛舟海上，但白人到达此地还是破天荒的第一次。我们是在运河中拖船的时候被发现的，他还很坦白地告诉我们，他曾下令将我们立即处死，因为外人是禁止进入此地的，恰在这时，“不可违抗的她”下达了命令，命令务必保住我们的性命，才把我们带到了此地。

“对不起，我的父亲，”我打断了他的话，“就我所知，‘不可违抗的她’住的地方比这里还要远得多，她是怎么知道我们来了的?”

彼拉里转过身去，看见就我们几个人（他开始讲话时犹斯坦就退出去了），便带着一种神秘的微笑说：“难道在你们的国家，就没有视不用目、闻不用耳的人吗？不必多问了，‘她’自然知晓你们的到来。”

听到这个答案，我只是耸了耸肩，他接着又说对于我们的安置问题，现在还没有接到新的命令，所以他要去拜见“不可违抗的她”，便于叙述，一般都称她为“海雅”（Hiya）或“她”。从他的叙述中，我们知道“她”就是阿马哈格人的女王，也得悉了“她”的意图。

我问他打算离开多久，他说路上脚程快的话，也要在第五天才能赶回来，因为要到达“她”住的地方要穿过许多英里的沼泽地。他还说，在他离开的这段时间，一切事宜都已安排妥当，我们会过得很舒服的，而且他本人也已经对我们颇有好感，他真诚地希望“她”的回答是让我们活下去，同时，他也毫不掩饰地说，他对此事尚无把握，因为从他的外祖母到他母亲乃至他本人的这几代人的岁月中，凡是到这里的外地人，都被不留情面地直接给处死了。处死的具体方式，为了不让我们过于紧张，他也不便明说，但是他说了处死人的命令，都是“她”亲自下的，至少也是遵照“她”的旨意办的。反正，“她”从没赦免过什么人。

“为什么，”我说，“这怎么可能？您年事已高，您说的年代是三代人以前了。‘她’又怎会在您外祖母的年代下令处死人呢，那时‘她’还没出生呢？”

彼拉里又笑了，仍是神秘地一笑，深深地鞠了一躬后，什么也没说就走了，接下来的五天我们就没见到过他了。

他一走，我们就开始讨论起现状，我内心感到非常不安。对这个神秘的女王，“不可违抗的她”或“她”对那些异邦人如此暴戾、格杀勿论，对此我毫无好感。利奥也感到十分沮丧，可他居然还得意扬扬地自我安慰说，这位“她”无疑就是陶片上铭文和他父亲的信中提到的那个女人，并且以彼拉里对她的年龄和权力的描述作为佐证。我当时一心在想着这一系列事情的经过和发展，根本没心思去驳斥他这些荒谬的见解。因此我建议还是到外面去洗个澡，我们实在脏得要命。

我们把这个要求对一个冷酷的中年人讲了，即使在这个阴郁的民族中，也难找出他这般阴沉的脸色来。他大概是“父亲”外出时安排负责照料我们生活的人，我们四个人一道点着烟斗走了出去。洞口有一大群人，显然是在等着观赏我们，但他们一看见我们烟雾腾腾地走了出来，便吓得四散奔逃，大叫会魔法的巫师来了。除了抽烟外，我们任何别的东西，包括枪[①]在内，都没有造成过这么大的轰动。后来我们走到一道泉水下游的溪流边，安安静静地洗了个澡。有些女人，其中自然少不了犹斯坦，连那种地方也决意跟着去了。

洗过澡后，浑身清爽，等我们走到洞口时，太阳已经落山了。洞里生着了好几堆篝火，墙上、地上到处都是灯，人们围坐在火边，就着火光和灯光在吃晚饭。这些粗糙的灯都是用陶土烧制出来的，各式各样，有的还挺好看。体积大些的灯是用红色的陶罐做的，里面装满了清亮的油，罐口用圆木盘盖着，木盘中有个孔，插根芦苇在里面做灯芯。这种灯没有把灯芯拧上来的装置，所以得要人守着不让灯芯烧光。体积较小的手提灯也是用黏土烧的，用棕榈树的木髓或一种很美的蕨类植物的茎做灯芯，灯芯穿过灯顶上的圆孔，上面系着一根硬木尖棍，当灯芯烧短时，便把木棍插进灯芯里去往外挑出一点。

我们坐了一会儿，看着这些冷漠的人，安静地吃着饭，直到不想再看他们，也不想再看到墙上那动来动去的黑影为止。于是，我对我们的新主人说要去睡觉了。

他一句话也没说，客气地拉着我的手，提着灯往一个小过道走去。我先前就看出，通道就开在这个中央主洞边上。走了五六步，过道突然变宽，成了一个房间，有八平方尺大小，也是从岩石中开凿出来的。在这个房间里有一块厚石板，离地约三尺高，长短和船舱里的睡铺相似，他示意我就睡在那上面。这个房间既没窗户，也没通气孔，更别说家具了。

① 我们发现，这里同非洲其他地方一样，也有种植的烟草。虽然烟草有麻痹人的效用，但阿马哈格人对此却一无所知，不过他们一般也会用烟草来嗅闻，作为药用。——路·霍·霍利

仔细观察一番以后，我得出了一个结论（以后的发现也证明这个结论是对的）：那就是这是个坟墓，而不是活人寓所，那块石板是用来停放死尸的，这个结论让我汗毛倒竖，这种想法使我不寒而栗。转念一想，我总得找个地方睡觉，没办法，只有拼命压下这种恐惧的感觉，就转回刚才的洞里去拿毛毯，那里放着船上的所有东西。在那里，我看见了乔布，他住的那间卧室和我的差不多，他不肯住在里面，他说那地方看着就瘆人，要是让他住在这儿，他宁愿立刻去死，埋进他祖父的砖砌的坟墓里，也比这么活着强。一见我，他就说要是我答应的话，他要和我睡在一起，这对我来说当然是求之不得。

总的来说，这一夜过得还可以。这么说是因为我晚上做了个噩梦，梦见自己被活埋了，肯定是因为这个坟墓造成的。黎明时分，一阵高昂的喇叭声把我们吵醒，后来我们发现，这是一位年轻的阿马哈格人用一只空心的、边上挖孔的象牙吹出来的，他们的喇叭就是这个样子。

喇叭声一响，我们都起了床，来到溪边盥洗，然后就去吃早饭。吃饭时，一位中年女人走了过来，大大咧咧地吻了乔布一下。且不说此举成不成体统，光那样子就够人笑破肚皮。我永远也不会忘记我们这位可敬的乔布那副又恨又怕的可怜相。乔布同我一样，对婚姻恐惧、厌恶，也可能是他家里有兄弟十七人使他早就对成家一事兴味索然。当他意识到他不仅被迫地让别人在大庭广众之下吻了一下，而且是当着他主人的面这么干的，他脸上那种惶恐、痛苦的表情，简直是无法形容。他一下子蹦了起来，把那个三十来岁的胖女人推到一边。

“去你的，我可不干！”他嘶声叫了起来，那女人以为他在忸怩作态，便又去拥抱他。

“走开！滚！滚！你这个贱货！”他大叫着，把一支吃饭用的木勺在那女人面前挥来舞去。“请原谅，先生们！我可不想和她在一起！啊！天哪！她又来了！拦住她吧，霍利先生！求求您拦住她！我不吃这套！真的！我以前从来没碰到过这种事情，我的先生们！从来没有啊！我说的都是真话！”说到这儿，他突然停住了，拼命地朝洞穴深处跑去。这一下总算看见那些阿马哈格人笑了。那个女人没笑，她怒发冲冠，身边那些女人的嘲笑更是火上加油，她浑身哆嗦着，破口大骂。看到她那副样子，我真希望乔布把他那些顾虑都扔到爪哇国去，因为我想他那可敬的行为多半已经危及了我们的人身安全。随后的事情证明我的猜测不假。

那女人走了以后，乔布惶恐不安地回来了，要是有女人走近，他都怕得心惊肉跳。我找了个机会对我们的主人解释了一下，说乔布是个已婚的人，在家庭生活中有过一些不愉快的经历，所以才离家出走来到这里，因此他一见女人就害怕。他们对我的解释不置一词，看来我们的仆人的行为已被看作是对整个“家族”的轻蔑了。尽管这个“家族”的妇人们，如同比她们更开化的女人们一样，对她们的这位同胞被轻蔑拒绝一事，还大大寻过一番开心。

早餐后我们出去散步，看了看阿马哈格人圈养的牲畜和开垦的土地。他们饲养了两种牛，一种高大笨拙，头上无角，挤出来的奶却极好；另一种色红，小而肥，肉味鲜美，但是不产奶。后者很像诺福克的红头牛，只是头上有一对朝前弯的角，有时候角太长了，不得不锯掉一点儿免得它们扎到头骨里面去。山羊的毛很长，只作肉食用，至少我没见过挤羊奶。阿马哈格人的耕种技术极为原始，这儿的人会炼铁，唯一的工具只有铁锹，样子就像一柄大梭镖头，但没有脚蹬的踏边，所以掘地很费劲。不过这些活儿都是男人干的，与大多数野蛮人不同，这里的妇女根本不干重体力活，而是如前所述，这些体弱的女性倒占了统治地位。

起初我们对这个鲜有人知的民族的起源和族规一无所知，他们对此也守口如瓶。随着时间的推移（随后的四天都和平常一样），我们从利奥的女性朋友犹斯坦嘴里听到了一些信息，她这几天形影不离地跟着利奥。这个民族到底是来自哪里，犹斯坦也不得而知，不过她说在她住的附近，有许多砖石墩和柱子，人们称为“科尔堡”，那些有学问的人说那里原来有人居住，也许阿马哈格人就是他们的后裔。但是没有人敢走近那些废墟，因为那地方时常有鬼魂出没，所以他们只敢远远地眺望它。她听说在这个国家的其他地方，沼泽地中有突起的山峰的地方，也有类似的废墟。可能他们住的山洞，也是曾经修建这座城市的人们从岩石中开凿出来的。他们没有成文的法律，但有与法律同样有约束力的族规。若一个人触犯族规，这个“家族”的父亲就会下令将他处死。我问如何处死，她只用微笑作答，并说我们不久就会看到。

他们有个女王。“她”是他们的女王，不过她很少露面，可能两三年才出来一次判决一些犯人，她出来时总是裹着一顶大披风，没有人能看见她长什么样。她的侍从都又聋又哑，所以不会泄露消息，但据说她是个绝代佳人。还有谣传说她是长生不死的，拥有至高无上的权力，不过犹斯坦本人对此并不知情。她只知道女王不时就要换一个丈夫，若是生了个女儿，这个丈夫就再也见不到了，也就是说被处死了。女孩长大成人，待她母亲死了埋进大洞里后，就会继承王位。不过这件事谁也说不准。在这个国度，“她”就是绝对的权威，没有人敢违背，若胆敢怀疑，便会被立即处死。她有卫队，但没有军队，违抗“她”便是死路一条。

我们问国土面积有多大，人口又是多少。她说总共有十个“家族”，据她所知，包括女王所在的那个“家族”在内，都生活在山洞中，星星点点地分布在无边的沼泽高地中，彼此间仅由秘密小道相连。各“家族”间常有冲突发生，只有“她”下令停战时，双方才会立即罢手。争斗和穿过沼泽地时感染的热病，可以有效地控制他们的人口。他们与其他任何民族都不相往来，实际上，他们附近没有其他民族的人，敌人也无法越过那些沼泽。有一次，大河那边（大概指赞比西河）开来了一支军队，想攻打他们，结果却在泥沼中无一幸存，那天晚上，这支军队看见一团团大火不断地在他们四周移动，以为那是敌人的营地所在，便向火光冲去，结果半数都被淹死了。剩下的人很快也都死于热病和饥饿，阿马哈格人可以说连手指头都没动就获得了胜利。她反复说，要想越过沼泽，只有那些认识小路的人才行，另外她还说若是没有向导领路，我们绝不可能到此，这点我还是很相信的。

在这短暂的四天中，我们从犹斯坦那里听到了许许多多诸如此类的事情，这引起了我们联翩的浮想。整个故事是如此离奇，简直难以置信。最奇怪的是它和陶片上那些远古的记载遥相印证。现在看来，肯定是有这么一位神秘的女王，可怕又奇妙的传闻给她蒙上了一层迷雾。他们把她说得神乎其神，在我看来，这只是对她的权位和名号的一种敬畏而已。总而言之，我对这些东西仍旧大惑不解。过去我一直嘲笑那个传说，现在利奥当然占了上风，不过他对这些事情也是不甚了了。至于乔布，他早就不费那个脑子去考虑什么他自己的见解了，管它是真是假，只是人云亦云罢了。对那个阿拉伯人穆罕默德，说实话，那些阿马哈格人虽表面上客气，却带有一种极度的冷漠和轻蔑。我发现他总是胆战心惊，魂不守舍，我也搞不清到底是什么东西让他那么害怕。他老是整天蜷缩在岩洞的一角，祈求真主和穆罕默德先知的庇佑。当我执意要他讲讲他的想法时，他只说他感到恐惧，说这些人都不是人，都是魔鬼，还说这里是受了魔法蛊惑的地方，曾有一两次我赞同他的这个说法。时间就这样过去了，彼拉里走后的第四天晚上，出事了。

睡觉前，我们三人和犹斯坦围坐在火堆边，突然，一直默不作声的犹斯坦站了起来，把手放在利奥金色卷发上，和他讲起话来。至今我一闭上眼，她那高傲而又匀称的身影就仿佛栩栩如生地站在了我的面前。在那我从未的疯狂的场景中，这个同样狂热的人物，站在那儿，时而为浓荫所笼罩，时而又被摇曳的火光染红，如朗诵诗歌一般，倾诉了她心中的激情和不祥的预感：

你是我的选择——为了等你我来到人世！
你美若天神。谁有你如金的卷发，谁又有你如雪的肌肤？
谁有你健壮的臂膀，谁又有你精致的容颜？
天空是你的双眸，繁星是你的目光。
完美幸福的容颜，心之于我也随之牵绊。
啊！四目相对的我们，
一片真情献给你——哦，我的爱人，
我们紧紧相拥，永不分离。
啊，黑暗终将降临，太阳也终将陨落；
唯有你我相伴，你我相依。
直到天地覆灭，时间静止；

黑夜何时降临？啊！我的爱人，我不知道！

黑暗中你我不再相见，黑暗将我吞噬。

强势如她把你掳夺，啊，她是那么的美。

曾顾盼回首，暗夜双眸巡往。

美貌如她终将蒙住你的双眸，恐怖的深渊也将揽你入怀，

啊！以后呢，我的爱人——

这个出众的姑娘诗一般的朗诵戛然而止，她的声音如急如颂，虚无缥缈，我们不知道她要说什么，她那双闪烁的双眸紧盯着前方的阴影。突然，她的双眸茫然而恐惧，好似看见了那可怕的未来。她举起放在利奥头上的手，指向那一片黑暗。我们看过去，却什么也没看见。但是她仿佛看见了什么或者以为看见了什么，她那钢铁般坚强的神经仿佛支持不住了，一下子无声无息地倒在我们中间。

利奥已经被这位可爱的姑娘迷住了，他又吃惊又痛苦地看着这一切。坦白地讲，我自己当时也感到一种神秘的恐惧。当时的情景实在叫人害怕。

不过她痉挛似的抖了一下，很快就清醒过来了。

“你想说什么，犹斯坦？”利奥问她，经过几年的学习，他已经能操一口流利的阿拉伯语了。

“没什么，我亲爱的，”她回答，勉强地笑了笑。“我不过按照我们民族的方式给您唱了支歌。真的，没别的意思。总不成叫我给你胡编吧！”

“那你看见了什么，犹斯坦？”我盯着她的脸问。

“没有，”她回答，“我什么也没看见。别问我这个。我干吗要吓唬你们？”说完，她用一种极为温柔的目光看着利奥，

不论是文明国度的女人，还是野蛮部落的女人，我都从未见过这么动人的目光，她双手抱着利奥的头，如母亲般挚爱地吻着他的前额。

“当我不在你身边的时候，亲爱的，”她说，“当晚上你伸手摸不着我的时候，你要常想着我，我是那么的爱你，尽管我连给你洗脚都不配。现在，让我们痛痛快快地相爱，享受我们的幸福吧！坟墓里没有爱情，没有温暖，更没有亲吻！一切都没有了！只有对往事的痛苦回忆和惋惜。啊，今天晚上的时间是属于我们的，来吧，亲爱的！谁知道明天我们会怎样呢?”

第八章　宴会和餐后

犹斯坦的歌声和她的恐惧，实在是太令人奇怪了。这幕场景的奇异，并不完全在于它所暴露的事情，而更重要的是，它像是某种预兆。就在第二天，他们称要为我们举行一次宴会。我尽力推辞，说我们就是些普通人，并不喜欢举行什么宴会。但他们却以不悦的沉默来回答我的话，所以我想，恭敬不如从命。

日落之前，有人通知我一切准备就绪了，我和乔布一起走了进去，利奥已经在里面了，犹斯坦理所应当地坐在他身旁。他俩出去散了一会儿步，还不知道安排了这么一场宴会。一听到这件事，犹斯坦美丽的面孔变得惊恐，她转过身去，抓住一个朝岩洞深处走去的人的胳膊，急切地问了他些什么。他的回答尽管还不能使她满意，但好像使她安心了一点儿，也不那么紧张了。后来，她找到那个大概是个头儿的人物，好像在和他争辩什么事情，可他不但气势汹汹地对她说了些什么，还把她推到一边，然后又变了主意，抓住她的胳膊，让她坐在围着火堆的人圈里，坐在他和另一位男人的中间。可能她自己也认为这样更好一些，也就服从了。

那天晚上，洞里的火生得特别旺，三十五个男人和两个女人围着火坐成一个大圆圈。两个女人就是犹斯坦和那个乔布像圣徒一般竭力躲避的那个女人。男人们都一言不发地坐着，这是他们的习惯，每个人身后面都有一支长矛，竖插在岩石上专门挖出来的孔里。在这一圈人中有一两个穿黄袍的人，其余的都只在腰间围了一块豹皮。

“他们要干吗，先生?”乔布惶恐地问，“天啊！那个女人又来了！保佑我们，救救我们吧。我想现在她应该不会缠着我了吧，我一直没给她好脸色。他们这么一大帮子的人，太吓人了！你看，他们也请穆罕默德来吃饭。那儿！瞧，我的那个女人正温柔地和他讲话呢。好吧，只要不缠着我，就好。”

我们看过去，果然，那女人正陪着忐忑不安的穆罕默德从那个角落里走出来，穆罕默德一直坐在一个阴森森的地方，吓得发抖，不住地祈祷真主保佑。看来他很不情愿入席，如果没有别的原因的话，可能是他不习惯这种殊遇，因为他的食物一直是和别人分开的。总之，他是吓得要命，他那哆哆嗦嗦的双腿好像支撑不住他那高大魁梧的身躯。我想，大概是慑于背后那个手执长矛的大块头的阿马哈格人的野蛮劲，他才坐到火圈边来，而不是受了那位拉着他的女人的诱惑。

“真没办法!”我对他们说，“我讨厌这种场面，又不得不应付。你们的手枪都带了吗?若是带来了，大家最好都检查一下子弹是否装好了。”

“我带了，先生，”乔布拍了拍他的科尔特手枪，“可是利奥先生只带了一把猎刀，不过那玩意儿也挺大，真的!”

我们觉得武器没拿齐全，像这么坐着干等可不太妙，便鼓足勇气朝后面挪，背靠洞壁坐成一排。

我们刚坐好，一只罐子就沿着圈子传递，罐子里盛满了发酵过的液体，液体闻着倒是香，但喝起来却让人倒胃。这种液体是由碾碎了的谷物酿制而成的，这种谷物不是玉米，也不像非洲南部种植的卡菲尔高粱，而是一种一簇一簇长在茎上的某种作物。盛这种液体的罐子外形奇特，却是阿马哈格人所用罐子的典型。这些罐子式样很古老，大大小小都有，没有一只不是近百年乃至近千年间由阿马哈格人制造的。他们所用的物品都是来自山洞中的坟墓，这些坟墓的确切位置我以后会讲给你们。依我看，这里的人可能与埃及人有些联系，罐子样式也与埃及人类似，都是用来存放死人内脏的。但是利奥认为，这种罐子可能像伊特卢利亚人的两耳细颈酒瓶一样，是给死者作祭品用的。这些罐子大都有两个把，小的有三寸，大的有三尺高，各种规格俱全，用优质黑陶土制成。罐子表面光泽黯淡，但很平滑，形状也各有不同，极为雅致美观。上面镶嵌的图画之精美、逼真，是我在古罐瓶中从未见过的。有的以一种童稚般纯朴自如的笔触描绘出爱情的场面，与现代的绘画风格迥然不同，还有少女跳舞图，行猎图等等。比如我们手中的这个罐子，有一面就活灵活现地画着一些看来像是白人的人在用长矛攻击一头雄象的图案，罐子的另一面画得就没这么好了，是一个猎人用箭射一只正在奔跑的羚羊，看上去不是一只旋角大羚羊便是一只康都羚羊。

我们沉默着，这是激战前的短暂静默，说是静默也是相对于即将爆发的激战而言的。差不多整整一个小时，除转圈儿传递那个陶罐和往火堆中加燃料外，没别的动静。人们都不说话，默默地注视着火光和灯光投下的阴影（顺便提一句，这种灯倒不是古时的东西）。在我们与火堆之间的空地上，放着一个大木盘，上面有四个短把，就像屠夫用的那种盘子，只是当中没有挖空。木盘的边上有一个巨大的长把铁钳，火堆的另一边也有这么一把。这两样东西的外形我都不敢恭维。我坐在那儿，仔细地端详着这些东西和那一圈沉默而阴森的面孔，一阵恐惧油然而生，我们完全处在这群恐怖的人的控制之下，而且我们对他们毫无所知，他们就变得更加令人畏惧了。他们要不然就比我们想象得好，要不然就比我们想象得还坏，但我担心他们属于后者，事实上我并没看错，这就是一次奇怪的宴会，巴密赛德式的宴会，因为根本没有任何可以吃的东西。

最后，当这种沉闷的气氛让我昏昏欲睡时，他们开始有动作了。毫无预兆地，坐在圆圈对面的一个男人陡然大叫了一声。

“要吃的肉在哪里？”

其他人都伸出右手指着火堆，沉闷地回答：“肉就要上来了。”

“是羊肉吗？”那人又问。

“没角的羊，味比羊鲜，马上就要宰了。”他们异口同声地回答，然后侧过身去，右手抓住矛柄，又同时放开。

“是牛肉吗？”那人又问。

“没角的牛，味比牛鲜，马上就要宰了。”他们又回答，然后又一次抓紧长矛，放开长矛。

叫喊声停下来了，我发现坐在穆罕默德旁边的那个女人开始抚摸他，拍拍他的脸颊，用一些亲切的词儿称呼他，她那双犀利的眼睛却不停地上下打量着他那发抖的身体。我吓得毛发倒竖，不知道这情景为什么这么令人恐惧，但它确实把我们吓坏了，尤其是利奥。这种爱抚就像毒蛇缠身般令人胆寒，而且明显是一种例行程序①。穆罕默德吓得面无人色，棕色的皮肤变成惨白色了。

“可以烤肉了吗?”那个声音又响了起来，这次语速快了些。

“可以了，可以了!”

“罐子烧热了吗?”尖锐的声音在岩洞深处引起了刺耳的回响。

“热了，热了!”

“天啊!”利奥大叫起来，“记得那段文字，‘将赤热之陶罐置异邦人之头顶’!”

说时迟，那时快，就在我们还没来得及动作，甚至还没反应过来时，两个高大凶狠的汉子已经跳起，抓住那两把大铁钳，塞进了火堆。同时，爱抚穆罕默德的那个女人突然从腰带下掏出一个绳圈，套在穆罕默德的脖子上，用力拉紧，他身旁坐着的男人则紧紧抱住他的双腿。拿铁钳的两个人同时举钳将火堆扒开，从中间夹出一个烧得白亮耀眼的陶罐，一霎眼，像是一步就迈到了正在挣扎的穆罕默德的面前。尽管穆罕默德颈上勒着绳索，两腿也被紧紧抱住，他仍绝望地尖叫着，恶魔般地格斗着，走上前去的两个家伙一时难以下手。是的，这副可怕且不可思议的情景，正是应和了“将赤

① 后来我们得知，这样做是为了麻痹牺牲者，使他以为自己是被人爱戴的对象，从而让他情绪放松，让他高高兴兴地坐以待毙。——路·霍·霍利

热之陶罐置异邦人之头顶”那句话。

我惊恐地怒吼了一声，跳了起来，并且立即拔出手枪朝那个爱抚过穆罕默德，现在仍死死地抓住他的那个残忍的女人开了一枪。子弹击中了她的背，把她打死了，至今我还觉得这一枪打得痛快，因为后来得知，她是为了报复乔布对她的侮辱，照阿马哈格人吃人肉的习惯策划了这场屠杀。她倒地而死，同时，穆罕默德以一种超人的力量，从那些家伙手中挣脱了出来，一下子窜得老高，然后倒在她的尸体上，也死去了。这可真把我吓着了，原来我射出的沉重的铅弹击穿了他俩的身体，不但打死了凶手，也解脱了她的牺牲品，使他免受更惊恐百倍的死亡。此举虽恐怖，亦可称之为仁慈。

所有人都呆立在那儿。那些阿马哈格人从来没听说过火器，这一枪使他们晕头转向了。过了一会儿，一个离我们很近的人才明白过来，他抓过长矛便朝离他最近的利奥刺去。

“快跑!”我大吼了一声，便带头迅速地朝岩洞深处奔去。我本想朝洞外的空旷处逃跑，但一路上全是人，另外借着月光，我看见洞口外还站着一大群人，便只好朝里面跑了。他俩紧随其后，一大群因为那个女人之死而愤怒得发狂的食人生番呼隆隆地跟在后面追赶。我跳过穆罕默德的尸体时，被他旁边的那个烧得通红的瓦罐绊了一下。我感觉到瓦罐在冒着热气，而且趁着火光，我看到穆罕默德的手还在轻微地抽搐，他还没死。在洞的尽头，有一高约三尺，宽约八尺的石台，晚上那上面点着两盏灯。我不知道这个台子原来是用来当座的，还是凿洞时用来当垫脚石的。我们三个跑到那地方，跳了上去，为我们的生命殊死搏斗。不过几秒，紧追不舍的人群就赶了上来。我们转过身来，面对着他们，乔布在左，利奥居中，我在右，身后是灯。利奥弓着身子，向下望了望那些在灯光和火光中蠕动的长长的人影。这些沉默的刽子手们，前后窜来窜去，手中的长矛闪着幽光。他们就像哈巴狗似的，连气急败坏时也是不声不响的。此外，洞中还可以看见的东西，就只有那个烧红的瓦罐了，它仍在幽暗之中射着凶焰。利奥的眼睛中射出一种奇特的光芒，他漂亮的面孔冷峻得像石雕一般，右手拿着那把沉重的猎刀。他把刀上的皮带往手腕上挪了挪，便张开双臂拥抱住我。

“再见了，老伙计，”他说，“我亲爱的朋友，比父亲还亲的人，我们打不过这些恶棍！他们几分钟后就会把我们杀死吃掉的。永别了！是我给你们带来了不幸，原谅我吧！永别了，乔布！”

“天意不可违。”我说，紧咬牙关，准备拼一死战了。这时乔布一声惊叫，举起了枪，枪响处，一个人应声而倒，但却不是他瞄准的那个人。大凡乔布瞄得准的东西总是平安无事的。

他们冲上来了，我立即开枪，阻止他们靠近。除了那个女人外，我和乔布又打死了或者是重伤了五个人，这时子弹打光了，我们又没有时间重装子弹。他们又不顾一切地冲过来了，这些人不知道我们的枪是不可能永远不停地射击下去的，所以他们这种气概也真令人敬佩。

一个大块头的家伙爬上了石台，利奥用那把利刀一下子就把他捅穿了，我也这样杀了一个，可是乔布没砍中。我看见一个强壮的阿马哈格汉子抓住了他的腰部，把他举离了石台，就在这一刹那，他那把没用皮带套在腕上的刀从手中掉了下来，刀把落在石台上。这恰恰救了乔布的性命，乔布身下的那个阿马哈格人正好扎在了刀尖上。这以后乔布到底如何，我就不知道了，只记得他直挺挺地躺在那个攻击他的人的尸体上，就像美国人常说的那样“装死”。我这时正和两个恶棍拼死搏斗，幸好这两人都没带铁矛，有生以来头一次，我天生的好体力帮了我的大忙，我用猎刀朝一个敌人砍去，这把刀就像一柄短剑那么沉，我用力过猛，劈开了他的头骨，一直砍到眼睛上面，刀卡住了，那人也突然倒地，刀也被顺势带了出去。

又有两人向我扑来，我看准机会，一手抱住一个，一起翻滚在地上。他们都是壮汉，但我已经怒火攻心，加上最斯文的人在战斗中也会滋长的强烈战斗欲望，我挥舞着拳头，以决一死战的决心，给自己增添着无穷的力量。我死死抱住这两个黑鬼，拼命地挤压他们，直到听见他们的肋骨在我的铁臂下嘎嘎折断为止。他们像蛇似的扭曲翻腾，拳头乱挥乱打，可我就是死不松手。我仰面朝天地躺着，用他们的身体遮挡住上面扎下来的铁矛，就这么慢慢地把他们勒死了。这时，很奇怪，我竟然想起了在剑桥时，我们学院那位和蔼可亲的院长（他是和平会的成员）和我的同事们，若他们有千里眼，看见我干这种血腥勾当，不知会做何感想。

不一会儿，攻击我的两个人都渐渐不再动弹了，呼吸也渐渐微弱，他们就要死了，可我仍不敢放开他们，因为他们还没死透，只要我一松手，他们又会活过来。别的那些野人们可能以为我们都死了，因为我们三人一起躺在石台下面的阴影里，也可能是他们根本没理会我们的这场搏斗。

我转过头去，当我躺在那儿，累得上气不接下气时，我看见利奥也不在石台上了，灯光照亮了他的全身。他还挺立着，正处在一群蜂拥而上与他拼命的人群当中，他们像饿虎扑羊般地要将他扑倒在地，可他那头熠熠的卷发和那张俊美而惨白的面孔却依然屹立在人群之上。他时前时后不顾死活地拼搏，浑身英气焕发，刀光所向，总带有一股巨大的爆发力，他用刀刺穿了一个人，而他们却因离他太近，长矛无法施展，手边又没有短刀和棍棒，反而使不上劲。那人倒下去了，但利奥的刀却怎么也拔不出来。他只剩下一双空拳，我想他一定完了。哪知道，他用尽全身的力气，从他们手中挣脱出来，抓住那个死人的尸体，高举起来，朝那堆进攻者砸去。他们都愣住了，一下子就有五六个人被尸体打翻在地，但是，除了一个人头盖骨被砸碎之外，其余的人又立刻爬了起来，朝他猛扑过去。这一次，他们慢慢地，用他们无穷的蛮劲和决一死战的神情逼了过去，突然，像群狼攻击狮子一般把他压倒在地。即使在这种情况下，利奥还曾一度挣脱出来，他用尽力气一拳打翻了一个阿马哈格人，但是一个人无论如何也不可能长时间地对付这么多人，最后他轰然倒地，就像橡树倒地一样，但是他把抓住他的所有的人都一起带倒了。他们先紧紧抓住他的四肢，然后又放开了。

“拿支矛来!”一个声音在喊，“拿支矛来扎开他的喉头，再拿个罐子来盛血!”

一个人拿支矛跑了过来，我自己动弹不得，帮不了利奥的忙，我完全动不了了。压在我身上的两个人还没断气，一种恶心的感觉攫住了我，我只好闭上眼睛。

突然，爆发了一阵骚乱，我勉强又睁开双眼，看那屠杀的情景。犹斯坦姑娘伏在利奥的身体上，用自己的躯体掩护着他。双臂紧紧抱住了他的脖子。他们想把她拉开，可是她的腿紧紧勾住利奥的腿，死死抱住不放，像藤缠在树上一样难解难分。他们拉她不开，就只好避开她的身体在体侧用矛扎他，但她把他遮住了，以免伤着他的要害。

这些人终于发火了。

“把这对男女一起捅死!”一个声音说，这是在人肉宴席前提问的那个声音，“让他们永不分离吧!”

我看见拿矛的人挺直了身子将铁矛高高举起，我看见矛头在空中发出的寒光，我又一次闭上了眼睛。

就在这时，我听见一个响彻山洞的声音——“住手!”

我昏过去了，在我渐渐失去知觉时，我模模糊糊地感到死亡正步步向我逼近。

第九章　小小金莲

当我再次醒来的时候，发现自己躺在一块皮垫上，离那处举行可怕宴会的火堆不远。我的旁边躺着利奥，他已经昏迷不醒了，犹斯坦为了给他腰部上的一个深伤口包扎，正弯着修长的身子用冷水给他擦拭。她的身后，乔布正背靠着墙站着，看样子没受什么伤，只是有些青肿，还在瑟瑟发抖。在火堆的另一边，横七竖八地躺着看起来精疲力竭般熟睡的人，但他们正是在那场生死搏斗中被我们杀死的人。我数了数，除了那个女人外，我们杀死了十二个人，被我无意射杀的可怜的穆罕默德的尸体就被随意地放在最远处，而那个被火烧过的瓦罐也扔在他的身旁。火堆左边，那群食人生番中活下来的人正被捆绑起来，俩俩绑在一起。这些人对他们接下来的命运，表情冷漠，但他们的眼中却暗含着一股难以抑制的愤怒。我们的朋友彼拉里正站在他们前面下着命令，他看起来极度疲劳，但他那整洁的长髯却仍显得威严可敬，他平静地站在那儿，好像正在监督人们宰割的牛羊一般。

过了一会儿，他转过身子，看我已经起身，就朝我走了过来，非常客气地说他相信我现在已经好多了。我说，我除了觉得浑身疼痛之外，没什么其他的感觉。

然后他又弯下腰去查看利奥的伤口。

“伤势不轻啊，”他说，“但幸好没有伤到内脏，他会好起来的。”

“您终于回来了，我的父亲，”我说，“若您再晚回来一点，我们就绝无可能恢复了，您的这些魔鬼想要把我们像仆人那样杀掉。”我指着穆罕默德说。

老人气得咬牙切齿，我看见他眼睛里闪着恶狠狠的光芒。

“别害怕，我的孩子，”他说，“他们会得到报应的，等着瞧吧！会叫他们皮开肉绽的。把他们送到‘她’那儿去，‘她’的惩罚那才叫名副其实呢！至于他，”他又指着穆罕默德说，“这些残酷的家伙将来的死法，就远没有他这么痛快仁慈了。请您告诉我，这到底是怎么回事。”

我简单地讲述了一下发生的事情。

“啊，原来是这么回事，”他说，“你瞧，我的孩子，这里就是这样，若是有外人闯进这个国家，他就可能被用‘罐子’处死，然后被分食。”

“这真是殷勤好客啊，”我无力地说，“在我们国家，我们招待外乡人，给他东西吃，可你们这儿是把外乡人吃掉，由他来招待你们！”

“这是一种风俗，”他耸了耸肩说道，“我自己也认为这是一种罪过，不过，”他沉思了一会儿，接着又说，“我不喜欢那些外地人的味道，特别是他们走过沼泽，吃了野禽之后。当‘不可违抗的她’下令免你们一死时，她对那个黑人没说什么，因此这些好吃人肉的家伙就垂涎三尺了。用火罐弄死他，这个主意是那个女人出的，她的死是罪有应得，他们都会受报应的。在'她'的盛怒之下，站在她面前受那份罪还不如不出娘胎的好。死在你们手里的人算是享福了。"

"嗨！你们这一仗打得很漂亮啊！"他接着又说，"知道吗？你这个长臂的老狒狒，躺在那边的那两个人让你像捏鸡蛋壳似的把肋骨都给捏断了。那位青年，那头猛狮，他真是个英雄，一个人对付那么多！杀掉了三个！瞧那边那一个，"（他指着一具还在微微抽搐的尸体）"他就要死了，脑袋都开了花。捆起来的那些人都受了伤。打得漂亮！这下子你和他是我的朋友了，我就喜欢这种拼得你死我活的战斗。给我讲讲，我的孩子，我的狒狒，我觉得你这张毛烘烘的脸就像个狒狒，你怎么把他们身上都捅了个窟窿？他们说你轰地响了一声，他们就倒了，就这么把他们杀死了！"

我尽力向他解释了一番火药的特性，但谈得不多，我实在是太累了，但因为我怕得罪一个如此有权势的人，却又不得不跟他讲。他现在又要我现场朝那些被抓的人身上开一枪。他说，死个把人根本就不算事，这样做不但会使他感兴趣，而且我也可以趁机报复一下。我说我们那边是不允许用这种冷酷的屠杀来报复做错了事的人，而是由法律和一种他完全不懂的神力来行使惩罚。他听后感到非常惊讶，不过我又说，等我身体复原以后，我会带他和我们一起去打猎，他可以亲手射死一头野兽。听我这么一说，他非常高兴，就好似小孩儿得到一个新玩具一般。

我们还剩了点白兰地，乔布往利奥嘴里倒了一点，利奥便苏醒了过来，我们也就不再往下说什么了。

利奥的伤势很重，片刻之后又处于半昏迷状态了。我们小心翼翼地把他抱起来，乔布和勇敢的犹斯坦姑娘扶着他躺到床上。倘若不是怕她生气的话，我真想吻吻她，感谢她冒着生命危险救了我的孩子。不过我觉得在没弄清这样做会不会造成误会之前，可不能对犹斯坦这样的年轻姑娘这么随便，所以我克制住自己，跌跌撞撞地慢慢挪回到我那小小的墓室里去。这么多天了，我从没有像今天这般平静。睡觉之前，我也不忘在心里感谢上帝的庇佑，要是没有老天保佑，此刻我也不能安然地躺在卧室里，可能这里已经是我的坟墓了。在这样可怕的一天中，能像我们这般死里逃生的人，恐怕实在是太少太少了。

我一般都很难入睡，那天我好不容易睡着了，却又梦见了好多可怕的事情。梦中可怜的穆罕默德挣扎着避开那烧红的陶罐的可怕的情景不断地浮现。后来，在我的梦境中，一个用布蒙面的人影总是在那儿晃来晃去，三番五次要把蒙布拉下来，一会儿露出一个绝色女人的形象，一会儿露出的却是一具狞笑着的白森森的骷髅。而且她还说着一些莫名其妙的、让人不明所以的话——

“活着才懂得死亡的意义，死了就将永生，神主宰的天地间，无所谓生也无所谓死。一切皆为永生，或有时沉睡，或已被人遗忘。”

天终于亮了，可是我却全身酸疼，站都站不起来。大约七点的时候，乔布来了，他的腿瘸得很厉害，圆圆的面孔又青又紫，像个烂苹果，他告诉我利奥一直睡得很熟，但仍很虚弱。又过了两个小时，彼拉里（乔布叫他“彼里公羊”，他觉得他的胡子就像公羊一样，有时更亲切点叫他“彼里”）也来了，手里拿着一盏灯，他的头顶几乎是贴着这个小房间的屋顶。我装作还在沉睡，眯缝着眼睛看着他那张略带嘲弄的清癯的老年人的面容。他那双鹰隼般的双眼盯着我，一面捋着他那雪白的长髯，不得不说要是在伦敦，任何理发师都肯一年出一百磅，用这部胡子做广告的。

“啊！”我听见他在咕咕哝哝地说（彼拉里经常在自言自语），“他可真丑，他的丑和另一个的美不相上下，简直就像个狒狒，狒狒这个名字太适合他了。不过我喜欢他。常言道‘不要相信男人，干掉你最信不过的家伙；避开女人，她们心狠手辣，最终会毁掉你的。’这句话讲得太好了！尤其是后面那句更精彩，一定是自古都是如此。不过我还是喜欢这个狒狒，他是从哪里学来的这套本事，我相信他不会被‘她’迷住的。可怜的狒狒！打得这么苦，一定累坏了。我得走了，不然会把他弄醒的。”

等到他转过身去，踮着脚尖轻轻地快走到门口时，我才叫了一声：

“是您吗？父亲！”

“是的，孩子，是我，我不打扰你了。我只是来看看你现在怎么样了，我要告诉你，那些害你们的人现在早已经在去‘她’那儿的路上了。‘她’说你们也要即刻动身，立刻去她那儿，不过我担心你们的身体。”

“是的，”我说，“我们得好点了才能出发，请您让我见见阳光吧，求求您，我的父亲。这个地方我真的不喜欢。”

“这地方是不好，”他说，“有股悲凉的气息。我记得我小时候，就在你现在躺的地方，一个美丽女人的尸体就放在上面，是的，就在那个石凳上面。她长得太美了，那时我常常拿着灯溜进来看她。要不是她的手那么冰凉，我真会觉得她只是睡着了，总有那么一天会醒过来的，她身裹白袍，那么美艳动人，又是那么安静祥和，她皮肤白皙，金黄的发丝拖着脚踝。在‘她’居住的地方，也就是这些人坟墓里，还有许多这样的尸体，把尸体放在那儿的人，他们有办法让他们所爱的人，即便死后，尸身也不会腐败，但具体是什么办法，我不得而知。哎，就这样，每天我都会到地里，静静地注视着她，到最后的时候，外乡人你别笑我，我当时就是个傻孩子，渐渐地，我爱上了那个躯体，那个曾经活过，但现在已经死去的躯壳。我来到她的身边，亲吻她冰凉的面颊，想知道自她死后，又有多少人出生和死亡。在那早已消失的岁月里，有谁爱过她，拥抱过她。我的狒狒，我觉得我从那个死者身上获得了智慧，它告诉了我生命是多么渺小，死亡又是多么永恒。普天之下，万物殊途同归，终将被时间长河埋没，被人遗忘。于是我苦思冥想，感知着死者对我的启示。终于有一天，我的母亲（精明、细心又脾气暴躁的女人）发现了我的反常，尾随着我，看见了那个美丽的白女人。她担心我会着迷，实际上，我已经被迷住了。她又惊又怕，她拿来一盏灯，将那个死去的女人靠在那面墙上，把她的头发点着了，她马上就燃着了，从头至脚全燃烧了起来，因为这样保存的尸体极易燃烧。”

“你看，我的孩子，烧她时冒出的烟现在依然悬浮在洞顶上。”

我满腹疑虑地抬头望去，果然，在墓室的顶上有一片三尺多宽的油腻乌黑的痕迹。毫无疑问，这间小墓室，多年后四壁上的烟痕都已被擦去，但室顶上的痕迹却被留了下来。

“她被烧掉了，”他怀着无限忧思地说，“几乎从头一直烧到脚，但是我赶了回来，把脚救了下来，把上面烧焦的骨头砍去，用亚麻布包了起来，藏在那边的石头底下。这事就好似昨日发生的一般。假如没有人发现的话，它应该现在还在那儿。从那以后直到今天，我再也没进过这个房间。等一等，让我来找找。”彼拉里跪了下来，伸出他长长的胳膊在石凳下面摸索。突然，他的脸豁然开朗，欢叫一声拿出了一个沾满灰尘的布包。他抖了抖这个破布包上的尘土，打了开来，看着这只外形优美且皮肤白皙的女人的脚，我目瞪口呆，它好似昨天才放进去一般，那么饱满，那么有弹性。

“你看，我的孩子狒狒，”他悲伤地说，“我说的都是真的，就只剩下这一只脚了。拿着它吧，我的孩子，好好看看。”

我拿着这个冰凉尸体的一部分，带着一种难以言语的心情，混杂着恐惧、惊愕和好奇，在灯光下细看起来。脚很轻，比活人的脚要轻得多，肌肉看起来仍旧富有弹性，微微散发出一股芬芳的气息。它丰满漂亮，不干不缩不皱，连皮肤都不发黑，不像埃及木乃伊那样变得那么难看。除了有轻微的烧焦过的痕迹外，就像人刚死的那天的样子——这真是医药防腐创造出来的奇迹！

一只小巧玲珑的脚！我把它放在了那块它曾在上面睡过了数千年的那块石头上，我想知道拥有这只美足的绝代佳人是谁，在那被人遗忘的文明国度，她曾享尽了荣华富贵——从一个天真烂漫的孩子，长成了一个腼腆害羞的姑娘，最后成了一个姿容出众的女子。什么样的人生舞台，这只脚轻踏过，又留下了怎样的脚步声，最后，又是怀着怎样的勇气，踏上了这尘埃滚滚的死亡之路！万籁俱寂的夜晚，当奴仆们倒在大理石地板上熟睡之后，这只美足曾悄悄地溜向谁的身边？又是谁在等待着它的到来？多么娇美的小脚啊！它可能曾经踩过那些拜倒在石榴裙下的凯旋的勇士们的骄傲的脖颈，在它那珠宝般雪白的眼的肌肤上还可能曾留下过王公贵族的唇印!

我用那块旧亚麻布把这个古代遗物包了起来，我相信这块布是这个女人的裹尸布，因为一些地方有烧焦的痕迹。我把小包放进我的旅行袋里，我想这是它的又一个奇特的安息处了。然后，在彼拉里的搀扶下，我步履蹒跚地走了出去。利奥身上青一块紫一块，比我的还厉害，也可能是他的皮肤太白的缘故。由于他的腰部失血太多，他显得很虚弱，不过令人高兴的是，他总算要吃饭了。乔布和犹斯坦把他抬了起来，放到特意从轿子上取下来的碎亚麻布片铺的坐垫上，并在老彼拉里的帮助下，把他抬到洞口有阴影的地方。洞里，昨夜那场屠杀的痕迹已经被擦洗得毫无痕迹。我们在那里吃了早饭，那天和接下来的两天，都是在那里度过的。

到第三天早晨，乔布和我已经恢复得差不多了。利奥看起来也好了不少，于是我同意了彼拉里再三向我提起过的出发去“科尔堡”的邀请，“科尔堡”就是他们说的那位神秘的“她”住的地方的名称。不过我仍担心这趟旅行会对利奥的身体不利，尤其是担心他那刚刚愈合的伤口会不会又被震裂开来。说实话，要不是彼拉里催得那么紧，让我们觉得要是不按他说的做，我们便又会置身于险境的话，我不可能这么快就出发的。

第十章 遐想

决定动身还不到一小时，五乘轿子就抬到了洞口。每乘轿子配有四个轿夫，另有两名作为替补，和他们一道来的，还有一队五十个武装的阿马哈格人，他们既充任卫队，又兼以挑夫之职。其中三乘轿子当然是我们的，还有一乘是彼拉里的，听说他要陪我们一起去，我就放心了，第五乘我估计是给犹斯坦的。

“那位姑娘也和我们一起去吗，父亲?”我问彼拉里，他正站在那里做临行前的最后检查。

他耸了耸肩说：“要是她想去的话就可以去。在这个国家里，女人可以为所欲为。我们崇敬她们，顺从于她们，毕竟要是没有女人，世界就会灭绝，她们是生命之源。”

“啊。”我说，这个问题我还真的是从没有想过。

“我们尊重她们，”他接着说，“但也是有限度的，那就是不要让人无法忍受。”他后来又补了一句，“每代都有对女人不尊崇的事情发生。”

“那时候你们怎么办呢?”我好奇地问。

“那时候,”他淡淡一笑,“我们就起来杀掉那些老家伙,做给年青的女人们看看,我们才是最有力量的。我那可怜的妻子三年前就是这样被杀掉的,这样做当然很残忍,不过说实话,孩子,这一来我的日子反而好过了,也因为我的年龄,年轻的女人们也不敢在我面前造次。”

“简而言之,”我咬文嚼字地说,“君之羁绊日稀,权位日重,今游刃有余矣!”这是一位政治家的名言,可是这位政治家的智慧却至今尚未使阿马哈格人从愚钝蒙昧之中开化过来。

虽然我说的阿拉伯语意思一点不差,但毕竟文绉绉的,他起初还有些摸不着头脑,等到他明白过来时,便赞赏说:

“说得对!说得对!我的狒狒,”他说,“我明白你的话了,斩断了所有的‘羁绊’,至少是杀掉了一些,所以此地的老年妇女屈指可数。说起来这也得怪她们自己。至于这个姑娘嘛,”他的语调变得郑重起来,“我不知该说什么才好。她勇敢,她爱那头雄狮(利奥)。您亲眼看见了她对他的爱有多么深,她救了他的命。此外,按我们的习俗,她已经算嫁给他了,有权去他去的任何地方,除非,”他意味深长地说,“‘她’说不可以。‘她’的话凌驾于一切权力之上。”

“如果‘她’要她离开他,而姑娘拒绝服从,会怎么样呢?”

“要是这样,”他耸耸肩说,“飓风欲摧折树,树拒不从,你说会怎样呢?”

不等我答话,他便转身向他的轿子走去,十分钟后我们就上路了。

一个多小时后,我们穿过了那片火山形成的茶杯底座似的平原，又花了半个小时爬了一段山坡。翻过坡顶，眼前的景色变得美丽，芳草萋萋的陡坡上，长着一丛丛荆棘类灌木。坡下面九到十里外的地方，一片广袤的沼泽地依稀可见，沼泽上悬浮的恶臭的瘴气，就像笼罩在城市上空的烟雾。轿夫们下山时就不那么费力了，到中午时分就走到了那个荒凉的沼泽地边沿。我们停了下来，吃了午饭，然后沿着一条蜿蜒曲折的羊肠小道，扎进了这片水草泥潭。不一会儿，我们的眼睛就根本分不清哪里是路，哪里是水栖动物和水鸟踩出来的痕迹了。那些轿夫究竟是怎样找到和穿过沼泽小路的，至今对我还是个谜。在我们一行人的最前面，走着两个手持长杆的人，他们不时用长杆捅捅面前的地面。不知由于什么原因，沼泽里的土质经常变化，头一个月可以安全通行的地方，下个月就可能将行人吞没。

我从来没见过这么可怕的、这么令人沮丧的景色，一团又一团的泥沼，间或点缀着些绿斑，那是硬一点的地面上长出的青草；死气沉沉的深水坑，周围长着高高的灯芯草，鹭鸶在这些水坑中繁衍后代，青蛙在这里聒噪不息，这一片沉闷凄凉的景色好像无穷无尽，只有一团团瘴气时而遮断人们的视线。在这片广阔的水草地中，只有水鸟和以水鸟为食的水生动物才能生存。难以数计的野鹅、野鸭、白鹤、水凫、大鹬、小鹬和鸻鸟在我们周围飞过，很多都是未知的品种，数量又多，品性又驯良，连棍子都可以把它们打下来。在这些水鸟中，我特别注意到一只色彩斑斓的水鹬，它是一个非常美丽的变种，有山鹬那么大，飞行的样子更像山鹬，但和英国的鹬迥然不同。水池中还生长这一种小鳄鱼或者是叫大鬣的蜥类动物，我搞不清是属于哪一科，彼拉里说它们以水鸟为生。此外还有许多黑水蛇，它们咬起人来虽然不像眼镜蛇或蝮蛇那么致命，但也是相当危险的。这里的牛蛙块头很大，其鸣声也与其体积成正比。至于蚊子——按乔布的叫法是“嗡嗡”。甚至比那时在河上遇到的还要猖獗，把我们折磨得够呛。但是，沼泽地上最可怕的东西，还是迷漫在空气中的令人窒息的气味，这是腐烂植物发出的恶臭，还有就是我们不得不吸进肚里去的污秽的瘴气。

我们一直在沼泽地中跋涉着，到那愁容惨淡的太阳西沉时，我们正好走到一块约有两英亩大小的高地上，这真是荒野烂泥中的一块干燥的绿洲！彼拉里宣布在这里宿营。安营扎寨十分简单，用芦苇和随身携带的一点木头生起一小堆火，大家围火而坐，就算安顿下来了。尽管如此，我们还是很享受，周围的空气潮湿、高热，且让人窒息，而这里地势低、气温高，却又让人感到一阵阵地凉爽，这让人感到口味大开。我们发现这里的蚊子都怕烟熏，所以不管天气有多热，我们都尽量往火堆处凑，设法睡上一觉。牛蛙的聒噪声，数以百计的水鹬在高空中飞翔时发出的刺耳的喧哗声使人难以入眠，其他种种难堪就别提了。我转过身去看看我身边的利奥，他已经睡着了，脸上出现的红晕令人不安。在闪烁的火光照耀下，我看见了利奥身边的犹斯坦，她不时用肘撑起上身，焦虑地打量着他。

我知道他是生病了，可是一点办法都没有。我们吃的奎宁已经不少了，这是我们仅有的预防药品。我只好躺下，仰望天空的万点繁星，直到繁星布满整个浩瀚的苍穹，每个星星就是一个世界！多么壮阔的景色，人显得多么渺小！我天马行空地想了一会儿，人只能遵从上帝的安排，要想追觅全能的上帝的足迹，随他走遍海角天涯，或者企图从他的行踪中推断出他的目的，都只能是枉费心机，力穷智竭。知识属于强者，我们只是弱者。俗话说，过犹不及，聪明至极可能会把我们短浅的目光遮蔽，力量至强则可能会让我们不自量力，最终落个身败名裂，淹没在虚荣自负的渊薮之中。人类对大自然的不懈探索，学到的东西越来越多，可是结果又是什么样？难道不就是去质疑造物主的存在和怀疑所未知的领域吗？总是蒙着面纱的真理，其光辉似那灿烂夺目的阳光一般，让我们不可仰视。这将会把我们毁灭。无所不知不是受限的人类所能拥有的，人类往往以为人定胜天，实则微如蝼蚁。知识之于人类，稍及满溢，之于无言的上帝，不及万一！上帝用智慧调整着星球的运转，若加诸人类，必将粉身碎骨。或在别处，或在他时，可有变换，谁又能知道？哎，此时此地，芸芸众生的血肉之躯不过是于人世间受难，也不过是在命运之神吹起的五光十色的肥皂泡中追逐奔波，还以此为乐，倘若有日这泡沫可停于手中片刻而破灭，便会感恩戴德，而当悲剧收场，曲尽人散，又会忍辱含垢地走向不可知的他方。

我躺在地上，在我的头上，闪耀的群星永不熄灭，我的脚边，沼泽上的火球如幽灵般滚来滚去，随风浮沉，随地飘荡。火球和群星间，好似有两个人出现在了我面前，一个是现代人，一个是未知的人，若人和万物都由上帝掌控。啊，这可能就是我们余生所达的样子吧！啊，我们解放了束缚的灵魂，追求着遥远的希望，似行者穿越的重重山峰，我们会直视真理的双眸，探寻那处神秘的未知！

生命之星诞于何处，创造出万物和神秘的未知。死亡的冥火不再抛来掷去，生命之火随心点燃。若天地皆于股掌之间，万物必将臣服于他！是的，让那苦难的世界离我们远去，让那幸运之光永悬天际，让光亮照亮生命，让生命之火重燃，为噩梦点一盏灯，全能的上帝啊，一切真理的造物主啊！

那个夜晚，许许多多诸如此类的思绪在我脑海中翻腾。它们经常出来折磨人们，我说折磨是因为，上帝啊，思维只能使人更感到自己的无能。在那一片死寂的天地之中，我们微弱的呐喊有什么用呢？难道我们那点朦胧的智慧能探索出繁星密布的苍穹的奥秘吗？苍天又给了什么回答吗？没有！绝对没有！只有你的呼喊的回声，只有你痴迷的梦想。然而我仍然相信，走过坟墓的尽头，就一定会有答案，基督信仰便是答案。没有信仰，精神就会毁灭，拥有信仰，必将登上天堂。

虽疲惫不堪，却又毫无睡意。我开始想到我们的这次远征，我们的行为是多么鲁莽荒唐，可是我们的经历与一千多年前在陶片上的那个故事又那么吻合！那个非凡的女人，那个统治着一个像她一样不寻常的民族的女王，那个主宰这一片被忘却的文明废墟的人，到底是什么人呢？故事里讲的不熄的生命之火是什么意思呢？真有什么液体或精华可以让人的身躯不受岁月的侵蚀和破坏吗？虽有疑问，但也可信。正如可怜的文西讲的那样，生命的无限延续可能比生命的诞生和生命的短暂还要正常。如果确有其事，又会怎样？发现这一点的人无疑能统治世界，他能将全世界的财富、权力和智慧集于一身，他的一生可以有足够的时间去研究各门艺术和科学。啊！倘若果真如此，倘若“她”真是永生的（这一点我从来没有相信过），在这一切她都俯拾可取的情况下，为什么她还要深居于洞穴之内，生活在食人生番之中呢？仅这一条就足以驳倒这种说法了。这是个荒谬的故事，也只在写这个故事的那种迷信年代才会有人相信。任何情况下，我都可以斩钉截铁地说，我自己是决不会去追求什么生命永恒的。人生走过的这四十多年，我饱尝忧虑、失望和内心的苦楚，已数不胜数，我决不希望这种状况永无休止地继续下去。当然，相对来说，我的生活也还算幸福的了。

我的思绪又回到了我们眼下的这段经历，我想我们在人世间，所经历的一切，可能似昙花一现随即夭折，就是陨灭。最后我终于睡着了。我想，这本书的读者，十有八九也会为我感到欣慰的。

我醒过来时天刚亮，担任警戒的人和轿夫正在浓密的晨雾中鬼影般地走动着，他们在为出发作准备。火早就熄灭了，我站了起来，伸个懒腰，清晨的寒气冻得我四肢发抖。我看看利奥，他坐在地上，双手抱着头，脸色通红，眼睛很亮，可瞳孔四周却泛着黄色。

“喂，利奥，”我说，“你觉得怎么样?”

“我觉得我快死了，”他哑声说道，“我的头像要裂开一样，全身打战，恐怕不行了!”

我吹了一声哑哨，心里在想，利奥这是染上热病了。我朝乔布走去，想问他要点奎宁，我们还有不少这种药，没想到乔布的情况也和利奥差不多。他抱怨地说后背疼得厉害，头昏眼花，简直是动弹不了啦！这么一来，我能做的唯一的事情就是给他们每人都来上十多片奎宁，自己也吃了几片做预防。然后我找到彼拉里，讲了一下他们的情况，问他该如何是好。他和我一起过来看了看乔布和利奥（顺便讲一句，彼拉里说乔布体态肥胖，脸圆眼小，活像只猪，便叫他“猪崽”）。

“哎，”他说，走到他们听不见的地方，“热病！我想是害热病了！狮子的病势重，不过他年轻，不会死。猪崽的病势轻，是‘轻热病’，这种病发作起来总是背先疼。他长得那么胖，不吃药也会好的。”

“他们能继续上路吗，父亲?”我问。

“不仅要走，而且非走不可，我的孩子。留在这里必死无疑。何况坐在轿子里总比躺在地上要好一点。如果一路上顺利，今晚就能走出沼泽地，空气也会好一些。来吧！我们把他们抬进轿子里去，准备出发，站在这种晨雾里不动可不是好事情。我们可以一边走一边吃饭。”

我们照他的意思办了，再次踏上这次奇怪的旅程，我的心情很沉重。前三个小时一切顺利，后来出了一件事，我们差点失去了我们的伙伴——年高德勋的彼拉里。他的轿子走在最前头，当时我们正在艰难地穿过一片危险的泥沼地，有时抬轿人的腿一下子陷到膝盖深。我真搞不懂他们是怎么抬着轿子走过这段路的。虽然跟在每乘轿子后面的那两个空手的人也和四个轿夫一道挣扎着扛着轿杆。

突然，正当我们高一脚低一脚地挣扎着前进时，前面传来一声尖叫，随即是一片呼喊，最后是一阵哗啦啦的溅水声，整个队伍停住了。

我从轿子里跳了出来朝前跑去，前面约二十码的地方有一处死水塘，就像我前面见过的那种泥炭味的死水塘一样，我们是沿着塘边的最高处行走的。水塘的坡很陡，我朝塘里一看，大吃一惊，彼拉里的轿子在水里漂浮着，人却不见了踪影。原来彼拉里的一个轿夫不巧踩上了一条正在晒太阳的蛇，蛇咬了他的脚踝，他不由自主地松开了轿杆，眼看就要滚下水塘，为了活命，他伸手抓住了轿子，其结果可想而知，轿夫们都撒了手，轿子被拉进了水塘，彼拉里和被蛇咬的轿夫一齐滚进了那个泥泞的水塘。等我赶到水边时，两个人都已经没顶了，那个不幸的轿夫再也没露过头。也许是他头撞在什么东西上了，也许是陷进了污泥，也许是蛇毒发作，反正他没了。而彼拉里虽然失踪了，但他的落水位置很清楚，浮在水面上的轿子正是他的落水处，他被缠在轿椅布和轿帘布之间了。

“他在那儿！父亲在那儿！”一个人说，可是他一个手指头都不肯动动去救他，其他的人都无动于衷，干站着看热闹。

“滚开！你们这群畜生！”我用英语大叫了一声，便扔下帽子直奔到水池边，纵身跳进了那可怕的泥坑中。我使劲游了几下，到了彼拉里正在轿帘布下挣扎的地方。

我已记不清怎样把他拉出来的了，他从水中冒出时，那可敬的头上盖满了绿色的污泥，活像是身披黄袍、头戴常青藤的酒神巴克斯。剩下的事就好办了，彼拉里经验极为丰富，他知道不能死死抓住我，而一般的溺水者往往是这么干的。我抓住他的胳膊，步履维艰地涉过紧紧胶住我们的污泥，把他扶上了岸。我们当时的脏样简直是绝无仅有，彼拉里已被淹得半死不活了，不停地咳嗽，从头到脚都涂满了污泥和绿色的煤沼，那蓬漂亮的胡子也湿成一团，像根中国人刚刚擦过油的大辫子。可就是这样，他的神情也带着一种高贵的尊严，仍显得那么德高望重，那么仪表堂堂。

“你们这群狗！”他勉强能讲话时就开始骂那群轿夫，“你们竟然对你们的父亲见死不救！要不是这个外乡人，不是我的孩子狒狒，我早就一命归天了！哼！我饶不了你们！”他那双潮润的眼睛恶狠狠地瞪着他们，那些人别扭地看着他这副样子，不过还是板着脸，装出一副满不在乎的样子。

“我的孩子，”他朝我转过身来，抓住我的手接着又说，“相信我是你患难与共的朋友。你救了我的命，将来有一天我可能会报答你的救命之恩！”

然后，我们尽可能地洗沐了一番，把轿子也弄了出来，除了那个淹死的人以外，其余的又一起上了路。不知是这个人刚好是个不得人心的家伙，还是这些人天性麻木不仁、自私自利，除了那个不得不接替他的位置的人外，没有第二个人对他的死亡表示出悲哀之情。

第十一章　科尔平原

谢天谢地，大约在天黑前一小时，我们总算走出了沼泽，踏上了一片波浪起伏的山地。登上头一道山坡后，我们就停下过夜。我最关心的自然是利奥的病情。他比早上的时候，病得更重了，让我很是上火，而且他还从晚吐到早。那天晚上我根本未合眼，陪着犹斯坦守在利奥和乔布身边。她真是我所见过的最温柔体贴，最不知疲倦的护士了。幸好空气温暖宜人，不太热，也没多少蚊子。这儿地势高，我们脚下是罩在沼泽地上的一层雾瘴，看起来就像城市上空浓密的烟幕一般，烟幕中还不时闪现着一些沼泽里的磷火球，可见我们的处境还是比较不错的。

第二天黎明时分，病得神志不清的利奥开始说起胡话来，他说自己被劈成了两半。我真急坏了，不知道这场病会让他怎么样。哎！死于这种热病的人我实在已经听得太多了！正在我胡思乱想的时候，彼拉里走了过来，他说我们必须马上出发，因为在他看来，若在十二个小时内，利奥不能在一处安静且能得到适当治疗的地方休息，他这一两天就可能死了。我没有办法了，只好按他说的做，把利奥放进轿子后，我们就出发了，犹斯坦走在他旁边，给他赶着苍蝇，怕他从轿子上摔下来。

太阳升起后大约半小时，我们已经爬上了坡顶，周围的景色真是美极了！脚下是一片辽阔的旷野，碧草如茵，百花斗艳。距我们约十八里的地方，有一座高耸入云的大山从平原上拔地而起，大山脚下看来是片草坡，草坡上五百码处是一道雄伟险峻的秃壁，约有一千二百至一千五百尺高。山呈圆锥形，毫无疑问，原先是座火山，我们只看得见它的一侧，很难估计出它的确切大小，后来才发现它方圆决不小于五十平方英里。这座巨大的天然城堡，就这么孤寂地屹立在平原之上，我还从来没见过这样宏伟壮观的景象，以后也恐怕永远见不着了。那种孤独凄凉衬托的雄伟，峭壁亲吻着蓝天，白云围绕着它，就像团团洁白的羊毛漂浮在它的墙垛上。

我挺直身体坐在轿子上，越过平原，凝视着这片震撼且奇妙的场景。彼拉里的轿子赶了上来，他大概注意到我了。

“请看‘不可违抗的她’居住的地方！”他说，“哪一位女王有过这么壮观的御榻！”

“真是美极了，父亲！”我说，“我们怎么进去呢？这些悬崖看样子很难爬呢！”

“您会看到的，狒狒。您看我们下面的这条路，您猜猜它原来是用来干什么的？您是个聪明人，说说您的想法吧。”

我一看，那是一条泥炭覆盖的道路，直通山脚，路的两边都筑有高堤，虽然许多地方都断塌了，但仍彼此相连，居然有人修这么一条路，真是不可思议！

“我想，父亲，”我说，“我猜它要不是一条路，就是一道河床，”我看了看它笔直的线条后又加了一句，“说得准确点，是条运河的河床。”

彼拉里（顺便说一句，溺水对他的举止言谈没有丝毫影响）一边审慎地点着头，一边说道：

“说得对，孩子，这是我们的先辈开出来的排水渠。我们要去的那座山上，曾有一个大湖，被岩石环绕其间，后来我们的前人用我一点也不懂的高超技术来劈山引水，直凿到湖底。他们先挖出了你看见的这条穿过平原的渠道，水就从山上沿着这条水渠奔腾而下，穿过平原直泻到山坡那边的低地上。我们走过的山那边的沼泽地可能就是这么形成的。湖水排干后，他们在湖底修筑起了一座巨大的城池，并且世世代代在那里打洞开路。现在，城池已沦为一片废墟，只剩下‘科尔堡’的空名一个，不过，岩间凿出的山洞、通道都还在，你以后会看到的。”

“看来是这么回事，”我说，“不过，既然如此，雨水和溪流为什么没有再把湖灌满呢?”

“那是不可能的，孩子，那些人很聪明，他们开了排水渠把水排走了。你看见右面那条河了吗?”他指着离我们有四里左右远的一条宽阔的、蜿蜒流过平原的小河说，“就是那条水渠，它从那边的一堵山墙中流出来，这条渠道也是从墙那儿进山的。可能这条渠原来也是排水道，后来那些人给它改了道，当成路来用了。”

“那么，除了这条排水渠外，就没有别的路进山了吗?”我问。

“还有一个地方，”他说，“牲口和人都可以过，只是很要费点力气，道路很隐秘，就算给你一年的时间你也找不到。

那条路一年只用一次，只在把那些在平原上养肥了的牲口赶进山里时才用。”

“‘她’一直都住在山里吗?”我问，“哪儿都不去吗?”

“是的，孩子。‘她’可以说是足不出户的。”

这时我们已经走在平原上了，我兴致勃勃地观察着这一片由亚热带的鲜花和树木组成的美景，这里都是独自生长的树木，最多就两三棵长在一起，高大挺拔的树木属于长青栎木类，还有许多高达一百尺以上的棕榈树，以及我所见过的最高大最美丽的灰白色水龙骨树。一团团晶莹的蜂鸟和大翅蝴蝶如云彩般地悬挂在水龙骨上。各种各样的动物在树木中间游荡，或蜷伏在高高的羽毛般柔软的草丛中，从犀牛到野兔，应有尽有。我看见了犀牛、大群的野牛，还看见旋角大羚羊和黑貂羚羊等。这种黑貂羚羊是所有羊中最美的，此外，还有许许多多各种各样的小动物。有三只鸵鸟，见我们一走近，便大叫几声，像白云般地飘走了，这儿的动物太多了，让人眼花缭乱。我的轿子里有一枝单筒“马提尼”牌猎枪，眼睁睁地望着轿外的猎物穿梭般地活蹦乱跳，而自己却像装在邮车中的邮件，闷在轿子里不能开枪，心里憋得实在不是滋味，这时，我看见一只美丽肥壮的大羚羊在一棵栎树上蹭痒，就再也按捺不住了。我跳出轿子，抄着猎枪，跑到离它八十码左右的地方时，它突然转过头来瞪了我一眼，立即要逃走，当它侧身对着我时，我立即举枪瞄准它肩下部位开了火。我的打猎生涯短暂，但唯有这次如此的干脆利落，这头大羊骤然一跃，然后就倒地而死。轿夫们也停下脚步，看是出了什么事情，他们吃惊地咕哝着。对于这些沉郁的，对任何事情都无动于衷的人来说，这已经是了不起的赞叹了。一群护卫立刻跑过去把羊头砍了下来，说实话，我自己也真想跑过去看一看，但是还是忍住了，装出一副矜持的样子走回轿子，好像我这一生中常常这样打羚羊似的。在这些阿马哈格人心目中，我的地位顿时提高了许多，他们看着这一幕，好比在看一场高超的魔术表演。说实话，我也是头一次看见野生的大羚羊。彼拉里也热情地迎了上来。

“打得真漂亮，我的狒狒，”他朗声说道，“好极了！虽然你长得这么丑，但你太了不起了！要不是亲眼看见，我肯定不会相信的。你说过要教我这样子打猎，对不对?”

“当然啦，父亲，”我神气活现地说，“这不是什么大不了的事情!”

不过我想，要是“父亲”彼拉里开枪射击的话，我准会立即趴下或者躲到树后面去的。

在这件小事发生后，就没什么事情可赘述了，日落前一个半小时左右，我们来到了那座高耸的火山山麓。当那些辛苦的轿夫们费力地踩着古河道，一步步翻过那深棕色、直入云端的层峦叠嶂时，眼前的景象既可怕又威严，简直无法用语言来形容。我只能说，它带给人的那种极度的凄凉阴森和极度的庄严雄伟使我感到恐怖。然后我们踏上了那道阳光灿烂的山坡，当山顶上投下来的阴影渐渐吞没了太阳的光亮时，我们已开始在一条岩石中开凿出来的通道中穿行，通道越走越深，我想这项如此浩大的工程，必然耗费了成千上万的人力，也花费了多年的时间。至今我仍难以想象，在没有炸药的情况下，他们是怎样劈山开路的。这一点，现在是、将来也必定是这片荒野之地的一个谜。我只能猜测这些从岩石中挖出来的通道和宽阔的洞穴是“科尔”人民举国上下全力以赴的创举，在那遥远的年代里，居住在这个地方的人民就像埃及人创造古迹一样，他们也是利用成千上万的俘虏，经过无数世纪的劳动才造就的。但是他们到底是些什么人呢?

我们终于走到了峭壁脚下，我发现我们正站在一条幽黑的隧道入口处，我顿时联想起我们 19 世纪的工程师们修建铁路时挖掘的那些隧道。一股很粗的泉水从隧道流出，前面我没有提到过它，其实从我们踏上那条劈山而开凿出来的道路起，我们就一直沿着这条溪流在走，它最后就成了我前面写到过的那条蜿蜒向山右流去的河流。劈山工程有一半是这条溪水流的水渠，另一半要高出差不多八尺，是供人行走的道路。溪流一出山口就改变方向，穿过平原，沿着自己的河道流走了。我们一行人在隧洞口停了下来，人们忙着点燃随身携带的陶灯，彼拉里下了轿，客气地却不容反驳地告诉我们，“她”下令要蒙住我们的眼睛，以免我们知道穿过这座大山腹地的秘密通道。我当然很痛快地答应了，但是乔布可不高兴，他以为这不过是让我们受“火罐”刑的预备步骤。尽管旅途劳顿，他现在已好多了，我对他说他们手边没有罐子，我也没看见可以烧热罐子的火堆，他这才放下心。可怜的利奥，不停地折腾了几个小时之后总算是睡着了，也许是昏迷了。不管怎样，他是无须蒙眼的。所谓蒙眼就是用一块黄色的亚麻布紧紧地捆在眼睛上面，有些阿马哈格人就是穿这种布做成的衣服以示自己的尊贵，后来我发现，这种亚麻布是从坟墓中取出来的，而不是像我原来想象的那样是本地人生产的。布带子在头后面打了个结，两头系在下巴上以免滑开，但不知道为什么犹斯坦也被蒙上了眼睛，大概是怕她会把秘密泄露给我们吧。

蒙住双眼后，我们又继续前进，没多久，根据轿夫脚步的回声和水流到狭窄地方发出的响声，我知道我们已经进入了大山腹地。来到这种阴森可怖而又不知去向的岩壁深处，真让人毛骨悚然，不过这时候我已经习惯于这种历险，什么都可以见怪不怪了。所以我一动不动地躺着，倾听着轿夫们嚓嚓的脚步声和流水的冲击声，自寻乐子，突然那些人唱起了我们在船上被他们抓到的那天晚上听到过的忧郁的小调，他们的声音产生了一种奇特的无法描写的效果。

过了一会儿，本来就十分沉闷的空气，变得更让人觉得窒息，甚至我自己都快喘不上气了。这时轿子转了个弯，然后又接二连三地转了好几次，水流声消失了，空气渐渐地变得新鲜了一些，但仍然在不停地转弯。这种弯来拐去地折腾，加之又被蒙上了眼睛，我根本就不知道走到哪了，我本打算记住路线，以备逃跑时所用，不消说我的打算是彻底落空了。

又过了半个多小时，突然我发觉我们已经走出山洞，来到露天场地，透过布带我可以感觉到亮光，脸上也感到一股清新的暖意。又过了几分钟，轿子停下来，我听到彼拉里命令犹斯坦取下她的蒙眼布，同时把我们的也被拿掉。还没等她走过来，我已经解开了我的布带朝外看了起来。

果不出所料，我们已经穿过了峭壁，正好在它那凸出的峭壁下面。我所注意到的第一件事，是从这里看来，峭壁并不十分高，还不足五百尺，这表明这里就是那个湖底，或者说我们正站在一个巨大的古火山喷火口中间，它比四周的平原地势要高得多。此外，我还发现我们来到了一个奇大无比的、四面石壁环绕的茶杯中间，很像我们头一次到达的地方，只是要大上十来倍。当时我只能大致辨别出对面起伏不平的峭壁轮廓，这块浑然天成的平原有一部分已经开垦，而且用石墙围了起来，以防大群牛羊进入。

那里到处都是一垛一垛的草堆，朝中心方向几里地的地方有一堆硕大的废墟。当时我没有时间仔细观察，因为一大群阿马哈格人立即将我们团团围了起来，他们和我们已经熟悉的那些人一模一样，他们虽然都不吭声，但是站得离我们那么近，把我们这些躺在轿子上的人的视线都挡住了。这时出现了一支两列纵队的武装队伍，由一个手持象牙棒的军官带队，迅速地朝我们跑来，我觉得他们像是从峭壁中突然冒出来的，就像蚂蚁从蚁巢中爬出来的那样。这些人和他们的军官除了穿着寻常的豹皮裙外，都还穿着长袍，我猜想他们大概是“她”的卫队成员。

他们的领队朝彼拉里走去，将象牙棒横举在额前表示敬礼，然后问了一些我没有听清楚的问题，彼拉里简单明了地做了答复后，那些人就转过身，沿着峭壁边缘向前走去。我们这队的轿子跟在他们的后面，走了约莫有半里路的光景，我们在一个高约六十尺、宽约八十尺，奇大无比的山洞前停了下来。彼拉里下了轿，我和乔布也下来了，利奥病得太厉害，当然只好免了。我们走进了这个巨大的山洞，落日的余晖照进了岩洞，日光所不及处，一长串无穷无尽的油灯在幽幽发光，就像空荡荡的伦敦街道上的煤气灯。

我注意到洞壁都是用浮雕装饰起来的，大部分与我曾讲过的那个陶罐上的雕刻类似。雕刻的场景主要以情爱为主，其次是狩猎的场面，再就是处决人的场面以及在人头上放一个罐子惩罚人的图画，画上的那个罐子必然也是又红又烫的，这说明我们的主人们就是从这里学来这一手的。尽管有许多描绘决斗、人们奔跑、摔跤的画面，但战争场面却几乎没有。这个事实使我相信这个民族不常与外来的仇敌进行战争。这也许是因为他们与世隔绝的地理位置，也许是他们拥有无敌的力量吧。在这些画面中间是一些石柱，石柱上的文字极为奇特，是我未见过的。我敢肯定，它们既不是希腊文，也不是埃及文，不是希伯来文，也不是亚述人的文字，和我所通晓的任何文字都不相似，倒是有些像中国方块字体。入口处附近的图画和字迹都已磨损，但往里走就可以看见，许多雕刻就像那些艺术大师们刚刚完成他们的创作时那样完好如初。

那队人走到洞口就停下来，排成两行让我们从中穿过。刚进洞我们就碰上了一个身穿白袍的人，他毕恭毕敬地向我们鞠躬，但什么话都没说，这让人很纳闷，后来我才发现他是个聋哑人。

在距洞口二十码远的地方，有一个与主洞成直角的小洞，也可以说是一条宽阔的走廊。主洞的左右两面都凿有这种小洞，我们左边的走廊门口有两个卫兵守卫，我想那可能是通向“她”的住处的入口。右面的走廊外无人把守，哑侍从示意我们往里面走，沿着这条被灯光照亮的走廊走了几码后，我们来到了一个小房间的门口，门口上挂着用草编织的帘子，看上去很像桑给巴尔地毯，他彬彬有礼地把帘子拉开，带我们走进了一间很宽敞的房间。这也是从坚实的岩壁上挖出来的，不过使人高兴的是有一扇直通峭壁外面的高高的天窗，房间的光线就是来自于此，房间里有张石床，还有几个装满了盥洗用水的罐子及几张鞣制精美的豹皮毯。

我们把利奥放在这儿，他还是昏迷不醒，犹斯坦仍然陪在他的两侧。我看见哑巴目光犀利地瞪了她一眼，好像在问：“你是什么人，谁叫你来的?”然后又带我们到另一个类似的房间，把乔布安顿在这里，再后来的两间房子则由彼拉里和我分住了。

第十二章 “她”

除了照顾利奥，我和乔布最先去做的事情就是洗澡和换衣服，自独桅船失事以来，我们就没换过衣服。记得我曾说过，我们很幸运地将大部分行李都装上了小艇，所以都被保存了下来（那些轿夫也都给抬来了），除了我们准备用来交换的货物和大部分要送人的礼物，其他的都丢失了。我们的衣物大多是用布料厚实、水洗过的灰色法兰绒做的，我发现在这种地方旅行穿这种衣服是再好不过了，一件这种料子做的诺福克式外衣、一件衬衣再加一条这种质地的袜子，差不多才四磅重而已，因为即使是在热带国家旅行，也要考虑随身携带的物品重量，毕竟就算多一两，也会让人觉得沉重，但这种衣服穿起来暖和，既可抵挡太阳的暴晒，又可御寒，非常适宜在温差较大的地方穿。

我永远也不会忘记这番“梳洗”加上再穿起干净的法兰绒衣服的舒适惬意劲儿，美中不足的是缺一块肥皂。

后来我发现，这些阿马哈格人尽管有许多毛病，但他们还算爱干净，他们所用的洗涤工具是用一种烧过的泥土，一开始用这东西时擦上去会让人觉得不太舒服，习惯了就好了，倒是一种很好的肥皂代用品。

等我穿好衣服，梳好头发，再把那些邋遢的，惹得彼拉里叫我狒狒的胡子刮干净时，就觉得肚子咕咕叫了。所以，当一个哑巴姑娘悄然掀起门帘，另一个哑女用一种一看就明白的手势——张开嘴，用手往里指，表示饭已经准备好了时，我就迫不及待地随着她走进了隔壁的一间房子。这间房子我们没有进来过，这时乔布已经在那里了，也是一个漂亮的哑姑娘把他带去的，这也让他觉得提心吊胆。乔布对那位“火罐”女士的垂青始终铭记在心，所以对凡是走近他的女人都小心戒备着。

“先生，”他总喜欢替自己辩护，“这些小娘们的眼神就不正经。”

这个房间有我们卧室的两倍大，我一眼就看出，它原来就是个饭厅，很可能还兼作祭祀之用，祭司们在那儿用香料对死人作防腐处理。这些从岩石中开凿出来的房间实际上都是一座座宽大的地下陵墓，一个伟大的、但已泯灭的民族的遗体千百年来就被陈放这些坟墓中。他们用一种完美的、至今无与伦比又无人知晓的技艺，使我们周围的一切都像纪念碑般地永远存留了下来。在这个石室的两边，各放着一张牢实的条石桌，大约有三尺宽、三尺六寸高，石桌也是用粗糙的岩石凿成的，桌底还连在石地上，离石桌两尺来远的地方，靠石壁处凿有一排石架用作凳子使用。石桌边凿有一些凹进去的地方，人们坐在石凳上时腿可以自由伸曲，桌子尽头中间的位置，上面各有一个凿穿岩层的通风口，用来透光和通气。仔细地观察了这两张桌子之后，我发现它们有一些我们起先没有注意到的区别，进门左边的那张桌子不是餐桌，而是用来处理尸体，石桌上五道浅凹槽不容置疑地证明了这一点，这些凹槽都呈人形，有一处与整体分开，是放人头的，有一处稍微突出来，是支撑脖子的。为了适应从小孩到成人的不同体形，凹槽的大小也不尽相同，每个凹槽都有按等距离凿出的小洞让液体流出。如果你还想进一步了解的话，只需看看岩壁上就可以了，房间的四壁上，雕刻着一个长髯老人的死亡，死后尸体进行香料装殓和入葬的组画，这个老人可能是一位古代国王，也可能是这个国家的达官显贵。画面清晰如新，就像当天完成的一样。

第一幅画面描绘的是他死亡时的场景。他正躺在一张床上，四只弯曲的床腿下面都有一个圆球，看上去就像乐谱上的音符。这位老人看起来已经处于弥留之际，女人和孩子们围在床边哭泣，女人们的头发也都披散了下来。第二幅画描绘的是将尸体填充香料，进行防腐，赤裸的尸体放在一张与眼前这张一样的有凹槽的石桌上（可能画的就是这张桌子），三个人在做着防腐工作，一人指挥，一人手持一个像红葡萄酒过滤器一样的漏斗，漏斗细的一端固定在胸腔的切口上面，无疑是插进了胸膛大动脉，第三个人跨立在尸体上方，手中高捧一个大罐，从里面倒出液体，正好流进漏斗里面。画面中最让人奇怪的是，那个手持漏斗的人和倒液体的人都将鼻子捂住，我想或许是尸体里放出的臭气，或许是因为灌进死人血管中的热气腾腾的液体的香气太熏人了的缘故吧。还有一件我无法解释的怪事是三个人脸上都蒙着只留出双眼的面罩。

第三幅画面描绘的是殡葬仪式。死人身裹白麻布，僵硬地躺在我们上次在那边睡的那种石板上，头脚处都点着灯，身体旁边放着几个我提到过的那种绘有图案的美丽罐子，罐中可能装满了食物。小小的房间里挤满了吊唁者，一种像七弦琴似的乐器在奏哀乐，尸体脚边站着一个手持白布的人，他准备仪式结束后将死者用这块布盖起来。

这些雕刻，若仅是把他们当作艺术品来看的话，雕工真的是非常精美，所以我也就不在这儿赘述了，想来读者也会明白我的意思。这些雕刻很可能准确地将一个已经消亡的民族的殡葬仪式再现，这实在是让人感兴趣。那时我想，如果我有机会向我的剑桥的那些癖好古董的朋友们讲述这些绝妙的古代遗物的话，他们该会多么嫉妒！虽然我所述的经历都是事实，也不是我凭空杜撰出来的，但他们听后可能会说我是在吹牛。

言归正传，我刚刚粗略地将这些雕刻浏览一遍之后，就坐下来享受了一顿极为丰盛的晚餐，有煮羊肉，新鲜牛奶，面饼等，而且都是盛在干净的木盘里的。

饭后我们去看利奥，彼拉里说他须到"她"那边去侍候着，听候召唤。一到利奥的房间我们就发现，他的病情又加重了。他已从昏迷状态中醒了过来，但神志不清，脾气暴躁，不断地念叨什么在剑桥河上赛船的事情。我们进去的时候，犹斯坦正扶他躺下。我安慰了他几句，听到我的声音他平静了一点，应该是安静多了，然后我又劝他吞了点奎宁。

我陪他坐了大约一个小时，天色已经完全黑了下来，只看得见利奥的头发在枕头上闪着金光（我们在一个袋子上盖了块毛毯权且充作利奥的枕头）。这时，彼拉里突然神情庄重地走进来，他说"她"已答应愿意亲自接见我，他还补充说这种恩赐是一种罕见的荣耀。我想彼拉里看见我对待这项恩宠的冷淡样子一定有点悚然，无论她多么的神秘、多么的专制，我对拜见一位野蛮人的幽冥女王并未感到有什么可高兴的，更主要还是因为我脑子里只有利奥，我为他的性命担忧，不过我还是站起来跟他走了。临走时我发现地上有个亮晶晶的东西，便捡了起来。可能读者们还记得，同那块陶片放在一起的还有一个金甲虫护身符，上面有一个圆圈，一只鹅，还有一个稀奇古怪的象形文字，它的意思是“太阳神之子”。这个护身符很小，利奥曾执意要把它镶嵌在一只硕大的金戒指里，就像那种人们常用来作图章用的戒指一样。我捡到的就是这只戒指，这大概是他发病时拔下来掉到地上的吧。我担心这么乱扔会弄丢，便把它戴到自己的小手指上，然后让乔布和犹斯坦陪着利奥，自己随着彼拉里走了。

我们沿着过道走去，穿过那像剧院走廊似的主岩洞来到对面对称的过道里，道口有两个卫兵似泥塑木雕般地站着，我们走过时他们向我们鞠躬，然后又将手中的长矛横举在额前，和那队卫队首领见到我们手执象牙棒时做的动作一样。我们从他们中间穿过，这条过道和通向与我卧室的走廊相差无几，不同的只是这里灯火通明。走上几步就遇到四个哑侍从，二男二女，他们向我们鞠躬后，便两女导前，两男殿后，一行穿过了几间类似我们住处那种挂了门帘的房子（后来我发现那都是侍候“她”的侍从们的住室），来到一道门前，这道门不像其他房门那样开在走廊左侧，看样子我们是来到过道尽头了。门口站着两个身穿白袍（也可以说是淡黄袍）的卫兵，他们向我们鞠躬敬礼后，让我们穿过厚厚的门帘走进了一个长宽各足有四十尺的大客厅，客厅里面有八到十个黄头发的妇女正在绣架前用象牙针刺绣，她们大都十分年轻漂亮，但却又聋又哑。在这间灯火辉煌的房间的另一头又是一道门，上面挂着厚实的东方挂毯，与我们房间里挂的完全不同。门口站着两个十分美丽的哑姑娘，她们头垂至胸，双手谦卑恭顺地交叉在胸前。当我们进去的时候，她们便各伸出一只手拉开了挂毯，这时彼拉里做了一个奇怪的动作，这位年高德劭、气派十足的老先生竟然跪了下来，而且双手扶地，雪白的胡子垂到地面，就这么不体面地爬了进去。我则跟在他后面若无其事地走着，他一回头，看见我这样，就说：

“跪下，孩子！跪下，狒狒！快点！我们进了‘她’的御室了，你要是冒犯了‘她’，‘她’会就地将你毁掉的！”

我一下子停住了，感到很害怕，我的双腿也在不住地发软，但是转念一想，我作为一个堂堂的英国人，凭什么要我像猴子一般，在一个野蛮的女人面前爬来爬去？难道我真是头狒狒吗？只要无关我的生死存亡，我可不愿如此屈身。膝盖一旦软过一次，就不可能再直了，这简直就是承认自己低人一等。我怀着这种所谓英国人狭隘的傲慢与偏见，壮着胆子走了进去，不一会儿就走进了一间比那个客厅小得多的房间，房间四壁上挂满了类似门口挂的那种色彩鲜艳的挂毯，后来我发现这些挂毯都是坐在客厅里的那些哑女织的，她们先织成条，再缝缀成毯子。这个房间里，到处都摆着象牙镶嵌的、美丽的黑檀木靠椅，地上铺着花地毯。房间的尽头好像还有一间凹进去的密室，也是用帷幔遮蔽起来的，里面隐约透出一些亮光，其他就什么也看不见了。

彼拉里吃力地、缓慢地爬着，我则竭力装出一副不卑不亢的样子，迈着庄严的步伐走在他后面，不过我总觉得有点沉不住气。首先，跟在一个像蛇一样歪歪扭扭在地上蠕动的老头子后面，根本就别想做出一副神气十足的模样，而且，要适应他的慢速度，我每迈一步腿就要在空中晃荡几秒钟，否则就得一步三停地挨过去，就像剧中的苏格兰女王玛丽赴刑场那样。也许是年龄太大的缘故吧，彼拉里爬得别扭极了，我们费了好半天才进到那个房间。我紧跟在他后面，有好几次都想踢他一脚，帮他爬快点。我们觐见野蛮女王的模样，就像爱尔兰人在赶猪上市似的。我一想到这个荒唐的比喻，就按耐不住地要笑出声来，只好装模作样地使劲哼鼻了，以掩饰我的那副笑容，这可把彼拉里吓得要死，他面无人色地回过头来嗫嚅了一声："啊！可怜的狒狒！"

我们总算走到了帷幔前面，彼拉里这时双手往前一伸，便像死人一样伏在了地上，我则不知所措地四下张望。突然，我感到有人透过帷幔在看着我，虽不见其人，但我仍能感到她或他的目光，这道目光让我神经紧张，令我感到恐怖，说不清这到底是因为什么。这个怪地方看上去是那么凄凉，墙上那些五彩缤纷的装饰和柔和的灯光也只是让这种凄凉的感觉愈甚，而未有丝毫缓和，就像暗夜里的街灯只能使空旷的街道比漆黑一片时更显得寂寥一样。房间里静极了，彼拉里像个死尸般地匍匐在帷幔前，一股沁人心脾的香气透过帷幔袅袅上升到幽暗的拱顶。一分钟，又是一分钟，帷幔后毫无声息，就连那帷幔也是纹丝不动，但是我仍感到那股目光，它把我穿透，直击我的五脏六腑，让我心里充满了一种不可言状的恐怖，我的头上浸出了冷汗。

终于，帷幔动了一下。那后面又是个什么样的人呢？一个赤身裸体的野蛮女王？一个娇柔的东方美人？还是一个正在品茗的19世纪年轻贵妇？我一点也想象不出来，不过无论见到这三种人中的哪一种，我都不会感到惊诧。事实上，我已经紧张得动弹不得了。突然，帷幔间伸出了一只极美的玉手，修长的手指洁白如雪，指甲泛着嫩红。随着它拉开帷幔，响起了一道极温柔、极甜脆的声音，我从没听过这么美妙的声音，好似置身于一股清泉的叮咚声中一般。

“异乡人，”那个声音操着阿拉伯语问道，说得比一般阿马哈格人要标准、地道得多，“异乡人，你在害怕什么？”

我可以大言不惭地说，当时我尽管心中恐惧，但外表上还装得相当镇定，所以这个问题使我感到有点意外，我还没想好怎样回答，帷幔就已经拉开了，一个颀长的身影站在我面前。我说这是个身影是因为它从头到脚都笼罩在一块柔软洁白的轻纱之中，一眼看去宛如一具裹尸布包着的尸体。但透过薄如羽翼的轻纱则可以看到淡红色的人体肌肤，不知为什么我却把它和僵尸联想到一起了。这种印象或许是由于蒙纱的样式造成的，那块纱可能是随意披上的，也可能是照某种款式披上的，反正看到这个鬼影般的怪物，我就确切地感觉到自己正面临着一种不可知的危险，不由得汗毛倒竖。尽管如此，我还看出来，眼前这位木乃伊般地包裹起来的形体是个修长而迷人的女人。她全身散发出来的美无法言喻，周身散发出的气息似蛇一般柔软，一举手一投足，整个身体都会像波浪般地婀娜起伏，脖子也会随之浮动。

“您为什么这般害怕，异乡人？”那个甜蜜的声音又问，就像一阵令人心醉的音乐，轻柔优美，拂入了我的心田，“是我身上有什么让男子汉感到害怕的东西吗？还是男子汉丧失了男子气呢？”她娇媚地一转身，抬手露出了一截美丽的胳膊，她乌黑发亮的头发也似波浪般地从洁白的长袍上直泻下来，几乎盖到了她穿着便鞋的脚面上。

“是您的美丽使我战栗了，女王陛下。”我谦卑地答道，自己也不知所云，我听到仍然匍匐在地上的彼拉里咕哝道，“答得好，我的狒狒，答得好！”

“我知道你们男人懂得如何用甜言蜜语来蒙骗我们女人，”她笑着回答，笑声就像远处的铃音一般，叮当作响，“啊，异乡人，您怕了。因为我的眼睛看穿了您的心灵。不过，我是个女人，你的谎言又说得谦恭有礼，这次就饶恕你了。现在告诉我，你们是怎么来到这穴居之地的？这儿沼泽密布、险象环生，又有鬼蜮出没，你们来这干什么？为何如此轻生，竟敢以生命交于‘海雅’之手，交于‘不可违抗的她’之手？再讲讲你们如何懂得我的语言的。这是一种很古老的语言，古叙利亚人的可爱的后裔的语言。他们可依然苟活于世？你可知我择墓穴而居，伴死人而眠，对男人一无所知，亦不欲有所知？啊，异乡人！我生活在对往事的回忆之中，这些回忆都埋藏在我亲手挖掘的坟墓里。‘咎由自取’，这句话说得真对啊！”她那优美温柔的声音颤抖着，就像林中小鸟合着节拍在婉转啼鸣。突然间，她的目光落到了匍匐在地的彼拉里的身上，立即镇定了下来。

“啊哈，你在这儿，老头儿。告诉我你家里出什么事了？好像是我的客人遭到袭击了吧！还有一个被‘火罐’杀死了吧，是不是？被那些畜生，你的孩子们吃掉了，对不对？倘若他们不曾以死相拼，也都该被杀了！生命一旦从躯体上剥离，那时我也将无能为力！他们想干什么，老头儿？要是我命令惩罚他们，你有什么话要讲？”

她气得越说声音越高，四壁回响着她清脆而冰冷的声音。我能感觉到轻纱后面那双闪着怒光的双眸，可怜的彼拉里，我原来还以为他是个无所畏惧的人，现在却被她的话吓得瑟瑟发抖。

“啊！‘海雅’啊！‘她’！”他头也不敢抬地说，“您大人发发慈悲吧，我永远是您忠实的奴仆！这不是我的过错，我没有要他们这么干啊！啊，‘她’！那是我的不肖子孙干的！是遭到您的客人‘猪崽’先生蔑视冷淡的那个女人带头起的事，她以为您的命令中没有提到那个肥胖的黑皮肤的异国人，他是与您的客人狒狒和那个在生病的狮子一起来的，便想按照这儿的习俗把他吃掉。狒狒和狮子看见他们动手，便杀死了那个女人，也杀掉了他们的仆人，免得他受火罐之苦。后来，那些小畜生，那些地狱里的恶魔的子孙，那些嗜血成性的家伙发了狂，他们想掐断狮子、狒狒和猪崽先生的脖子。您的客人可真勇敢啊，‘海雅’，他们都是真正的好汉！他们杀了不少敌人，保住了自己的性命，后来我去救了他们。所有活着的肇事者就都被抓到了这里，由尊敬的陛下您处置，啊，‘她’！他们已经押到您这儿了！”

“好吧，老头儿，我都知道，明天我将到大厅去审判他们。不必害怕，虽然你罪责不轻，我还是宽恕了你。今后，当对你一家严加管教！去吧！”

彼拉里惊喜交加，磕头三次后，便像进来时一样白髯拂地般爬了出去，最后消失在门帘之外，就剩下我一个人孤零零地与这个可怕却又迷人的女人待在一起。我一时间手足无措了。

第十三章　倾城之貌

“这个白胡子老傻瓜走啦！”她说，“人在有生之年，能学到的知识真是少得可怜！人一点一滴地如水般，将其贮存，但知识也会似水一般从指缝中流失！一个人的双手哪怕只被知识海洋的露珠沾湿了一点点，一整代的白痴都会狂喊起来，‘瞧！他是个多聪明的人呀！’事情难道不是这样吗？哦，他们是怎么称呼您的？‘狒狒’，对，是这么叫的吧？”她笑了起来，“这些野蛮人缺乏想象力，往往用一种他们喜爱的动物名称来称呼人。您在您的国家叫什么名字，异乡人？”

“他们叫我霍利，女王陛下！”我回答道。

“霍利，”她吃力地说，但是声音极其悦耳，“霍利是什么意思？”

“霍利是一种多刺的树。”我说。

“原来如此。您的外貌看来确实像一棵多刺的树，粗壮、丑陋，但是若我判断得不错的话，您的内心却是正直诚恳、忠实可靠的。而且，您还善于思考。哦，霍利，别站在那儿，进来坐到我的身边。我不愿意您像那些奴隶一样趴在我的脚下，我讨厌他们的顶礼膜拜和诚惶诚恐的样子。有时候他们惹得我生了气，为了排遣，我就杀掉他们几个，欣赏欣赏其他人吓得面如死灰，六神无主的样子。”她用那象牙般洁白光润的手拉开帷幔，让我进去。

我哆哆嗦嗦地走了进去。这个女人太可怕了！帷幔里面是一个大约长十二尺，宽十尺的内室，放着一张卧榻和一张桌子，桌子上放着水果和晶亮的水。桌子边上，摆放着一个用石头雕刻的容器，状如圣水盆一般，里面所盛之水清澈透明。房间里的灯光很是柔和，灯就是我上面提到的盛水容器制成的。帷幔上和空气中都弥漫着一股袭人的异香，她光亮的头发和雪白的罩袍也散发着这种香气。我走进了房间，不安地站在那儿。

“请坐，”她指着卧榻说，“您不必怕我。如果您真的害怕我，您也不会怕得太久，因为那样我就会杀掉您。安心地坐下吧。”

我在床的一端坐下，旁边是一个圣水盆形的容器，她则坐在床的另一头。

“哦，霍利，”她说，“您怎么会说阿拉伯语的？它是我的母语，我是阿拉伯人，是血统最高贵的阿拉伯人。我是卡坦的儿子亚拉伯的后裔，出生在亚曼乐园的美丽而古老的城市奥扎尔。但是您的话和我们以前讲的语言又不太一样，您讲的不像我过去常听的海米亚人讲话那样用词优雅，语调优美，所用词汇也有些变化，甚至有点像那些阿马哈格人讲的话了。他们亵渎玷污了这种语言的纯洁性，所以我对他们不得不讲另一种话。”①

“我学习过这种语言多年，”我回答，“埃及和其他地方也讲这种语言。”

“这么说来这种语言还在用，埃及也还存在？哪一位法老在位？波斯人奥卡的孽子孽孙们还在吗？阿赫门尼德人走了吗？现在离奥卡的那个时代已经很久远了啊。”

“差不多两千年前波斯人就离开了埃及，后来托勒密王朝、罗马帝国和许多其他王朝都相继一度强盛，在尼罗河流域称雄一方，但又都相继气终数尽，土崩瓦解了。”我战战兢兢地问，“您对波斯阿塔克斯诸王，知道些什么吗？”

她什么也没有回答，只是笑了笑，顿时我感到一股寒气从头顶直贯脚底。“说起希腊，”她说，“现在还有希腊吗？啊，我爱希腊人，虽然他们生性残忍，变化无常，可是却都又英俊漂亮，聪明机智。”

“您说得对，”我说，“现在的希腊，已经成为一个民族。但时过境迁，现在的希腊比起古时的希腊，只不过是对昔日繁华的一种嘲弄而已。”

“啊！那么希伯来人呢，他们可还在耶路撒冷？智慧之王修建的庙宇还在吗？如果还在的话，他们现在祭奉的是什么神？他们苦苦祈求、大声预言的那位弥赛亚降临了吗？是他在统治天下吗？”

“犹太人早已分崩离析了，他们的人七零八落地散到世界

① 亚拉伯是卡坦之子，古阿拉伯人的始祖。阿拉伯人都因他而得名，其生卒年代早于亚伯拉罕几世纪。“她”自称为血统最高贵的阿拉伯人，意为不是归化的阿拉伯人，即不是亚伯拉罕与夏甲之子，以示玛利的后裔。“她”那支阿拉伯人操的方言，称为清楚流畅的阿拉伯语，后一支阿拉伯人的方言则接近古叙利亚语。——路·霍·霍利

各地，耶路撒冷也不再属于他们了。至于希罗德修建的庙宇——”

“希罗德?”她叫起来，“我不知道这个人，说下去!”

“都被罗马人烧掉了，那些罗马之鹰飞过了它的废墟，现在朱迪亚一带已成为了一片荒漠。”

“变化这么大！罗马人真是个伟大的民族，他们总是视死如归，勇往直前。就像命运之神降临，或者像鹰隼击掳猎物，他们总是所向披靡，在他们身后留下的则是一派和平。”

“荒芜因他而就，却标之为和平。”① 我说。

“啊，您还会说拉丁语!”她很是吃惊，“真是光阴荏苒，再次听到这种语言，真是让我感到陌生。我觉得您说话的语调和罗马人并不一样，这句话是谁说的？我没听说过有这句话，但它确实是这个伟大民族的真实写照。看来我碰到了一个学识渊博的人，一个双手碰着全世界的知识水源的人！您也懂希腊语吗?”

“我懂，尊敬的女王陛下，还懂一点希伯来语，不过说得不好，这些都是已经废弃了的语言。”

她孩子气地高兴地拍着手，“千真万确，您虽是一棵外形丑陋的树，但结出的却是智慧之果。啊，霍利，”她说，“我恨那些犹太人，要不是他们说我是‘异教徒’、‘野蛮人’，我早就将我的哲理教授给他们了。他们的弥赛亚降临了吗？他统治世界了吗?”

“他们的弥赛亚降临了，”我不胜崇敬地回答，“但是他又穷又卑微，他们根本不需要他，反而折磨他，把他钉成十字形，钉死在一棵树上！不过他所说过的话，所写的著作，都

① 原文为 Solitudinem faciunt，pacem appellant。——译者注

已流传于世，因为他是上帝之子。他现在统治着半个世界，只不过没有建立一个世俗的帝国。”

“啊，那些狼心狗肺的畜生！”她说，“那些趋炎附势、利禄熏心的逆贼！我可知道他们那副嘴脸！这么说，他们是把他们的弥赛亚钉死了？我相信这种事他们干得出来，对他们来说，上帝之子也算不了什么，至于他是否真的是上帝之子暂且不论。如果上帝本人不是声势显赫地降临人世，他们也会不理不睬的。啊，这些上帝的选民，那个他们称为耶和华的上帝的臣民，啊，他们还是巴尔的臣民，阿斯托瑞瑟的臣民，而且，还是埃及诸神的臣民！啊，一个个寡廉鲜耻，贪得无厌，一个个见到任何财富和权势就垂涎欲滴的大腹便便的臣民！因为他们的弥赛亚出身寒微，所以他们就把他钉死了！好啦，他们现在已经分散到世界各地去了？如果我记得不错的话，他们的一个先知就说过他们命该如此。得了，去他们的吧！这些犹太人！他们曾使我心灰意冷，使我用一种邪恶的眼光看待世界，他们把我逼到了这片荒野不毛之地上，一个比他们更早建立的国家中！在耶路撒冷，我本可传授给他们文明和智慧，可他们却向我扔石头，是的，就在神庙前，这些白胡子的伪君子和犹太教士指使人们用石头打我！瞧！至今这儿还有疤痕！”她突然掀开裹在她圆润的臂膀上的轻纱，指着她那白如凝脂的皮肤上的一团小小的红印说道。

我害怕得往后一缩。

“请原谅，尊敬的女王陛下，”我说，“这可真的把我给弄糊涂了。犹太人的弥赛亚在戈尔哥萨被钉死在十字架上迄今差不多有两千年了。您怎么可能在他之前就向犹太人宣扬您的哲理呢？您是一个人，不是神，人怎么能活两千年？您为什么要这么愚弄我呢？女王陛下？”

她靠在床上，我又一次感到她那双面纱罩着的眼睛在我全身上下打量，捉摸着我的心思。

“男人!”她终于缓慢地，一字一句地说，“看来世界上还是有一些您未知的秘密。难道您也和那些犹太人一样相信万物都是要死亡的吗？我告诉您，一切都是永生的，死亡这回事是根本不存在。存在的只是一种叫作‘变化’的常数。您看，”她指着石壁上的雕刻说，“从雕刻这些图画的那个伟大的民族的最后一个人倒下至今，三个两千年已经过去。一场鼠疫使这个民族灭亡了。但是他们并没有死，他们至今还活着。或许他们的灵魂此刻正朝我们走来呢，”她环顾了四周一下，“有时候，我确实活生生地看见了他们。”

“您说得对，但是对这个世界而言，他们是死了。”

“啊，那是暂时的。即使对这个世界而言，他们也是在不断地轮回。我，阿霞[①]（对了，外乡人，这是我的名字），我至今都在等着那个我所爱的人能够重生。我留在这里，就是为了等他来找我，我知道他一定会来的，这儿，只有这儿，才是我们再见的地方。为什么您不相信我，一个万能的，比无数诗人歌颂过的海伦还要美丽、比智慧的所罗门还要博学聪明得多的人？我知道世界的一切秘密，我知道地球上所有宝藏的埋藏地，我能把一切都变成为我所用的东西，我迄今还超越‘变化’，就是你们所谓的死亡。外乡人，您知道我为什么要在这儿统治这些禽兽不如的野蛮人吗？”

“我不知道。”我谦恭地回答。

“我在等我的爱人。或许我的生活好似地狱，我自己也说不清，有谁又能说清什么是好，什么是坏呢？啊，就连我也

① 音译阿霞。——路·霍·霍利

可能有寿终正寝的一天。当然，不到我命当该绝的时候，我是死不了的。所以我怕到他所在的地方去找他时我会死去，因为在他和我之间可能会有一道我无法逾越的高墙，至少我担心会有这么一道墙。此外，若是去那广阔无垠的星际间去寻找他的话，我自己亦将不知归宿何在。但是，那一天势必将会到来！或许在五千年后，就像云会消融在漆黑的夜色中一样，这五千个春秋也必将消融在时间的苍穹之中，又或许就在明天，那时，我心爱的人儿将会重生再世，他将循着凡人所无法抗拒的天意到这里来找我，到这个我们曾互相吻过的地方来找我！他将对我满怀柔情，哪怕我做过对不起他的事。啊！即使他已将我遗忘！为了我的美貌，他也会爱上我的！”

我听得目瞪口呆，一句话答不上来，事情太奇怪了，一时间竟使人无法理解。

“但是即使如此，女王陛下，”我终于讲出话了，“连我们人都能不断死而复生，您就不能吗？如果您讲的是真话？”听到我的话，她锋利的目光又朝我逼过来，我又一次感到如芒刺在背，急急忙忙接下去说，“您就从来没死过吗？”

“没有死过，”她回答，“这一半是因为机缘，一半是凭学识，我揭开了世界上最大的一个秘密。外乡人，请您想想看，为什么生命不能延长呢？既然万年的风吹雨打可以无损万仞高山上的一尺土石，在生命的历史长河中，一万年、两万年乃至五万年又算得了什么呢？两千多年来，这些岩洞毫无变化，除了那些牲畜和牲畜般的人，不断地生死循环，一切依然如故。如果您能懂得这点，一切就都不足为奇了。啊，生命是美好的，但是一旦延长了就并不再美好了！大自然就像它的孩子，人类一样是有活生生的灵魂的，若是人找到了它的魂魄，吸收了它的灵气，他就能与大自然共存。但不能永生不死，因为大自然本身的生命也是有限的，它也会有死亡的一天，就像月球上的生命不复存在了一般，大自然会死亡，也会改变，它会沉睡，直到其重生之日的到来，但何时会灭亡，无人知晓。只要大自然存在，那个知晓它一切秘密的人也将共存。我并不知晓一切，但却多少懂一点，也许比我的前人要多一些。我相信这些东西对您来说仍是个谜，但我并不打算用这点来压倒您，或许哪天我有兴致的时候，会透露给您只字片语，又或许就此只字不提，您想知道我是如何知道你们到了这个国家，而搭救你们免于被烧死的吗？”

“我想知道，女王陛下！”我无力地答道。

“您看那盆水。”她朝那个像圣水盆模样的容器弯过身去，举手指着里面的水。

我起身看去，水一下子变黑了，然后又变清。我清楚地看到，我们的船在那条可怕的运河上漂浮。利奥躺在船舱里睡着了，头上盖着件大衣遮蔽蚊虫，脸也被盖住了，还有我，乔布和穆罕默德也站在河岸上。

我惊恐得倒退了一步，不禁叫出声来，这是魔法，这情景和当时的实况一模一样！

“不，这不是魔法，霍利，”她回答，“魔法是无知者的幻想。虽然大自然的真谛往往都是深藏不露的，但魔法这东西是没有的。这水是我的镜子，有时我想知道有什么事发生了，便把这些事召到我的面前，朝水里一看就知道了。如果想看到过去的事情，只要这件事情是在这片土地上发生的，或是我所知道的，或是观者所知道的，都可以在水面再现。如果你想看到某个人的面孔，你脑子里想的形象就会反映到水面上。我并不是无所不晓的，我无法看到未来。这是一个古老的秘密，我也未能发现这个秘密。只是在阿拉伯和埃及，先知们曾在若干世纪前发现过它。那一天，我偶然想起了一条古老的运河，大约两千年前，我曾泛舟其上，我想再看看那个地方。那天，河上行驶着一条船，船上有三个人，其中一个躺在船上，他的脸我看不见，但看外表像是个出身高贵的青年。于是我派人救了你们。好吧，就谈到这儿，再见吧。啊，不，等等，您还是给我讲讲那青年吧，那个老人叫他狮子的那位。我本想接见他，但他生病了。您说过他得了热病，还在格斗中受了伤。”

“他病势很重，”我难受地说，“女王陛下，您那么博学多才，难道不能救救他吗？”

“当然能，我能治好他的病，您的口气怎么那么悲伤？您爱那个青年吗？他是您的儿子吗？”

“他是我领养的孩子，陛下！把他带到这里来好吗？”

“不必。他染上热病多久了？”

“三天。”

“不要紧，让他再睡一天，也许他靠自身的抵抗力就能痊愈，比我来治疗他要好得多，我所用的药会大伤人的元气，不过要是明晚，他最初发烧的那个时辰还没有好转的话，我就去看他。等一下，现在谁在照顾他呢？”

“我们的白人佣人，彼拉里叫他‘猪崽’的那一位，”然后我又吞吞吐吐地说，“还有一个名叫犹斯坦的姑娘，她很漂亮，她一看见他就过来亲吻他，此后就形影不离了。据我所知这是您的臣民的风俗，陛下！”

“我的臣民！别对我提什么我的臣民！”她急忙答道，“这些奴才不是我的臣民，他们只是我蛰居于此处时听命于我的一群走卒！至于他们的风俗更是与我无干。此外，别叫我女王女王的，我讨厌阿谀奉承，也不喜欢称孤道寡。就叫我阿霞，这个名字多么悦耳动听啊，它是往昔的回声。我不认识那个犹斯坦。我疑心她是否是一个于我有碍，我也确实在提防的女人。她可曾……算了，我能知道的。”说完，她弯下身去，手在面前一盆水上方一拂，专注地看了起来。“您看，”她平淡地说，“是这个女人吗？”

我往水里看去，平静的水面上映现出犹斯坦端庄的侧影，她正弯着腰无限深情地看着下面的什么，棕色的卷发披散在右肩上。

“是她，”我低声地说道，这种神奇的景象又一次让我震惊，“她在看利奥睡觉。”

“利奥！”阿霞心不在焉地说，“哦，那是‘狮子’的拉丁读音。那个老头子曾很高兴地说过一次。真奇怪，”她自言自语地说了下去，“真的是太像了！不过那不可能。”她心烦意乱地把手往水面上一拂，水色变暗，上面的影像就像它显现出来时一样神秘地、无声无息地消失了。灯光，也只有灯光又映照在那清澈的、镜子似的水面上。

她思索了一阵后又问我：“霍利先生，您走以前还有什么要求吗？你们在这里只能过一种粗野的生活。这里的人很野蛮，不懂得文明人的生活方式。不过使我烦恼的还不在于此，因为，”她指着小桌子上的水果，“我吃的东西只有水果，水果、面饼和一点水。我已通知侍女们好好招待你们，她们都是哑巴，这您也知道，又聋又哑，除了能从她们的神色，呼吸中懂得她们心思的人外，她们可以算是最让人放心的人了。我把她们培养成这样，为此我花费了几百年时间和不少心血，最后我还是成功了。以前也做成过一次，但那种人生得太丑，我就让她们死去了。不过现在，您看她们可不难看。我还培养过一种巨人，但不久后自然之神降病于他们，就都死去了。您有什么要求吗？”

“有一件事，尊敬的阿霞，”我壮着胆子说，心里却没底，“我想见见您的真容。”

她咯咯笑了起来，笑声像银铃般动听，“想想您说的话吧，霍利！您说了些什么！看来您是知道那些古老的神话中的希腊诸神的。不是有一个叫作阿克特翁的神就因为太爱看美色而死得很惨吗？如果我让您看见我的脸，可能您也会死得很惨的。无益的欲望会消耗掉您的生命。因为我知道我不是属于您的。只有一个人才能拥有我，任何男人都得不到我！这个人曾经在世，但现已不在了。”

“阿霞，”我说，“我不怕您的美貌，我的心如铁石，早已不为女色这类虚妄的东西所动，那只不过是昙花一现的事情罢了。”

“不，您说错了，”她说，“那不是昙花一现。我的美貌与我的生命永生，不过，如果您还是想一睹为快的话，粗鲁的人啦，我可以满足您。但是，如果激情驾驭了您的理智，像埃及驯马人那样，一骑上马就身不由己，不能自主，您可不要责怪我。凡是见过我的美貌的人就永远不能将其忘怀，所以即使在这些野蛮人中，我也得将自己遮蔽起来，以免他们惹我烦恼，我会将他们杀掉。好吧，您还想看吗？”

“想。”我回答，好奇心已胜过了一切。

她抬起她那洁白浑圆的双臂（我从未见过这么美的胳膊），慢慢地、缓慢地取掉头发上面的一些发卡。陡然间，那长长的裹尸布似的披纱落到地面，我自下而上地看去，现在她只贴身穿着一件洁白的衣服，身段显得更为丰满窈窕，浑身散发着一种比青春还强烈得多的活力和蓬勃生机，同时又洋溢着一种超人的妩媚和优雅气息。在她那双纤纤细足上，穿着一双金搭绊的便鞋，她的脚踝比任何雕塑师所梦想得出来的还要完美。一根双头蛇形金腰带将白裙袍束在腰间，腰部以上的线条更为丰富，也更加简洁、优美，直至雪白的裙袍遮住她那银色的胸部，她双手交叉放在胸前。再往上，我看到了她的脸！我不是夸大其词，实实在在地，我眼花缭乱，神志迷离，目光瞬即敛住了！我曾经听说过天使的美容，现在，我亲眼看到了！但是她那极度可爱、极度纯洁的美貌中却有一种苦痛的表情，或者说我当时觉得如此。我该怎样来描述它啊！我无能为力！这是一种世人无法描述的美。啊，这个世界上，没有人能够将我所目睹的丽质形诸笔墨！我只能说，我看见了一双大大的黑眸，温柔而深情却又变幻莫测，面庞洁白如玉，宽润而高贵的额角和一头光洁的秀发，身材纤巧、亭亭玉立！但是无论这一切是多么美得异乎寻常，她的美却并不在于此。如果可以这么说的话，她的美是寓于一种永不衰败的青春之中，帝王般的庄严，霸气而高雅，仙女般的温柔妖媚而不可抗拒，这一切就像一轮光环罩在她那光艳照人的容貌上。以前我从没想到过美貌会使人显得多么崇高，现在我眼前的这种尊严，这种崇高，较之天堂的光辉，也丝毫不会逊色。我面前这张不到三十岁的年轻女人的面孔，迸发着一股情窦初开的少女的柔媚和鲜嫩，同时又显露出一种深沉的哀怨和激情，而且还使人猜度她也许有一段难以名状的经历吧。甚至掠过她唇边的莞尔一笑也不能掩饰她的忧思，在她那双明亮的眼睛里和她那帝王般高贵的气质中都流露出这种伤痛，好像在说，“看吧！我是个青春永驻的绝代佳人，神仙也难与我相比，悠悠千载，往事的回忆像幽灵般萦绕在我心田，狂热的爱情使我铸成大错，痛苦和罪孽从此日日与我相伴，永无休止，直至我赎罪之日到来。”

我好像为一股不可抗拒的磁力所吸引，目不转睛地盯着她那闪光的眼睛，那里面好像传过来一股使我头晕目眩的热流。

她笑了，啊，多么动听的笑声！她极度妩媚地向我点了点头，啊，维纳斯的妩媚也不过如此。

“冒失的人啊，”她说，“您像阿克特翁一样心满意足了。当心啊，您也要像他一样悲惨地死去的，一样被您自己心爱的猎狗撕得粉碎的。霍利先生，我是一个贞洁的仙女，除了那个人外，任何男人也打不动我的心，但这个人不是您。说吧，看够了吗？”

“我看见了一个美女，便什么也看不见了。”我嘶声说道，说完我便捂住了眼睛。

“原来如此，我不是对您说过，美貌就像闪电，它是可爱的，但有时也具有毁灭性——特别是对树木来说亦是如此，霍利先生！”她又点了点头，笑了起来。

阿霞的笑声停住了，我透过指缝中看到她的面容起了可怕的变化。她的大眼睛里充满了一种在她那幽暗的心灵深处陡然升起的巨大的期望与恐怖搏斗的神情，美丽的面孔变得僵硬了，高贵的、风摆杨柳似的身躯也挺直了。

“男人，”她耳语般地嘶声说道，头往后一仰，就像蛇要发起进攻时那一刹那的姿势，“男人，你手上的护身符从哪里来的！说！否则我以生命之神的名义起誓，我要将你顷刻化为灰烬！”她轻轻地朝我迈了一步，两眼可怕地闪着光（对我来说就像两团火），把我吓得瘫倒在她面前，语无伦次地嗫嚅起来。

“别怕，”她很快又恢复了原先的神态，柔声细气地对我说，“别怕，对不起，我让您受惊了。有时候，霍利先生，无限的思绪会对有限的事物发展之迟缓感到烦恼，烦恼之中我又易于滥用我的权力。您差一点就死了，可是我又恢复冷静了，不过，那个护身符——那个刻着圣甲虫的宝石是怎么回事?”

“我捡到的。”我站了起来，结结巴巴地说。说实话，当时我的脑子完全乱了，一时间什么都想不起来了，只记得是在利奥住的洞里捡到的。

“太奇怪了，”她带着一种在这个可怕的女人身上不会出现的女性的战栗和激情说道，“我曾经见过这样一个护身符，它就挂在他的脖子上，我爱的人的脖子上。”她低声啜泣起来，虽然她的年龄可能相当大了，可她毕竟还是个女人啊!

“这么看来，”她接着说，“这一定是和那个一样的东西，但是我以前从不知道它还有个姐妹戒指。这里面有一段历史，佩戴它的人对它无比珍视①。但是我见过的那个护身符不是这样镶嵌在戒指里的。您走吧，霍利，走吧！尽量忘记您曾看到阿霞的美貌的这桩蠢事吧!”她转过身去，倒在床上，用靠垫蒙住了脸。

我跌跌撞撞地走出了她的住处，连自己也记不清怎么回到自己的卧室里的了。

---

① 我曾将这个护身符交给一位颇负声望的、博学的埃及学家看过，据他说，他从未见过与它类似的东西。虽然有一个埃及王族常称“太阳王子”，但据他看这不一定是埃及法老的饰品，一般说来法老的装饰品上都雕有王冠和姓名。这个护身符的历史就无从得知了，虽然我深信它在阿美娜特丝公主与卡里克雷特的恋爱悲剧中起过一定作用。——路·霍·霍利

第十四章　炼狱中的灵魂

差不多晚上十点钟，我才躺下床，开始整理自己紊乱的思绪，回想一天经历的一切，却越想越没有头绪。是我疯了？醉了？在做梦？还是被一个精心设计的骗局大大地愚弄了一番？这一切怎么可能呢？我，一个有理智，通晓历史上一切重大科学事实的人，一个对打着超自然现象的幌子、风行于欧洲的任何骗术都绝对不相信的人，怎么可能相信，就在刚才，自己居然还与一个两千多岁的女人对话。这与人类的常识相悖，全然不可能，一定是个骗局！不过如果真是个骗局的话，该怎么去揭穿它呢？那水中的影像该如何解释？那个女人对遥远的过去了如指掌，而对其后的历史，为什么却是一无所知呢？她那无与伦比而又令人心悸的美貌也是假的吗？无论如何，这些都是明摆着的事实，可又绝非凡夫俗子所能理解。一个暮年垂死的老妪，怎么可能像仙女般地溢彩流光？有一句话她说得对，没有一个男人在见到她这样的美色而不失魂落魄的。在这种事上，我是个心硬如铁的人，只是在乳臭未干时，有过一次痛苦的经历而已。我几乎早已将那些妖精从我心中剔了出去（有时我自己亦觉得这词甚是不当）。可是现在，我知道我将永远无法摆脱那双明亮的眼睛了！多可怕啊，上帝！恐惧也好，厌恶也好，她的魅力都越来越深地吸引着我！一个有两千多年阅历的女人，一个掌握如此巨大权力的女人，一个谙知神秘不死之术的女人，当然是值得爱的。可是天啊！现在根本不是什么值不值得爱的问题，而是我，一个爱情角逐场上的门外汉，高等学府的研究员，一个以厌女癖而在同伴中著称，一个颇负声望、一帆风顺到中年的人，却五体投地拜倒在这个白衣女巫脚下而不可自拔了！荒唐，荒唐透顶！她曾经明明白白地警告过我，而我没有听从。诅咒那会招来杀身之祸的好奇心！它总是鼓励男人们去掀开女人的面纱。诅咒产生这种好奇心的本能冲动！我们的不幸有一半，不，还不止一半，都是由此而产生的！为什么男女不能分而居之，独善其身，自寻其乐？不过这么一来，女人们可能不高兴，我也不敢肯定我们男人就会乐意。这里就有一个证据，我，这么一把年纪了，竟然成了这位现代塞尔西的俘虏！不过这位塞尔西不是现代才有的，她几乎与史诗中那位塞尔西一样古老，至少按她所言如此。

我撕扯着自己的头发，从床上跳了起来，觉得要是不干点什么，我一定会发疯。她为什么会提到那个圣甲虫护身符？那是利奥的护身符，从二十一年前文西留在我房间里的那个旧匣子里找出来的。难道那个故事竟然是真的？难道陶片上的铭文并非无中生有？并不是某个早已被遗忘的精神错乱者的信口胡诌？如果是这样的话，利奥就是“她”等待的那个人，那个死而复生的人吗？不可能！这种假设简直是让人疯狂！有谁听说过人能再生？

但是，若一个女人活了两千年之久，这种事情也说不定会存在，一切皆有可能啊。或许我也有可能是某个被遗忘的家伙再生生命，这也未可知，说不定也是某个古老家族的后裔呢？啊！战争万岁！干吗不万岁？只可惜我没那些老祖宗好去追溯！这些想法是如此荒谬，我不禁放声大笑。我看着对面墙上一个面貌狰狞的武士雕像大声喊道，“老朋友！我可能还是你的同代人呢！天晓得！啊！也许我就是你，你就是我呢！”我又为自己的愚蠢大笑起来，悒郁的笑声沿着拱形的洞顶漾开去，就似与武士的幽灵隔空对话一般。

后来我想起来该去看看利奥的情况了，便拿起床边的一盏灯，脱了鞋，悄悄地沿过道往他住的洞口走去。门帘被夜半凉风轻轻吹拂，鬼魅般地晃来晃去。我轻轻地走进了这地下室般的卧室，向四周张望。卧室里有盏灯，我看见利奥躺在床上昏迷不醒，烧得不停地抽搐。旁边，犹斯坦倚着石床，半卧半坐在地上，握着他的一只手睡着了。这两个人组成了一幅美丽的、更确切点说是令人伤感的画面。可怜的利奥，双颊烧得通红，下眼睑乌青，呼吸急促！他的病情不能再耽误了，我真担心他会死去，丢下我孤零零一人在这个世上。极度的恐惧在此攥住了我的心，但是，要是他活下去，即使不是那个人，他也会成为与我竞争阿霞的情敌。我这么一个丑陋的中年怪物与他这样年轻漂亮的翩翩少年较量，得胜的机会能有几分？然而谢天谢地，我的良知还未泯灭。“她”还未使我丧失天良，我站在那儿，默默地祈求上帝保佑我的孩子，保佑我的比儿子还亲的人不死，即使他就是阿霞等待的人。

我像来时那样蹑手蹑脚地走了回去，但还是睡不着，本来我就难以入眠，现在病重的利奥和我的担心犹如火上浇油，我的身体已经极度疲倦了，但大脑还过度紧张，我的想象力处在一种异常亢奋的状态之中。各种各样的念头，幻觉，甚至灵感，都突发出来，在脑海里穿梭往返。大多荒诞不经，光怪陆离，有的很可怖，有的则是藏在我旧日生活的断壁残垣中那些思绪和情愫的复苏。然而，超然于这一切之上的还是那个可怕的女人的倩影。在一切幻影之后，我记忆中她那可爱的、摄魂的模样在熠熠发光。我在岩洞里踱来踱去，不得安宁。

突然，我看见了以前没注意到东西，墙上有一道窄窄的缝隙。我端起灯来细看了一下，这条缝直通一条走廊。我的头脑还不算太糊涂，立即意识到在我们这种处境中，发现一条不知来自何方的直通入你卧室的过道，这可不是什么好事。既然有过道，人就能走动，你睡觉时就会有人通行。为了弄清楚它到底通往何处，也是因为烦躁不安总想干点什么事，我沿过道走了下去。过道通往一个石梯，拾级而下，又是一段走廊，或者叫地道更妥，也是从岩石中开凿出来的。地道一直往前延伸，据我估计，正好与通往我们房间入口的那条走廊上下平行。我穿过一个很大的中心洞再往下走，地道里坟墓般地寂静，一股自己也弄不清的吸引力令我不停地前行，只穿着袜子的双脚无声无息地落在平滑的石头地上。走了约莫五十码后，我到达了通往第三条地道的交叉口。就在这里发生了一件可怕的事情，一股急风吹灭了我手里的灯，置我于这个神秘腹地的一片黑暗之中。我心里害怕，万一迷路了，怎么走回去？于是我往前走了两步，想探明岔道的方位，然后又停了下来思忖了一番。怎么办呢？没有火柴，四周伸手不见五指，来路那么长，要摸回去简直不可能。我又不能在原地站一夜，即使能也无济于事。在这岩石纵深地带，午时与午夜一样黑暗。我回头一望，后面杳无声息，我向前一看，呀！远远地，闪亮着微弱的火光！可能前面有个洞，我或许能在那里找到一盏灯，不管怎么样都应该去查看一下。我手扶着墙，吃力地慢慢沿地道向前摸索，每走一步都要先用脚探一探虚实才敢踩下去，唯恐掉进什么陷阱。一步，二步……三十步，看得清灯光了，灯光透过帘子摇曳不定，五十步，灯光很近了，六十步，我的天啊！

我面前帷幔低垂，但没有合拢，因此我能从缝隙中看进那个不大的洞穴，它的样子像一座墓穴。洞中央有一堆火，火光泛着白色，但没有烟味，照亮了整个房间。房间左面有个高约三寸带浅槽的石壁架，上面躺着一个盖着白布的东西，可能是具尸体，至少我觉得很像。右面也是一个相同的架子，上面铺着绣花罩子。有一个女人正躬身向火，好像在凝视那闪动的火苗。她侧身朝我面对着尸体跪着，身上裹着一块修女罩袍似的黑披风。正当我踌躇之际，那个女人生离死别似的突然全身痉挛了一下，接着站起身来，扔下了身上的披风。

啊?！是“她”！

她裹着一条洁白的紧身衬裙，与上次褪下披纱时我见到的那件一样，领口开得很低，腰部束着一条粗陋的双头蛇腰带，波浪似的浓密的黑发垂及脚踝。她的面容牢牢地吸引住了我的目光，不过这次吸引我的不是那花容月貌，而是她脸上那种恐惧、迷茫、让人怜爱的神情。虽然她风韵犹在，但是痛苦、狂热的激情和强烈的报复情绪三者交织在脸上，整张脸似乎都在颤抖。她抬起头来，那目光好像在诉说她备受的折磨和痛苦。

好一会儿，她就那样一动不动地站着，然后双手高举过头，洁白的裙子从身上滑落下来，直落到金腰带处，露出那可爱的胴体，使人心猿意马，她双拳紧握，一脸凶相。

我猛然想到如果她发现了我在偷看，不就完了吗？顿时我双腿发软，几乎昏厥过去。尽管我知道待下去只有死路一条，但我半步也挪动不了，我完全呆住了。我没有忘记我眼下的危险，我想象她听见了我的到来，穿过帷幔看见了我，我想象我打了个喷嚏，想象她的魔法会告诉她有人在窥探她，我的末日就要到了！

她紧握着双拳落到腰际，然后又高举过头顶，顿时，洞穴中那股白色的火焰就随着双手的动作直往上蹿，几乎高达屋顶。我以我的生命和名誉起誓，这一切都是真的，火焰在“她”身上，在那白布遮盖的尸体上，在整个墓室中，都闪耀着强烈可怕的光芒。

象牙般光洁的双臂又落了下来，这时她开始用阿拉伯语说话了，说恰当点，是在嘶声叫喊。我直听得血液都像要凝固了起来，心脏也像停止了跳动。

“诅咒于她！愿她世世代代遭受诅咒！”

双臂一落下来，火焰亦随之而降。双臂又举了起来，宽大的火舌也随即冲了上去，然后双臂再一次落下来。

“诅咒她的记忆！抹掉那个埃及女人的记忆！”

再一次举臂，再一次放下。

“诅咒于她，诅咒于这尼罗河的女儿，因为她的美貌！”

“诅咒于她，因为她的法力胜过了我！”

“诅咒于她，因为她夺走了我心爱的人！”

火焰又一次升腾，又一次收缩。

她用手捂住了眼睛，止住嘶竭的叫喊，放声痛哭起来——

“诅咒有什么用啊！她胜利了！她不在了。”

然后她又更可怕地咒骂起来——

“任她上天入地，我的诅咒与她同在！让她永世不得安宁！”

“拨云见日，我诅咒她！让她的魂灵永远不得安宁！”

“让我的法力与她如影随形！”

“让我的诅咒时刻在她耳畔回荡，让黑暗永远遮蔽她的身影！”

“让她掉进绝望的深渊，总有一天我要将她得而诛之！”

她又用手捂住了双眼，火焰又随之降了下去。

“我真蠢啊！”她哭泣着，“谁的法力能触及那些安眠的人们？我有什么办法啊！”

然后她又开始了昏天黑地的咒骂：

“让她来世变牛变马，一落地就天打五雷轰！”

“让她一落地就天打五雷轰，最后不得好死！”

“让她永世受诅！愿我报仇雪恨，让她粉身碎骨！”

等等，等等，火焰升起又落下，在阿霞痛苦的眼波里跳跃，她嘶哑的可怕的诅咒声（这种恐怖我实在是无法形容）在四壁间回荡，又带着轻微的回声逝去。刺眼的火光和深沉的黑暗相互交替，闪烁不定地映照着石架上那个蒙着白布令人发怵的东西。

她总算精疲力竭地住了嘴，坐在地上，将乌云般的美丽的头发披散开来，遮住了脸和胸，痛苦而又绝望地呜咽着。

“两千年了！”她悲吟着，“我等了两千年，受了两千年的折磨！一个世纪又一个世纪，一个朝代接一个朝代，时空穿梭交替，而我内心的伤口不见痊愈，希望的曙光也不曾出现。啊！两千年了啊！我的爱情天天噬咬我的心，我的罪孽日日使我不得安宁！啊！岁月啊，你为什么不消磨掉我的记忆？你为什么还要滚滚而来？我已活够了，你为什么要无穷无尽，永远永远?!”

“亲爱的，亲爱的，我亲爱的人啊！为什么那个外乡人要这样把你带回！悠悠五百年，我都没这样痛苦过了！哦！如果我曾对你犯过什么罪孽，难道还没有洗涤干净？你什么时候才能回到我的身边？我拥有世界上的一切，但没有你，这一切于我何用？我该怎么办？怎么办？怎么办哪？也许她，那个埃及女人陪伴在你身边，正在嘲笑我的痴情！为什么我不和你一起去死，是我杀了你啊！天啊，我死不了！天啊！天啊!”她扑倒在地上呜咽哭泣，我猜想，她的心一定是碎了。

她猛然止住了哭声，站了起来，把衣服整理好，烦躁地摇摇头，将长长的头发甩回身后，轻轻地朝那个陈放尸体的石凳走过去。

“噢，卡里克雷特!”她喊道。听到这个名字我浑身一抖。“让我再看看你的模样，虽然你是那么痛苦。我有三十年没有看过你了！啊，是我杀了你，我亲手杀了你!”她的手指索索发抖，捏住盖在石架上那个尸体的布单的一角，随即又停住了。接着又开始讲话，这次是恭敬地在耳语，好像她的想法使自己都感到害怕了。

“我让你站起来好吗?”她显然在对那个尸体说话，“我想像过去一样，让你站在我面前。我能让你站起来。”她向那个布裹着的尸体伸出双手，身子变得僵硬，目光也痴呆暗淡了。我吓得毛发倒竖，连忙躲回帷幔后面，缩成一团。不知是我的错觉还是事实如此，我觉得石凳上、罩布下的那东西开始动了起来，那块罩布也像盖在一个睡着了的人身上似的被踢开了。突然阿霞又缩回了手，尸体的动作好像也随之停了下来。

“这有什么意思！”她沉重地说，“既然不能使你的灵魂复活，叫你的躯体复活有什么用？即使你站在我面前，你也不认识我，只能照我的吩咐行动，你是我的傀儡，卡里克雷特，你已经没有生命了啊！”

她就这样站了片刻，默默地想着什么，然后在尸体旁跪下，亲吻着罩单，又哭了起来。这个叫人望而生畏的女人对死者发泄她那狂热的爱情时的样子真令人恐怖（比以前发生过的任何事情都显得可怕），我实在支持不住，看不下去了，便转过身战战兢兢地沿着漆黑的过道慢慢往回摸爬，浑身像筛糠似的发抖，因为我觉得看见了一个地狱中的幽灵。

我迷迷糊糊的，步履蹒跚地走着，摔了两次跤，还有一次在分叉处走错了路，幸好发现得及时。大约二十分钟后，终于摸到了原先下来的那段阶梯前，这时我已经精疲力竭，吓得半死，倒在石地上就人事不省了。

等我醒过来的时候，发现一道亮光射进我身后的走廊。我费力地挪过身去，才发现是黎明的曙光已悄然降临到小石梯上了。我爬上梯子，终于平安地回到了我的斗室，倒在床上，一下子就睡得烂熟，说确切点，是昏迷过去了。

第十五章　阿霞的审判

我只记得刚睁开眼睛，就看见了乔布，他的身体已经全好了，他正借着外面射进来的一缕阳光，抖我的衣服，因为没有衣服刷，他只好权且以抖代刷了。抖完后又将衣服整整齐齐地叠起来放在石床脚下，后来，我猜他可能怕我不小心把它踢翻，又把它放在地下铺的一块豹皮上，退后两步，看了看还是不太满意，又把旅行袋立起来靠在床头，再把化妆盒放在上面。然后他又去看了看那些装满了水的罐子，水是供我们盥洗用的。我听见他嘟哝了一句，“哎！这鬼地方连一滴热水也没有！没准儿，这些穷鬼的热水都用来炖他们的贱骨头吃了！”说完又深深地叹了口气。

“乔布。怎么了？”我问。

“对不起，先生，”他摸摸自己的头发说，“我以为您睡着了，先生，我看您是太困了，您那样子就像玩了个通宵没合眼似的。”

我哼了一声算是回答，我确实“玩了个通宵”，但愿以后永远不要再这样“玩”了。

“利奥怎么样了，乔布？”

“还是老样子，先生。他要是不快点好，小命就没了，先生。就是这么回事！不过我得说那个蛮子犹斯坦真是尽心尽意的，快像个受过洗礼的基督徒了。她总是守着他、看着他，我大着胆子进去了一下，她那样子还真吓人呢！头发都像一根根支棱起来了似的。还用她那野人话骂人呢！我是猜的，她那样子像是在骂人。”

“那你怎么做的？”

“我给她好好儿地鞠了个躬，说‘姑娘，我不知道您有什么样的地位，我也弄不清。有一件事得跟您说说，我家少爷病得动弹不得了，我得侍候他，什么时候我自个儿也动弹不了了，我的工作才算结束。’可是她根本不搭我的碴儿，骂得还更来劲儿了！昨儿个夜里她伸手在她穿的那什么玩意儿的睡衣底下抽出一把卷了刃儿的刀来，这可把我急坏了，也把枪掏出来了。我俩就在那儿转圈圈，转着转着她笑了，这事才算拉倒。不管她长得有多俊，咱们这些基督徒和这些野人打交道都真够呛的！这些人真是笨得要命，真没招儿！”（乔布说“笨”字时语气特别重）“要想到这种鬼地方来找新鲜玩意儿，压根就没指望！咱们受这份罪是老天的报应，先生，我就是这么想的！我捉摸着这报应还没了呢！什么时候咱们的报应到头了，咱们也就该进棺材了，一辈子待在这些该死的坟窟窿里，和那些死鬼死人做伴了。这会儿，先生，只要那个疯婆子答应，我还得去看看给利奥烧的肉汤了。您没准也想起床了吧，都九点多了！”

对于我这个受了一夜折腾的人来说，乔布的话听上去可不那么让人高兴，而且，他讲的还可能都会应验。总的看来，要想从这里逃出去是根本不可能的。就算利奥痊愈了，就算“她”没有一怒之下把我们处死而是答应放我们走（这不大可能），就算我们也没有被那些阿马哈格人用“火罐”蒸熟吃掉，要想找到出路，穿过那些道路纵横交错的沼泽区也是不可能的。沼泽地延绵十英里，中间分布着许许多多的阿马哈格族人，这样形成了一道固若金汤的天然屏障，任何人工设计筑造的城堡也不像它这样难以逾越。逃跑是没有希望的，我们能做的事只有一件，那就是坚持到底。就我自己而言，我已对这个离奇的故事非常感兴趣了，现在我的每一根神经紧绷得好像要断了，但我决不后悔，即使为自己的好奇心付出生命也在所不惜。哪有这样的人，正值生理学上的奇迹为他提供了机会，却放着阿霞这样一个奇妙的人物在前面，止步不前、不加研究的呢！探索中的危险只能更增添它的魅力，更何况，我此刻仍不得不承认即使在令人神志清醒的白天，那个女人的美丽也让我难以忘怀，即使昨晚亲眼看见的那种可怕景象也无法驱散我头脑中这荒诞念头，而且我也得承认，就算是此时此刻我也在怀念着她！

穿好衣服之后，我进了餐厅，或者说是尸体处理间，早饭仍然由哑姑娘送来。吃了饭后我去看可怜的利奥，他已经迷糊得连我都不认识了。我问犹斯坦，利奥的病怎么样了，她只是摇头哭泣，看来她也觉得希望不大。我当即决定，只要条件允许，我就立即请“她”来看他。如果她有能力的话，一定会治好他的，起码她自己说过这话。我还没来得及走，彼拉里就来了，他看了也摇了摇头。

“挨不过今儿晚上了！”他说。

“愿上帝保佑他熬过去吧，父亲。”我说着转身走开，心里沉甸甸的。

“‘不可违抗的她’叫您去，狒狒，”我们走出门外时老人对我说，“不过，我亲爱的孩子，要格外当心啊！昨天你在她面前昂首挺胸的，我还以为她一定会杀了你呢。她就要在大厅里审判那些想杀你和狮子的人了。来吧，孩子，走快点！”

我跟随他沿着走廊往前走，到中心洞时看见了许多阿马哈格人，有的穿袍子，也有的只围一块色彩斑斓的豹皮。我们夹在人群中走进那个黑暗的大洞穴，洞壁上满是精美的壁雕，每隔二十来米就有一条开成直角的夹道，据彼拉里说这些都是通往“古人”从山岩中开凿出来的坟墓中的。他说，现在已没有人去看这些墓穴了。老实说，一想到眼前这么多的考古机会，我就不由得喜上心来。

我们往上走到洞的入口，那儿有一个石台，几乎和我们曾在上面激战过的那个台子一模一样。这就说明，这些石台肯定就是用来当祭坛使用的，也可能是举行宗教仪式用的，更可能是为死人举行葬礼的地方。据彼拉里说，石台两边都有夹廊通往放满死人的洞穴。“实不相瞒，”他说，“整个山都让死人占了，而且尸身大都是完好无损的。”

石台前聚着一大群人，男男女女都板着阴沉沉的怪脸在那里东张西望，他们那副样子就是叫马克·塔普利见了，不消五分钟也会垂头丧气的。石台上有一把乌木制作的粗糙椅子，嵌有象牙，椅上放着一个草垫，还带有一个木头脚凳。

突然，响起了一阵阵“海雅！海雅！（她！她!)”的喊声。那一群东张西望的人立即匍匐在地一动不动，好像统统全都咽气了一般。留下我一人孤身挺立，就像一场大屠杀的幸存者。左面夹道里走出一队卫兵，排列在石台两边，然后是二十个哑男侍从，后面是二十个执灯的哑妇人，最后走出一个身材颀长的人，从头到脚用白布裹了起来。我看出来就是“她”，她登上石台，坐在椅子上，用希腊语对我讲话，我想大概是不愿意让在场的人知道她说了些什么。

“哦，过来吧，霍利，”她说，“坐在我脚边，看我怎么处置那些想杀死你们的人。请原谅我的希腊语不那么流畅，我已多年没有说过这种语言了，一讲就舌头发僵，吐字不准。”

我鞠了一躬，走上石台，坐在她脚边。

“您睡得好吗，我的霍利?”她问。

“哦，睡得不好，尊敬的阿霞。”我老老实实地回答，内心一阵恐惧，以为她已经知道了我这一夜是怎么度过的。

“哦，”她微微一笑，“我也没睡好，做了一夜的梦。我想这都是您引起的，我的霍利。”

“您梦见什么了，阿霞?”我若无其事地问道。

“梦见了一个我既恨又爱的人。”她急促地说道。然后，好似为了避开这个话题似的，她用阿拉伯语对卫队长说：“带人!”

卫队长深深鞠了一躬（卫兵和随从不必匍匐在地，都肃立一旁），这时便一道走进了右边的夹道。

洞里鸦雀无声，她手托着头，好像陷入了沉思，匍匐在她面前的人们只敢肚皮贴地，微微抬头，斜起一只眼睛窥探我们一下。看来他们的女王鲜少露面，他们宁愿受这份罪，甚至冒着巨大的危险也想一睹女王的仙貌，确切点说是看看她的衣服。在场的除了我之外没有一个人看见过她的真容。终于夹道中传来一片脚步声，灯光也在里面晃动，接着卫兵和那些想杀我们而侥幸没有被我们杀死的人鱼贯而出，有二十多个。他们愠怒于色，排在石台前，本打算像其他人一样趴下去，但是“她”止住了他们。

“不必了，”她用最柔和的声音说道，“站着吧！我允许你们站着。要不了多久，你们就会嫌躺得不耐烦的。”她清脆地笑了。

我看见那一排倒霉鬼吓得浑身发抖，虽然这些人很坏，我还是不禁可怜他们。她静默了两三分钟，她的头动了动（因为我看不到她的眼睛），开始不慌不忙挨个仔细地审视那些罪犯，然后她安详从容地对我说：

“我尊贵的客人，您认出这些人来了吧？”

“啊——哦，尊敬的女王！差不多都在这里了！”我回答时看见他们恨恨地瞪着我。

“请告诉我和所有在场的人，那事情怎么发生的。”

这道命令一下，我只好扼要地复述了一遍那场人肉宴会和意欲置我们可怜的仆人于死地的残酷折磨。那些罪犯、观众和“她”都仔细地听着。我讲完后，阿霞直呼彼拉里的名字。彼拉里抬起头，但没敢站起来，他证实了我的话。这也就无须其他证据了。

“你们都听见了，”她凛然说道，声调与平时大不一样，这也是这个非凡的女人具有的一种非凡才能，她的声音能绝妙地随着当时的环境而变化，“你们有什么要说的吗，你们这些逆贼？我该怎样来惩罚你们？”

好一阵子没人敢吭气。后来一个胸脯宽阔、五官分明、双目犹如猫头鹰一样锋利的壮年汉子讲话了。他说他们听到的命令是不许伤害白人，没有说不许伤害他们的黑人仆人，所以他们才在那个已经死了的女人的怂恿下，依照他们国家自古以来的好风俗，想用“火罐”烧死他，等一熟就吃掉。至于对我们的攻击，那是在突然爆发的混乱中引起的，他们因此而深感悔恨。最后他卑怯地请求恕罪，请求最多把他们驱逐到沼泽中去，生死由天。不过我从他脸上看得出来他对宽恕并不抱多大希望。

此后又是一阵沉默，紧张的沉默紧紧笼罩着这个阴森的山洞。油灯微微闪烁，在石墙上投下了大片大片的连这个邪恶的地方都难以见到的狰狞丑恶的阴影。伏在石台前地面上的那些听众，死尸一般一直排到阴暗的深处。他们前面站着那一排行凶作恶的人，则尽力装出一副不怕死的样子以掩饰他们内心的恐惧，左右肃然伫立着身穿白袍、手执长矛短剑的卫士。哑巴侍从们毫无表情，冷眼旁观。我坐在她的脚边，她高踞于众人之上，坐在一把粗陋的椅子里，浑身上下用白布裹了个严实。她的美貌和她的可怕的威慑力好像是有一盏看不见的灯，给她围上了一圈灿烂的光环。她那要报仇雪恨的神气，使她那裹着的身影比任何时候都显得可怕。

判决终于来临。

"你们这些狗奴才，"她开始说话时，声音很是低沉，后来声调越来越高，响彻整个洞厅，"你们这些食人生番，你们犯了两大罪。第一，你们攻击了这些外乡人，这些白种人，你们还要杀死他们的仆人。仅这一条就足以定你们死罪了，更有甚者，你们竟然胆敢违抗我的旨意！难道我不曾叫我的仆人、你们的父亲彼拉里向你们传达我的命令吗？难道我不曾叫你们热情款待这些外来人吗？你们竟然想杀死他们！倘若不是他们武艺高强，现在早已成为你们的盘中餐了！难道你们不是从小就知道'海雅'的命令是至高无上的吗？难道你们不知道若对'海雅'的命令有所违抗便只有死路一条吗？不知道我所说的一切皆是必须执行的吗？从你们还是孩子的时候，你们的父亲是否就这样教导你们？难道你们不知道若想妄图不遵照我的旨意行事，想让我朝令夕改是永远办不到的，正如你们想叫这个山洞坍塌或叫太阳停止一样，是永远不可能实现的吗？你们很清楚，你们这些逆贼！你们天性卑贱，心肠狠毒，你们的罪恶念头、自相残杀早就使你们灭绝！现在，因为你们的罪恶，因为你们曾图谋杀死这些人，我的客人，更主要的是你们竟敢违抗我的命令，我宣布，将你们押进刑讯洞①，明天日落之前，由行刑队将你们中苟延残喘的人统统处死，就用你们杀害我客人的仆人的方法。”

她说完的时候，整个洞穴都响起了惊恐的窃窃私语。当那群犯人听到这个可怕的裁决时，再也坚持不住了，一齐倒在地上痛哭流涕，那哀告求饶的惨景实在不忍直视，甚至连我也转身向阿霞求情，请她宽恕他们，至少减减刑，不要用那种可怕的方式将他们处死。但她却丝毫不为所动。

“霍利，”她用希腊语对我说，说真的，连我这个对希腊语精通的学者听她说起话来也很费劲，她说话的语调改变太大了，“霍利，这是办不到的。要是我对这些豺狼发善心，你们连一天也活不过去，您不了解他们，他们是嗜血的虎豹，即使现在，他们也恨不能将你们得而食之。您以为我用什么方法来统治这个国家？我只有一支卫队来执行我的命令，我不能靠武力来统治这里，只能用恐怖的方式！我所谓的王国只是存在于想象之中。除这次外，我好几十年才这么干一次，杀上十来个人，不要认为我这是残酷，是杀戮卑贱的无辜者。

---

① “刑讯洞”，我后来看到了那个可怕的地方，也是古科尔人的遗迹，洞内只有为了便于行刑而摆设的各种石板。许多石板上都已经被牺牲品的鲜血浸得发黑。洞中也有一只火炉，用来将陶罐烧热，但最让人感到可怕的是，在每块石板上都刻有图画，记载这里用过的酷刑。这些酷刑的恐怖程度，我不便在此细说，以免读者感到恐惧。——路·霍·霍利

我报复他们能得到什么？活得太久的人除了他们感兴趣的事情之外，对其他的一切都已经见怪不怪了。虽然我看上去是在盛怒之下杀的人，其实不然，我内心有着巨大的创痛。您看见过云怎样在天上自由自在地飘动的吧？然而在这种自由自在后面却是强风在吹逐它们，它们没有自由！我也是这样，霍利先生，我的心情就像天上的云，飘忽不定，但那身后的强风，才是我的归宿。不可能饶恕！这些人非死不可！而且只能照我说过的方法去死！”然后她猛然向卫队长转过身去，说了一句——

“按我的话去做，立即执行！”

第十六章　科尔堡坟墓

犯人们被押走后，阿霞手一挥，其他人便转身像一群没有头羊的羊群似的朝洞外爬去。爬了一段路后，才敢站起身来，只剩下我、阿霞还有那些哑侍从和几个卫兵，别的大多数卫兵都去押送那些倒霉鬼了。我抓紧这个机会向她讲述了利奥的病情，请她去看一看，但是她不肯。她说天黑以前他死不了，得这种热病的人总是在夜幕降临或黎明时分死去，还说等病发透了再去看反而还更好些等等。这么一来我只好起身告辞，但她却叫我跟她走，她要和我聊聊天，带我看看山洞里奇妙的地方。

对她的爱已经让我无法自拔，我无法对她说半个不字，也就恭敬不如从命了。她站起来，向哑侍从们做了个手势，走下了石台。四个哑侍女，两个人在前面持着灯，后两个在后面持灯跟随，其余的侍从和卫士则都退下了。

“现在，”她说，“霍利先生，您想看看这个地方的一些奇特的地方吗？看看这个大洞，您可曾见过与它类似的吗？这里还有许许多多这样的山洞，那个早已泯灭的民族用双手把它们开凿出来，他们曾经住在这片平原上的城镇中。这些科尔堡人一定是一个伟大的聪颖的民族，可惜他们和埃及人一样，对死者比对活人还重视。你想一想，开凿这么大一个山洞，还有那些数不清的夹道，要费多少人力，要花多少年的工夫啊！”

“最少得上万年之久！”我说。

“是的，霍利。这是一个比埃及人还要古老的民族。我破解了一点他们的文字，能看懂一点他们的记载。您看这儿，这是他们最后完成的洞穴之一。”她转身向岩壁，示意侍女将灯举高，石台的上方刻着一个手持象牙笏坐在椅子上的老人，我看很像我们饭厅墙上雕刻的那个正被用香料处理尸体的老者。他坐的椅子与阿霞方才坐着审判罪犯的那把一模一样，椅子下面用我前面提到过的那种奇特的文字刻写着一段短短的铭文，这段铭文的具体写法我已经忘记了，它不像我熟悉的任何文字，倒有些像中国字。阿霞大着嗓子把铭文结结巴巴地念了一遍，然后又翻译出来。铭文是这样写的——

> 大科尔帝王城历四千二百五十九年，科尔王蒂斯诺率其臣民皂隶建成此洞穴。倾全国之力，历三世辛劳，方克其功，筑就我科尔堡贵族及其后裔千秋长眠之陵寝，并敬造蒂斯诺王庄严肖像于墓壁之上。愿天赐此境内永葆长乐！我圣明之君蒂斯诺安眠于此极乐之地，待重生之日到来！（这就话被标注，暗指未来的信仰。——作者原注。）其子子孙孙既乐且康！

“您看，霍利先生，”她说，“早在这个洞建成前四千年这座城市就已经存在了，它的废墟还躺在那边的平原之上。两千年前我第一次看见它时，它的样子和现在差不多。您可以判断一下这个城市存在有多少年了！跟我来，让您看看这个民族气数将尽时，他们是如何消亡的。”她领我们走到山洞中央，那里有一块圆圆的岩石，正好不大不小嵌在地面一个人工凿出的洞口上，就像伦敦人行道上掩盖倒煤洞口的铁挡板那样，大小正好。她在那里停了下来，“您看，那是什么？”

“不知道。”我说。她走到洞的左边，面朝出口，叫哑侍女把灯提高，墙上有些用红颜料写的字，与科尔王蒂斯诺雕像下面的那些字体相仿。颜料的色彩还很鲜艳，字形也很清晰。阿霞给我翻译了这段铭文。内容如下：

吾乃朱尼斯，系科尔大神殿之祭祀也。于大科尔帝王城历四千八百又三年铭此壁端。科尔堡毁灭有日！其国之政令将不复行于天下矣！厅堂绝享宴之乐，冥海落艨艟。昔日繁丽之宫室城郭，船坞河渠，将夷为虎狼出没、枭鸟飞扬之丛莽矣，其后或为蛮夷聚居之地。盖不详之云笼罩于科尔堡及科尔帝国数百城池，已二十五月矣。从此瘟疫蔓延国中，染其疫者始而通体渐变如墨，须臾即亡。王公臣仆，男女老幼，贫富贵贱，概莫能外。瘟疫一至，遮天蔽日，即令有侥幸逃脱者，亦难免死于饥馑。死者甚众，生者寥寥，难以行安葬之旧制；幼儿夭折，亦无从行诸殇礼，故草草置于此洞之下一大坑穴中。国之幸存者，为举世光明之一线系于其身，于是勉力远徙滨海，继而渡海北上。吾祭司朱尼斯，殆为城中仅存之一息尚存者。其余诸城邦有否苟活之人尚不得而知。书及数语，怆然涕下，无限惶恐凄恻！于乎！科尔帝国从此板荡矣！巍巍庙堂享祀绝断！王公后妃，化为尘土。国野荒芜，商旅不前！哀哉！

我吃惊地叹了口气，这匆匆书写来的文字，透露出的无限悲怆，有一股摄人心魄的力量。这是这个伟大民族的最后一人，在行将就木之际，记录下了自己民族的厄运！何等的悲哀啊！死寂般的孤寂凄凉，老人孑然伴着一盏昏暗的灯，用寥寥数语在洞壁上刻下这个民族覆灭的过程时，他内心该是何感受？哪一位道德家、画家或者是无论什么人能想象出当时的情景？

“霍利先生，”阿霞的手搭在我的肩上，“难道您不认为那些乘舟北上的人会是埃及人的祖先？”

“我说不上来，”我说，“这个世界的历史太悠久了。”

“悠久？对，应该说是相当悠久了。一个又一个富裕强大的国家，具有高度文明的国家消亡，被世人所遗忘，无人还会记得他们。这里不过是一处遗迹而已，时间湮没了一切，除非他们能像科尔人一样凿山挖洞。即便如此，也有被大水淹没、被地震摧毁的危险。有谁知道地球上发生过、将来还要发生什么事。正如聪明的希伯来人早就写道的那样，‘普天之下，无奇不有。’我认为，这支民族不会完全湮灭。他们有那么多城镇，总会有几个幸存者。也许，南来的野蛮人，可能还有我的民族，那些阿拉伯人，来到了此地，娶他们的妇女为妻，于是繁衍出一支新的野蛮人。从这点来看，现在的阿马哈格人[1]就是科尔人的后代。他们祖先的坟墓成了他们的住所，不过这只是我的推测。有谁能对这里的事情说得清？以我的才智，我也无法透过漆黑的时间之夜，再现当时的情景。我能说的是，他们曾经是个伟大的民族，他们曾经所向披靡，征服了一切，之后便在那山间的石室中悠然度日，呼奴唤婢，妻妾簇拥，或行猎山间，低吟泽畔，或经商闹市，雄辩庙堂，声色犬马，琴棋书画，说不尽的荣华富贵，直至末日来临。过来，我指给你看这段铭文中讲的那个洞下的大坑穴。这景象可不是随便能看到的。”

接着我随她来到了洞的另外一边，沿着夹道梯级往下走，这几乎是一条垂直往下的坑道，至少有六十尺深，有些奇形怪状的通风孔通往上方，可又不知通向何处。走廊突然到了头，阿霞停了下来，叫哑侍女把灯举高，果然看到了阿霞所讲的那种绝无仅有的景象。我们所站的地方是一个奇大无比的坑，或者说是坑边，坑沿砌有一道石边。大坑本身比我们站的地方不知道还要深多少。据我估计，这个大坑约有伦敦圣保罗大教堂的圆顶大厅那么大，就着高举的灯光，我看清它是一个巨大的死人坑，成千上万的骷髅充塞其间。尸体从上面的洞口扔下去，重重叠叠，像一座白花花的金字塔。一个民族竟以变成一座尸山来宣告灭亡！我实在无法想象，世界上还有没有比这更悲惨、更恐怖的事情！此外，由于地下空气干燥，不少尸体已经干缩，但皮肉犹存。就在那堆积如山的白骨中，他们正从四面八方朝着我们龇牙咧嘴，这更令

① 如这个部落的名字阿马—哈格（Ama－hagger）一样，这像是指两个民族的融合，这种现象常见于赞比西河流域一带的部落。阿马（Ama）是祖鲁人的常用语，意为“人们”，哈格（hagger）则系阿拉伯语，是石头之意。——译者注

人心惊肉跳。我吓得大叫了一声，声音在地下墓穴中回荡，竟将尸山顶上一个放置了数千年的脑袋震落了下来，那玩意儿快快活活地朝我们滚将过来，当然，这一来其他的枯骨也随之崩塌，整个洞窟顿时哗啦啦响成一片，好像骷髅们都立了起来，好似在向我们欢呼致意。

“好了，我们走吧，”我说，“我已经看够了。这些人都是因为感染了瘟疫才死的吗?”我们边走边说道。

“是的，科尔堡人和埃及人一样，连孩子的尸体也要裹上香料，只是技巧要高明许多。埃及人的办法是取出内脏和大脑，科尔人则是将香液注入血管，使其遍及全身。等一下，你看!”她随手指了一扇开在夹道侧面的小门，停住脚步，示意侍女照路进去。我们走进了一个小洞室，形状和我在彼拉里那儿睡觉的地方一样，只是里面的石凳或石床都不是一个，而是两个。石凳上躺着两具用黄色亚麻布覆盖的尸体①。漫长的岁月给它们覆盖上一层薄薄的尘埃。我这样说，是因为在这样深的地下，没有什么东西会归为尘土。尸体周围的地上和石台上，放置着许多绘有图画的陶罐。然而，在所有的墓室中，装饰品或武器都很难见到。

“霍利先生，请揭开上面的布。”阿霞说，我伸出手去，又立刻缩了回来。这颇有点亵渎神明，但说实话，此时那可怕的死寂真的是让我胆怯了。阿霞笑了笑，便自己把布揭开来。布下面又是一层裹尸布，比第一层更好一些，她也掀了开来。这个冰冷的尸体大概是数千年间第一次为人所见。那

① 阿马哈格人穿的亚麻布都是从坟墓中取出来的，从布的黄颜色就可以看得出来。不过只要漂洗得干净，它又会变得雪白。其柔软舒适为我所见过的亚麻布中的最佳品。——路·霍·霍利

是一个三十五岁左右的女人，活着时想必很美，即使现在，她也显得仪态娴静，五官清秀。灯光照耀在她那弯弯的柳眉和长长的睫毛上，白皙如玉的脸上投下了一道细细的阴影，显得十分迷人。她身穿白袍，头发如漆黑的瀑布，手里搂着一个婴儿，小脸紧靠在她的胸前，他们就这样母子相拥长眠于地下，这情景既可怕又动人，说出来也不怕丢人，我几乎要哭出来。一霎间我被带回了混沌的若干世纪以前，仿佛亲眼看见那个有着无数个幸福家庭的科尔帝国，这个可爱的、穿着华丽的女人曾在那里生活，在那里死亡。死神将她最后一个孩子也一起带进了坟墓。在这里，母子二人躺在我们面前，正向人们讲述着那段被忘却、被湮没了的历史，这段历史虽然虚无缥缈，但却比任何文字的记载都更为动人心魄。我虔诚地把布重新盖上，长叹一声，这些理当盛开的永不凋谢的花朵竟然只在坟墓中才能被采摘！我转过身去，轻轻掀起对面尸体上的盖布。那是一个花白胡须的老人的遗体，也穿着白袍。他可能是那个妇女的丈夫，在她死后他还活了多年，最后，他第一次，也是永远地躺在了她的身边。

我们又去看了其他一些墓室。在这里我就不一一赘述了。每个墓室中都有尸体，从墓穴完工到这个民族覆没，五百多年的时间足够使每个墓室都物尽其用了。尸体不计其数，而且几乎都是放在那里没有动过。要想把这一切，都一一描述的话，足足能写满一本书，但却都是千篇一律，只有个别例外而已。

他们处理尸体的技术极为高明，几乎所有的尸体都完整地保留了像数千年前人死时的模样。在这岩洞的静谧之中，没有任何东西来损害他们，没有冷热寒暑，也没有晨霜夜雾来侵蚀他们的躯体。注入他们体内的芳香的药料也似乎是永不失效的，只有个别的地方有些例外。他们的肌肉看上去仍富有弹性，但用手一摸便会陷下去，原来早已变成一堆灰烬。阿霞说这种情况不多，可能埋葬时太匆忙，也可能是由于别的原因，只是将尸体放在药液里浸了一下①，而不是将药液输进他们的肌体里面。

我必须把我们最后看见的一个坟墓说上几句。里面的景象比我讲的第一个更能证明人类的感情，里面的两具尸体同躺在一张石床上，我掀起上面的尸布，只见一个青年和一个妙龄少女心贴心地紧紧拥抱在一起。她的头枕在他的胳膊上，他的嘴唇紧贴着她的额角。我打开男子的布袍，只见他心脏处有一个剑刺的伤口，在姑娘丰满的胸部，也有一个同样无情的刀痕，她的生命是这样结束的。石壁上刻有几个字，阿霞翻译出来是，“死亡婚礼”。这一对漂亮的人儿生前有什么动人的故事，乃至至死也不肯分离?

我闭上双眼，任我的想象驰骋，我的思绪飞回到了虚寂混沌的若干世纪以前，脑海中显现出一幅生动逼真的画面。一时间，岁月的鸿沟在我面前化为乌有，幻想揭开了往昔的全部奥秘。

我好像看见了这个美丽的姑娘，她淡黄色的头发在雪白的长袍映衬下宛如金色的瀑布。一抹雪脯比裙袍还要洁白，

---

① 阿霞后来指给我看了提炼尸体药物的树叶。这是种灌木类的低矮树木，当时仍漫山遍野生长于即通往石洞的坡上。树叶狭长，呈嫩绿色，秋天则变为鲜红，颇似月桂。新鲜树叶气味较淡，但如置水中煮沸，即溢出一股浓烈芳香，人几乎不堪嗅闻。最佳药料系从树根提出，但据阿霞翻译给我听的一段铭文，科尔国有一项法律，规定平民不得用树根提炼的药剂殡葬，否则将受严惩。该法律显然意在保留该树木不致绝种。树叶和树根的买卖皆被政府垄断，科尔国历代国王的大部分收入皆来于此项收益。——路·霍·霍利

使胸前擦得锃亮的金饰也黯然失色。我好像看见一个山洞，里面满是披甲挂铠，满面胡须的武士，烛光辉煌照耀着一个像阿霞举行审判时所用的石台，一个穿着宽袍的男人站在上面，通身上下挂满了神职标志。这时，一个身穿紫袍的人物走了进来，行吟诗人和美丽的少女前呼后拥，高唱着婚礼祝福歌。那个姑娘脸色惨白靠祭台站着，比白荷花还要纯洁，比花中闪亮的露珠还要晶莹，没有人能与她比美。可是当那个人走近时，姑娘发抖了。突然间，拥挤的人群中一个黑发青年跳了出来，抱住了姑娘，亲吻着她苍白的面颊。姑娘的脸上顿时浮起一朵红云，就像清晨天边灿烂的朝霞。秩序立即大乱，人声鼎沸，刀剑乱舞，直逼青年，把他从她身边拖开，然后一把剑插进了他的身体。突然姑娘尖叫一声，拔出爱人腰带上的匕首，刺进自己雪白的胸脯，深深扎入心窝，她也倒下去了。在一片哭泣哀叹声中，这悲壮的一幕从我的幻想中渐渐隐退。我告别了往昔，又回到现实之中。

请读者原谅我把这一段梦幻插进了真实经历之中。可是我当时好似身临其境，感觉正在亲历这一切，有谁说得清，在梦幻中，事实，过去，现在，乃至将来的东西各占几成呢?何谓幻想?可能就是那不可捉摸的真理的影子，也可能就是心灵的思维幻象。

这幅图画在我的脑海中一闪而过，她对我说："看看他们的命运吧，"阿霞一面给这一对情人盖上遮布，一面说起话来，语气庄重而又深情，与我幻想的情景非常协调，"我们最终都是要进入坟墓的，都要被人遗忘。哎，即使我这么长寿的人也不能幸免，霍利！几千年已经过去了，将来，在你走进死亡的大门，灰飞烟灭后几千年，我也会像您和这些人一样地死去。既然最终必有一死，纵然依靠从大自然那里得来的力量多苟活几年又有什么意思？一万年，乃至百万年，在无穷的时间长河里显得多么渺小！几乎等于零！像阳光下消散的晨雾，像春天里融化的残雪，只是梦幻一场！看看人类的命运吧！命运必定要战胜我们，我们必将长眠于地下。当然我们会再苏醒，再生活，然后又是长眠。周而复始，循环往复，无休无止，年年岁岁，世世代代，乃至千秋万载，直到那一天，世界灭亡了，天堂灭亡了，一切都毁灭了，只有生命之神永存。但是，你，我，还有这些死者最终结局是生还是死呢？死不过是生之夜，黑夜一过，新的一天又将诞生，然后又是黑夜降临。可是，当白昼与黑夜、生与死都消亡了，从它们的来路走回去了，我们的命运又将如何，霍利？我看不到这么远，又何况他人？”

她的语调和脸色都变了，接着又说——

“看够了吧，我的异乡来客，还要我带你去看看那些充作我宫殿的坟墓里的奇观吗？如果你愿意，我将带你去蒂斯诺，最强大最勇敢的科尔王的卧室里去，那些洞窟就是他在世时修建的，他的卧室那才叫真正的富丽堂皇，好像在向死亡嘲笑，硬叫过去虚幻的影子向他雕刻在石头上的虚荣的头像致敬！”

“女王陛下，我看够了，”我说，“这些死者使我心情十分沉重。人类是脆弱的，他和他死后变成的灰烬一样，甚至不堪一触。带我回去吧，尊敬的阿霞！”

第十七章　打破平静

前面的哑侍女掌灯的样子就像在提着水壶，灯光随着她们的走动起伏，走了一会儿，就走到了通往“她”客厅的阶梯前，也就是前一天彼拉里手脚并用爬进的那个房间。我想在这儿和女王告别，但她不同意。

“不要走，”她说，“跟我进来，霍利，说真的，我很喜欢听您讲话。您想想，霍利，两千多年来，我只能跟那些奴隶和我自己的灵魂对话，虽说冥思会使人悟出不少道理，揭开许多的秘密，可是它已经使我生厌了，我讨厌这样的我，记忆给人品尝的是苦果，只有怀着一线希望时，人才能将它吞咽下去。虽然您还很年轻，未经磨砺，思想也很幼稚，但您是一个善于思考的人。您使我想起了一些老哲学家，过去，在雅典和阿拉伯半岛的贝卡，我常常同他们辩论，您也像他们那样固执，那样胡须满面，是不是因为长年读那些晦涩难懂的希腊文，书本里的灰尘把您的脸染黑了？拉开帷幔，坐到我身边来，咱们吃点水果，讲点高兴的事情吧。要我再次为您摘掉面纱吗？啊，霍利，您这是自讨苦吃！我可早就警告过您。您会像那些老哲学家那样称颂我的美丽。算啦，去他们的吧！忘掉他们的哲学吧！”

她说罢便站起来，像蛇蜕皮一样脱下了雪白的面罩，那双美丽的眼睛紧紧地盯着我，比巴塞利斯克的眼光还要犀利可怖，直透入我的五脏六腑，同时一串银铃般的笑声在我的耳畔响了起来。

她的情绪又变了，就像她深深的脑海起了波澜一般。脸上漾起了新的涟漪，这不似升腾的火焰旁诅咒死去的情敌时那样咬牙切齿、心胆俱碎，不是审判时那般冷若冰霜，也不是在尸窟里谈古论今时那样严肃、忧郁，那么滔滔不绝、富于哲理。现在的她，就像阿佛洛狄忒女神获胜时那样神采奕奕，那样婀娜艳丽，那样让人心旌摇曳，她浑身洋溢着青春，洋溢着生命的活力，一颦一笑，柔音婉转，流目四盼，秋波荡漾，秀发微摆，满室生香，金莲轻移，轻叩古希腊新婚颂歌。威严庄重抛诸脑后，或隐而不露，只于笑眼转眸间一闪即逝，就像穿越阳光的闪电，难以察觉。她那复仇的火焰熄灭了，审判时那威风凛凛的神情消失了（因为她的判决，此刻那些人还在受刑），人生如梦的哀叹也无影无踪了。她就像脱下那件洁白的罩袍一样地摆脱了一切。现在的她，是个娇媚迷人的女人，一个地地道道的女人，一个空前绝后、比一切女人更完美的女人。

“好了，我的霍利，就坐在那里，您好看得见我。别忘了，这是您自己要求的。我再说一遍，当您在痛苦中消磨余生，悔恨不该用那双好奇的眼睛看我时，可别责怪我。好了，就坐在那儿，我现在真想听几句赞美词了，您说说，我美吗？

别，别那么着急，想好了再讲，要讲到点子上，一样一样地细看过来，别忘了我整个身姿，我的手，我的脚，我的发，我白皙的肌肤，要对我说实话，您是否看见过一个女人，哪怕只在一小点上，可以和我媲美吗？哪怕是她的眉毛弯曲得比我的更好看一点，耳郭的弧线比我的更完美一点？现在看我的腰，可能您会觉得粗了一些，实际上并不是这样，是这条蛇太大了，没法恰到好处地把腰型显出来。这是一条很聪明的蛇，它好像也知道系在腰上不合适。不过，您看，手伸过来，这样，围住我的腰，对了，稍微用一点力，您的手指尖差不多碰到了吧，霍利？”

我已经不能自持了。我只是个普普通通的凡夫俗子，而她却是女人中的女人。天晓得她到底是什么人啊，我不知道！我一下子跪倒在她面前，神魂颠倒，语无伦次地极尽赞美之词，向她求婚，表白我将矢志不移地爱她，当时的我已难以自持，实际上，只要是个男人，或者说只要是个男的，就都会做出和我一样的事情。她有一瞬间感到很惊讶，但随后就乐了起来，高兴地拍着双手。

“哎呀！这么快！我的霍利！”她说，“我以为你要过很久才会向我跪下双膝呢。有多少年了，我没再看过男人跪倒在我面前了，说实话，这样总是能博得女人的欢心，无论岁月有多长，智慧有多高，这种快乐都无法被磨灭，这种权利只有我们女人才会拥有啊！”

“您想干什么，霍利，想干什么？你知道自己在做些什么吗？我不是对您讲过我不属于您吗？我只爱一个人，但这个人不是您。啊，霍利，虽然您才华横溢，聪明机敏，您也不过是个干蠢事的傻瓜啊。您想看我的眼睛，您想吻我，好吧，如果这样做能使您愉快，您就看吧！”她向我弯下腰来，那双又黑又亮的眼睛凝视着我，“啊，如果您想吻，您就吻吧！感谢造物主的安排，亲吻不会给双唇留下印痕，却会在心间留下印记。但若是你吻了欧文，告诉您，您又会因为爱我而忧伤，消瘦，直至死去的那一天。”她离我更近了，她的柔软的头发拂到了我的前额，她的芬芳喷到了我的脸上，我浑身发软，心旌摇曳。但就在我伸臂去拥抱她的那一刹那，她突然站了起来，表情也变了。她伸出一只手放在我头顶上，好像有一股热流流进我的身体，我马上清醒了过来，恢复了常态，变得理智了。

“这种荒唐的游戏就到此为止，”她神色庄重地说，“听我说，霍利，您是个品德高尚，忠诚可靠的人，我饶恕了您。可是，叫女人宽恕是多么难啊！我已经说过，我不是属于您的。让您的胡思乱想像一阵风那样从我身边刮过去吧！让您的幻想像尘烟一样消散吧！如果您愿意，说成是让它坠入深渊也行。您还不了解我，霍利，要是您在十小时前看到我的话，我当时的样子会吓得您退避三舍还唯恐不及呢。我性情多变，就像那个盆子里盛的水要反映出许许多多事物一样，毫无定数可言，画面可以流转，只有水依然如故，我也依然故我。水不变，我亦不变，什么都不能丝毫改变我。您不了解我，因此您不能凭您的印象来评价我。如果您再惹我心烦，我就再把自己蒙起来，让您再也看不见我的脸。”

我站了起来，挨着她坐在床垫上，虽然我的狂热已经减退，但身子仍不时震颤，就像风吹动了树叶，风过去了，树叶仍要轻轻晃动一阵一样。她怒火中烧时，恶魔般的形象，我不敢告诉她我看见了，还有她对着坟墓中的火焰念念有词的样子。

“好了，”她接着说了下去，“尝一尝这种水果，这才是人该吃的东西。现在讲讲那比我晚到人世的希伯来人弥赛亚吧，你说他现在统治了罗马、希腊、埃及和其他野蛮人居住的地方，他传授的教义一定不同凡响。在我那个时代，人们根本就没有信仰。沉湎酒色，寻衅斗殴，动辄刀兵相见——这就是他们的教义。”

这时我已镇定了一些，我为自己的软弱和失态感到羞愧不已，我尽我所能地向她阐发了一番基督教的教义，但回避了有关天堂和地狱的学说，我发现她对教义漠不关心，只有创立教旨的人物才让她感兴趣。我还告诉她，在她的本族人，也就是阿拉伯人中，出现了另一个先知穆罕默德，提出了一种新的信仰，现在也有千百万信徒。

“啊，”她说，“我明白了，又有两种宗教了！我知道的教派太多了，而且，由于我住在这与世隔绝的洞中，肯定还会有我不知道的其他教派。人总是要苍天给自己臆造一个身后的幻影！死亡是可怕的，但却是存在的另一种形式，这就是宗教产生的原因。注意，霍利，每一种宗教都向其信徒们大讲来世，至少也要吹嘘其教义如何完美。其实，不幸的正是那些从宗教中半点好处也得不到的善男信女们。这些愚昧的芸芸众生为之晨昏祈祷的一线光明，就像水中的鱼儿仰观夜空中的星辰那样昏暗模糊，那样虚无缥缈！宗教的诞生，宗教的湮灭，文明的诞生，文明的流逝，这一切都不过时间滚滚流逝，只有世界和人性永存！啊，但愿人能认识到，希望只有自己能给，寄托于任何都是无望，只有自己才能拯救自己！生命是你自己的，就像善恶也属于你自己一样。坚信这一点，人才能自立、自强。切莫寄希望于那个莫须有的上帝。上帝不过就是人类可怜的投像，只不过脑袋大一些，胳膊伸得长一些，坏事也想得和干得多一些而已。”

她的话无非是老调重弹，是神学讨论中的旧话了，我觉得听起来很像19世纪在科尔堡以外的什么地方听到过的一些东西，对于她的说法，我实在是不敢苟同，不过我也不打算和她争论这些问题。首先，刚才的一番激情冲动已使我疲惫不堪，另外，我知道与她辩论，其后果不堪设想。和那些普通的唯物主义者辩论，就已经是一件够伤脑筋的事情了，他会用无数的统计资料和数据乃至地质学上一整个地层的结构分析向你发起轰击，而你却只能用些推理或是直觉，或是如雪花片似的不堪一击的信仰以资抵挡，天晓得，这些东西实在是靠不住的，在激烈的辩论中简直是不堪一击。如今要与一位智力极高，还有两千年丰富阅历，并通晓大自然一切奥秘的这么一位人物辩论，不是更会一败涂地吗？舌战一场，我不可能说服她，而只能是她驳倒我，我想还是少插嘴，就听着就可以了，于是我就一声不响地坐在那儿。后来我曾为此懊恼不已，因为这样一来我就失去了弄清她到底信仰什么，她的“理论”到底是些什么的唯一机会。

“因此，霍利，”她又说道，“我的人民也发现了一个先知，按您的说法是个冒牌货，因为他不是你们的先知，而我则深信不疑。在我那个时候，情况可不是这样的。当时我们阿拉伯人有许多神，有众神之主安拉、塞白，有要用牺牲者的鲜血祭祀的乌扎和石头神马纳特，还有瓦德神、索瓦尔神，门人的狮神叶巫斯，穆拉德人之马叶欧格神，希米尔人的鹰神奈斯尔，等等。这一切都是多么愚昧，可怜而又可鄙的愚昧！但是，倘若我以智慧昭示于人，他们肯定会以那些受到伤害的神的名义将我杀死。哎！事情向来就是如此。嗯，霍利，您这么一言不发地坐着，是不是听腻了？是不是觉得我该讲一讲我自己的哲理了？要知道，我也有一套哲理！没有一套自己的哲理怎么称得上导师！您如果太惹我生气的话，您可要当心！我要叫您懂得我的哲理，把您变成我的信徒，这样我俩就能创立一门能吞并其他所有宗教的信仰。您这反复无常的人啊，只不过半个小时以前，您还跪在我的面前，霍利，您的姿势还没完全变过来呢，您还向我发过誓说您爱我呢！现在我们该干些什么？嗯，对了！我该去看看和您一起来的青年，彼拉里老头称的那头'狮子'，那个生病的人，这时候他的热病该发透了。如果他快死了的话，我会治好他的，别担心，我的霍利，我用的不是魔法，我不是告诉过您，人尽可以掌握和控制大自然中的一切力量，但魔法却是根本不存在的吗？走吧，马上就走！我把药品准备好就来。"①

我遵命来到利奥的住处，乔布和犹斯坦痛苦万分，说利奥正在作垂死的挣扎，还说他们到处找我。我冲到床前，发现他已失去知觉，呼吸困难，嘴唇不住地颤抖，全身也不时地抽搐，他就快死了。就我的医学知识看来，他顶多还有一个小时就要告别人世了，也许五分钟内就会丧命！我真该死啊！我是多么自私！是什么愚蠢的念头让我围着阿霞转，而我的孩子却在这里奄奄一息！啊！天啊！天啊！女人的眼波一转，就能把最正派的男人引向邪恶！我真是个十恶不赦的混蛋！在刚才半小时中，居然把利奥忘得一干二净！二十年来，我最亲密的伙伴，我生活中最大的幸福，被我抛到了九霄云外！现在，一切都可能太晚了！

我使劲绞着双手，茫然地看着周围。犹斯坦坐在床边，

---

① 阿霞是位伟大的化学家，在她看来，化学一直是她唯一的娱乐和消遣。她把一个洞穴布置成实验室，尽管设备简陋，但她获得的成就却相当惊人，下文还将谈及她的成就。——路·霍·霍利

眼色灰暗、绝望。乔布站在墙角号啕大哭，很遗憾，我无法准确地用语言来描述他的痛苦。见我在看他，他便走到外面走廊上发泄自己的悲伤去了。很清楚，唯一的希望系在阿霞身上，她，也只有她，才能救利奥。我相信她不会骗人，我要去恳求她！正在这时，乔布惊恐地飞跑了进来。

“啊！上帝保佑！先生！”他喉咙里突然冒出了一句，“一个死人从走廊上滑过来了！”

我一时间也被弄糊涂了，不过很快就明白他一定看见阿霞了。她裹着那尸布似的衣衫，走起路来又是那么轻盈飘悠，难怪乔布以为是个白色的鬼魂在朝他飘过来。我才明白过来，阿霞就走进了房间，准确来说是走进了洞里。乔布转过身去，一看见她从头到脚蒙起来的身影，便痉挛似的大喊了一声，“‘她’来了！”便一下跳到墙脚，头顶着墙，恨不能一头钻进去躲将起来。犹斯坦猜出来者是谁，立即全身扑倒在地。

“来得正好，阿霞，”我说，“我的孩子就要死了！”

“真的吗？”她轻轻地说，“只要没死就不要紧，我能让他复原的，我的霍利。那边那个人就是您的仆人吗？贵国的仆人就是这样来问候客人的吗？”

“他被您的装束吓坏了，上面有些死人的气味。”我答道。

她笑了。

“这个姑娘呢？啊，我明白了，您对我讲起过她。好了，叫他俩都走开，我们来看看您生病的病狮子。我不喜欢让下人看见我的本领。”

我遵命用阿拉伯语和英语分别让犹斯坦和乔布都离开。乔布求之不得，拔腿便走，因为他根本无法抑制他的恐惧。但犹斯坦不肯。

“‘她’想干什么？”她小声地问，她舍不得离开利奥，又对那个可怕的女王万分恐惧。“丈夫临死时，妻子有权留在他身边。不，我不走，狒狒老爷！”

“那个女人为什么不走，霍利？”阿霞站在洞的另一头问，她站在那里看着墙上的雕刻。

“她不愿意离开利奥。”我不知如何说是好。阿霞转过身去，指着犹斯坦姑娘说了一个字，只有一个字，一个字就足够了，它仿佛有千钧重。

“滚！”

犹斯坦便爬出去了。

“您看见了吧，霍利！”阿霞淡淡一笑，“我必须叫这些人懂得什么是服从。那个姑娘想违抗我，她还不知道我今天中午是怎么处置那些违抗我的人的。好了，她已经走了，现在让我看看这个青年人。”她轻轻走到利奥的床边，他的脸向墙，正好在阴影里。

“看样子他出身高贵。”她说，俯身下去看他的脸。

突然间，像被子弹击中或被剑刺伤了似的，她那修长而苗条的身躯踉踉跄跄直往后倒，直至撞到石壁才停下来，嘴里发出一声非人的、凄厉的尖叫。

“您怎么啦，阿霞？”我喊了起来，“他死了吗？”

她转过身，像只母老虎似的朝我扑来。

“你这条狗！”她可怕地嘶声怒吼着，就像毒蛇吐信似的，“为什么不让我知道？”她伸出一只手来，我以为她要杀死我了。

“什么？”我恐怖地大吼了一声，“您说什么？”

“啊！”她说，“也许您不知道。记住，霍利，那里躺着的是我失去了的卡里克雷特，我的卡里克雷特！他终于回来了！我知道他会回来的！他会回来的！”她又哭又笑，就像失常的女人一样，嘴里不住地念叨着，“卡里克雷特！卡里克雷特！”

“真是胡闹！”我心里大不以为然，但不敢说出口来。说实话，当时我心里实在太着急，除了利奥的性命外，其他的一切都忘了。我只怕在阿霞歇斯底里大发作时利奥就死去，所以婉言相劝道：“阿霞，如果您不帮助他的话，”我提醒她，“您的卡里克雷特恐怕很快就喊不回来了！他马上就要死了！”

她吓得全身一抖，“是啊，我的手在抖，连我也……，不过，这不难，给你！霍利！拿住这个小药瓶！”她从衣褶里拿出一个小陶瓶，“把里面的药水倒进他嘴里！只要他没断气就有救。快点！喂进去！快点！他就要死了！”

我朝他看了一眼，真的，利奥正在作最后的挣扎。我看见他可怜的面孔变得灰白，听见他喉咙里呼噜呼噜直响。小瓶口是用一只小木塞塞住的，我用牙把它拔了出来，里面的药水滴了一滴在我舌头上。药水带点甜味，霎时间我的脑子好像飘飘然了起来，眼前也涌起一团迷雾，但这种感觉很快就消失了，快得好似没有发生一样。

我走到利奥身边时，他已经马上就要断气了，我叫阿霞扶住他的头，她全身抖得像一片颤动的树叶或者像一匹受惊的骏马，她使尽全力扶住他，我把利奥的嘴撬开了一点，把瓶里的药倒了进去。就像摇动了硝酸瓶一样，他嘴里立刻冒出了一股白气。但这丝毫也没增加我的信心，我对这种药的效果已经不抱多大希望了。

不过有一件事可以肯定，临死前的痛苦止住了，起初，我以为他已经死了，以为他已经走过了那可怕的冥河。他的脸色变得青灰，原来就很微弱的心跳仿佛完全停止了，只有睫毛在微微颤动。我满腹疑虑地看看阿霞，她头上蒙着的面罩在她昏头昏脑地在房间转圈子时已经掉了下来，她还捧着利奥的头，脸色和他一样惨白，带着一种我从未见过的痛苦和焦灼的神情注视着他的脸。不言而喻，她也不知道他到底能不能活下来，五分钟缓慢地过去了，她也像绝望了，美丽的鸭蛋形脸像一下子瘪了下去，精神痛苦的重压使她明显消瘦了，眼眶周围也有了一道道黑边，甚至连颤抖的嘴唇上的淡红色都消退了，变得和利奥的脸色一样苍白。她的样子是那么可怕，虽然当时我自己也已痛苦至极，我仍感到她的痛苦之深切。

“太晚了吧?”我哑声问道。

她什么也没回答，双手捂住了脸，我也转过头去。可是正当我转身时，我听见一声深深的吸气声，低头一看，一缕缕的红晕爬上了利奥的面颊，然后又是一缕，再一缕！奇迹发生了！那个我们都以为已经死去的人正在翻身！

“您看!”我低声说。

“我看见了,”她哑着声说道,“他活过来了。我本以为我们来迟了，只要再晚一点点，他就真的走了!”说完，她泣不成声，哭得心都像要裂开似的，这时她显得比任何时候都美，好不容易她才止住了哭泣。

“原谅我，霍利，原谅我，原谅我的软弱,”她说,“要知道，我就只是个女人啊。您想想，想一想吧，今天上午您还讲过你们宗教里那个受苦受难的地方，你们叫作地狱或者叫冥府的那个地方，那是人的生命精髓居住的地方，记录人生行为的地方。在那儿，一切人生的罪恶、过失，一切未能满足的情欲，以及头脑中虚幻的恐惧，都会带着绝望的幻影永无休止地冒出来嘲弄人、讥讽人、追逐人、折磨人！我就是这样地生活了两千年！六十六代！您算算这个时间！在你们说的地狱里生活了这么多年呵！过去罪恶的回忆时时在折磨着我，无从实现的愿望日日夜夜把我熬煎；没有友情，没有慰藉，也没有死亡；在我那沉闷的人生道路上，只有那像沼泽地上的磷火似的希望指引着我，它忽东忽西，时强时弱，但是这毕竟像我所预料的那样，总有一天要把我带到我的解救者手中。”

“啊，霍利，您再不会听到这种故事了，再也看不到这种情景了，哪怕您再活一万年，若您愿意的话，我可以给您一万年的寿命，您也不可能再见到和听到我的救星来到的情景了！啊，他终于来到了！我盼了、等了这么多年的人终于来到了！时候到了，他来找我了！我的智慧绝不会错！虽然我不知道他什么时候来，但我知道他一定会来！可我又是多么无知！我的知识是何等有限，我的力量又是何等渺小啊！一小时又一小时！他躺在这里，病入膏肓，奄奄一息，而我却没有知觉！我，等了他两千年的我，竟一无所知！现在，我终于看见他了！您看，这真是千钧一发啊！我差一点又错过了时机！万一他死了，我一定会重入地狱，一定会再一次面对那度日如年的千秋万载，等待，等待，直等到我亲爱的人又回到身边的那一天！您给他吃了药，有五分钟他的生死未卜，我告诉您，这五分钟比过去的两千年还要难熬！这五分钟终于过去了，但他还没有动静，我知道，如果药在这时候不发生效力，那它就完全失效了！我又一次感到他会死。这两千年的折磨好似铸成了一支毒矛，穿透了我，一次又一次穿透了我的五脏六腑，因为我又一次失去了卡里克雷特！啊！一切都过去了！您看，他在呻吟了！您看，他还活着！只要药发生效力，就会药到病除的！啊！您想想，霍利！想想这个奇迹吧！他要睡十二个小时，那时候病魔就会离开，给他留下生命，把他留给我！”

她不说话了，手放在他金色的头发上，带着一种纯洁的、无限的柔情俯身亲吻着他的前额。这情景十分动人，但是却刺伤了我的心，我嫉妒了！

第十八章 “走开，女人！”

随后的一分钟，都没有人说话，从阿霞那天使般欢乐的面容看来（有时她看上去真像天使般美丽），她是沉浸在无边的幸福中了。可是突然又想起了什么，面色陡然变得恶魔般凶狠。

“差点忘了那个女人，”她说，“那个女人，犹斯坦。她是卡里克雷特的什么人？佣人？还是……”她顿住了，声音有些发颤。

我耸了耸肩：“他们说照阿马哈格人的风俗，她算是和他结婚了，不过我不知道。”

她顿时变脸。千年的风霜她都已经经历了，但女人的嫉妒心却难以超脱。

“那么一切都该结束了，”她说，“她必须死，立即就死！”

“她犯了什么罪？”我大吃一惊，“她和您一样是清白无辜的，尊敬的阿霞！她爱这个人，他也很高兴地接受了她的爱情。她有什么罪?”

“您真是个呆子，霍利先生!”她不客气地对我说，“她有什么罪?她的罪就在于她横亘在我和我爱的人中间!当然，我能够把他从她手中夺过来。啊，霍利，只要我略施小技，世上难道有可以抵御我的男人吗?男人们只有在不被诱惑勾引的时候，才算是硬汉子，但只要诱惑力一大，就没有一个不俯首帖耳的。男人就像根绳子，拉到一定限度总会断的。情欲之于男人，正如金钱权势之于女人，是摧毁其防线的利器。哪怕在您所说的天堂里，要是妖精们长得漂亮的话，女人们也只有倒霉，因为丈夫们都会掉过头去讨好妖精，天堂自然也就成了女人们的地狱。女人只要拥有真正的美丽，就能买来男人的心，女人的美貌也可以用金子来换，只要金子足够多。我活着的时候是这样，到世界毁灭时也是如此。这个世界就是个大市场，霍利，一切都是商品，都依人的需要待价而沽。”

这样愤世嫉俗的一番话，经阿霞这种阅历的女人说出口，丝毫也不会让人感到惊讶。但听了她的话，却让我一时语塞了，我支吾着说天堂里要斩断俗世的情丝。

“要不然怎么可称之为天堂，您要说的是这个意思吧?”她插嘴问，“别来这一套，霍利!您把我们可怜的女人想得那么坏!照你这么一说，天国与地狱的分界就在于结婚不结婚了?够了!现在我们没工夫争论这些，看谁更聪明。你为什么总爱争论不休?你也是当代的什么哲学家吗?至于那个女人，她非死不可!因为，即使我能从她那里夺走她的爱人，只要她活着，他就会怀念她，这我可受不了。我不会再让其他女人占据他的心!我的国王只能属于我一个人!她已经享受够了!该满足了!享受一小时的爱情胜过一世纪的孤寂!

现在，黑夜就要将她吞没了!”

“不能！不能!”我大声说，“这是犯罪！犯罪只能产生邪恶！为了您自己，您也不能这么干!”

“那么，傻瓜，清除绊脚石，实现目标，就成了犯罪了?那么在现在这个弱肉强食的世界里，为了生存，我们都是在毁灭别人，难道我们也是一直在犯罪了吗，霍利?世界是属于强者的，弱者只能走向死亡，胜利的果实亦由强者摘取。树生长到一定时候，总会枯萎，而健壮的树木则会占据其枯萎的土地，在此开枝散叶。人亦是如此，一将功成万骨枯，粮食也是从那些啼哭饿嚎的孩子们口中夺食果腹。世界上的万物就是依此规律，您说犯罪会带来邪恶，未免太少见多怪了吧。犯罪有时也会带来许多好的结果，而做好事也不见得就会事事有益。残忍的暴君恰能检验出他这千万臣民的忠诚度，一支民族沦为阶下囚也可能是因为圣人的善心。人类都按自己的善恶来行事，却不知这种感觉到底把他引向何方，因为他为生计而斗争时，他无法看清他的拳头落在何处，也无法计算出要多少无形的线才能编织他的命运之网。善与恶、爱与恨、昼与夜、甘与苦、男与女、天与地，这一切都相互依赖，缺一不可，有谁知道各自会有什么结果?我告诉你，有一只命运之手把它们拧到一起，让它们承受它的重量，一切都被拧进这股大绳了，一切都必不可少。因此，说什么这是罪恶、那是善行，什么黑夜可恨，白天可爱之类都不是我们的事情。因为在别人看来，可能罪恶会是善行，黑夜比白天更美，或者两者都没有区别，一样美好。您在听我讲话吗，霍利?”

对这种诡辩，我没法驳斥，若按这种诡辩的逻辑行事，那么我们所遵照的一切道德观念必将走向毁灭。她的话让我感到一阵阵的后怕，对于一个没有任何行为准则的人来说，她有什么事情做不出来，而且就如我们心里的良知，不论她的所作所为是激进，还是腐旧，那都是她的责任感激发她这样做的，而这种个人责任感却又是区别人和动物的根本分界线。

我仍然想把犹斯坦从她那悲惨的命运之中拯救出来，我喜欢她、尊重她，而现在她强劲的情敌给她的前程罩上了一道可怕的阴影，所以我又开始求情。

“阿霞，”我说，“您算是把我看穿了，但是您自己曾亲口对我讲过，人要自律，人要按自己内心的准则行事。对于那个您要取代的姑娘，您的内心就没有怜悯之情吗？请您照您自己说的想一想（虽然对我来说有些不可思议），过了这么多世纪以后，您朝思暮想的人终于来到了您的面前，而且，正如您所说，您是把他从死神的手里夺了回来，难道您就用一个爱他的、可能他也爱的人，至少，一个为了您把他从您的奴隶的长矛下救出来的人的死，来庆祝他的到来吗？您说过，您以前曾对这个人犯过罪，您曾因为他爱上埃及姑娘阿美特纳斯而亲手将他杀害了，难道现在您还要重蹈覆辙吗？”

“您怎么知道这一切的，你这个外乡人？您怎么知道她的名字的？我没对您讲过！”她抓紧我的臂膀，猝然大叫起来。

“可能是我梦见的，”我回答，“在这些科尔堡的坟墓中，总有些奇奇怪怪的梦魇在徘徊游荡。这个梦就像是过去的影子一样，您那时的疯狂犯罪有什么结果？不就是得到了两千年的等待吗？您还要重蹈当年的历史吗？您说说您到底想要干什么？我至少可以告诉您，善有善报，恶有恶报，多行不义必自毙，我对您说过的那位弥赛亚就这么讲过。他讲的是真理，如果您杀了这位无辜的姑娘，我告诉您，您将受到诅咒，在您那经年历久的爱情之树上，您将收不到任何爱情的果实！您是怎么想的？这个人怎么可能握您的手，一双沾满了深爱过他的姑娘的鲜血的手？”

“这一点我已经回答了您，”她说，“即使我把您和她都杀了，他也会爱我的，霍利，因为他不得不爱我，正如我要是一念之差杀了您，您也不得不死一样，霍利先生。不过话说回来，您讲的也许有些道理，它打动了我的心。如果是这样的话，我饶恕这个女人。我不是讲过我并不是个残酷的人吗？看见别人受苦，我很难受，我也不愿意让别人受苦。叫她到我这里来，快点，趁我还没改变主意。”说完她立即用面罩盖住了脸。

事情发展到这样，我感到非常满意，我来到走廊叫上犹斯坦，夹道每隔几步就会点着一盏陶制灯，犹斯坦穿着白袍就站在几码开外，她靠在一盏灯下，蜷缩成一团，一看见我就起身向我跑来。

“我的丈夫死了吗？啊！别说他死了！”她哭了，那张圣洁的脸上沾满了泪水，脸上那悲痛欲绝的表情深深地刺痛了我的心。

“没死，他还活着，”我说，“‘她’把他救活了。进去吧！”

她深深地长出了一口气，照阿马哈格人觐见可怕的“她”的规矩，手膝并用地爬了进去。

“站起来，”阿霞冷冰冰地说，“过来！”

犹斯坦遵命低着头站在她面前。

一阵静默，阿霞开口说话。

“这个人是谁？”她指着利奥问。

“我的丈夫。”她低声回答。

“谁让他当你的丈夫的？”

“我自己遵照我国的风俗选择的，尊敬的女王。”

“女人，你选这个异乡人做自己的丈夫是在犯罪。他不是你们族的人，你们的风俗对他无效。听我说，第一，你这样做可能是出于无知，因此我饶你一死。第二，你必须回你自己家去，不许你再和这个人说一句话，不许你再看他一眼。他不是你的人。第三，我提醒你，何时你违抗我的命令，那你的死期就不远了。滚吧！”

但是犹斯坦没有动。

“滚开，女人！”

犹斯坦抬起头，她的脸痛苦得变了形。

“不，尊敬的女王，我不走。”她哽咽着回答，“他是我的丈夫，我爱他，我爱他！我决不离开他！你有什么权力命令我离开丈夫?”

我看见阿霞全身一抖，我吓坏了，最糟糕的情况要发生了！

“您大人有大量！”我用拉丁语说，“她这样做也是人的天性使然！”

“我已经够宽宏大量的了，”她用拉丁语冷冷地回答我，“否则她现在就已经死了。”然后她又对犹斯坦说，“女人，我再提醒你一遍，滚！否则就地将你处死。”

“我不走！他是我的！我的！”她痛不欲生地喊道，“我与他结了婚，我救过他的命！您的权势我不能违抗，您把我杀了吧！我决不把我的丈夫给您！决不！决不！”

阿霞飞快地动了一下，快得我眼睛都来不及看清。只觉得她用手轻轻地点了一下犹斯坦的头，那可怜的姑娘的古铜色的头发上霎时留下三道雪白的指印。我吓得直往后退，姑娘头晕目眩地抱住了头。

“天哪!”我呻吟起来，这种非人的力量几乎把我惊呆了，她却只淡然一笑。

“你这个可怜又愚昧无知的蠢货!”她对那个神志不清的姑娘说，“你以为我没有力量杀死你?那儿有个镜子，照照去!”她指着利奥刮胡子用的圆镜。那是乔布把它和别的东西一起拿出来放在利奥的箱子上的。“把镜子给这个女人，霍利，让她照照她头发上的指纹，看看我有没有力量杀死她!”

我拿起镜子举到犹斯坦面前。她看了看，摸摸自己的头发，又看了看，一下子泣不成声地晕倒在地。

“现在，你是走呢，还是让我再来一下?”阿霞揶揄地问，“你看清楚了吗?我已经给你加了印记。因此，只要你的头发没有全白，我就能认出你来。如果我再看见你的话，你记住，你的尸骨立即就会比头发上的印记还要白!”

可怜的姑娘完全被吓坏了、击倒了，她痛苦地哭泣着，带着那可怕的印记，爬了出去。

“别那么害怕，霍利，”她走了以后阿霞说，“我可以告诉你这不是魔法，根本就没有魔法。这只是你未知的能力，我给她打上了记号，我要她从心里感到畏惧，不然我就杀死她了。现在我叫侍从们把我的夫君卡里克雷特抬到离我房间近一点的地方去，我能好好照看他，也能在他醒来的时候问候他。霍利，你和你的白人仆从也到那里去，不过你得记住一件关系你性命的事情，不许对卡里克雷特讲那个女人是怎么走的，也不能讲有关我的事情。记住，我警告过你了!”她说罢便飘然离去，而我却待在那里惶惶然不知所措。我百感交集，痛苦万状，我真的以为自己就要疯了。好在我没有多少时间去细想，不一会儿，哑巴们就忙忙叨叨地来抬熟睡的利奥和我们的行李了。我们的新住所紧靠在阿霞的闺房旁边，也就是我第一次看见阿霞那间挂着帷幔的房间后面。当时我还不知道她的卧室在哪里，不过一定不会太远。

那晚我是在利奥的房间睡的，他睡得很沉，动也没动一下。我实在太缺觉了，所以也睡得很沉，但梦里却是噩梦不断。阿霞在她的情敌头发上留下指印的法术使我一夜不得安宁，她那蛇一般快速的动作和霎时间留下的三条白线是那么令人恐怖，倘若犹斯坦被处以极刑，也未必能给人留下这么深的印象。至今我还经常梦见那令人恐怖的一幕，看见那个被夺走了丈夫的、像该隐一样被打上记号的女人，怎样满面泪痕地看了心爱的人最后一眼，怎样爬着离开她的可怕的女王的情景。

另外一个使我心烦意乱的梦是那座金字塔般的尸山，我梦见他们都站了起来，成千上万地、一排排、一队队地从我身边走过。阳光射透了他们空洞洞的肋骨架。他们穿过平原，走向他们的帝国家园。我看见吊桥在他们面前落下，听见他们的骷髅挤进黄铜大门时发出的咯咯声响，他们走上漂亮的街道，迈过一道道清泉，走进了宫殿，来到了举世无双的神殿。市场上没有人招揽生意，窗口上没有女人的面庞，只有一个无形的声音在前面呼唤，“科尔帝国毁灭了！毁灭了！毁灭了！毁灭了！”密集的方阵磷光闪闪地穿过了城市，白骨踏地的声音在寂静中回响。他们越过城池，登上城墙，在城墙上宽阔的道路上前进，最后又回到吊桥。日落时，他们返身朝墓穴走去。血红的夕阳照在他们空空如也的眼眶上，他们的白骨在地上投下长长的阴影。当这只大军浩浩荡荡地穿过平原时，阴影就像无数巨大的蜘蛛在蠕动着它们的长腿。他们走进山洞，列成望不到尾的长队，一个接一个地从洞穴口跳进了他们的死亡之窟。我骤然惊醒过来，全身仍在瑟瑟发抖，睁眼看时，一直站在我和利奥床间的“她”像个影子似的飘了出去。

后来我又睡着了，这次睡得很香，一觉睡到大天亮。我起了床，觉得神清气爽，按阿霞的话，利奥也快醒过来了，这时蒙着白面罩的“她”也来了。

“霍利，他的烧退了，”她说，“您看他很快就会清醒过来了。”

她话音刚落，利奥就开始翻身了，他伸了伸懒腰，打了个呵欠，睁开了眼睛。一见眼前有个女人的身影，可能误认为是犹斯坦了，便伸臂抱住她亲吻了一下，口里用阿拉伯语说着，“你好，犹斯坦！怎么把头蒙起来了？牙疼了吗?”然后又用英语说了声，“哎呀，我饿极了，乔布，你这个老家伙是怎么搞的？我们现在到底在什么地方，嗯?”

“但愿我能知道就好了，利奥先生，”乔布提心吊胆地从阿霞身边绕了过去，他仍然不相信阿霞是个活人，对她又恨又怕。“您少说两句，利奥先生，您病得可不轻，把我都快急死了!”然后他看看阿霞说，“要是这位太太肯劳驾让让道的话，我就给您端汤来。”

这句话才使利奥注意到站在他身边的那位一言不发的“太太”来。“啊，这不是犹斯坦！犹斯坦到哪里去了?”

阿霞开始第一次开口对他讲话，但开口就是谎言，“她出去游历去了，”她说，“您看，现在是我在替她当您的女仆。”

阿霞那银铃般的声音和她那裹尸布似的衣着好像使利奥那本来就半睡半醒的神志更糊涂了。他什么也没回答，只是大口地将汤喝完，便转过身去，一直睡到傍晚。第二次醒来看见我，问我出了些什么事情。我尽可能地搪塞过去，让他睡到第二天早晨再说。这次醒来时他已奇迹般地大大复原了。

我这才讲了讲他的病情和我自己的一些事情。因为阿霞在场我不便多说，只是说她是这个国家的女王，招待我们十分殷勤周到，还说她喜欢用纱把自己盖起来。这些话虽然是用英语说的，我还是怕她会从我们的面部表情看出什么，所以没有多说，加之我对她的警告仍然记忆犹新。

第三天早晨利奥起床时，病已经基本上好利索了，腰上的伤口也已经长好了，那一脸病容的脸上又恢复了明朗欢快，速度之快使我不得不感谢阿霞的灵丹妙药，当然也可能是他病的时间不长，还没有彻底把他拖垮。身体渐渐康复后，从沼泽地昏迷之前的经历都被他一一回忆了起来，当然也就想到了犹斯坦。我发现他已经对这个姑娘非常依恋了，他总是不停地向我打听这个可怜的姑娘的下落，而我对他的问题不敢回答半个字。利奥第一次清醒后，“她”又叫我去过她那里一次，严厉警告我不得对利奥透露半点真情实况，否则我绝无好下场。后来她又告诫过我一次，叫我除了感激之外别对利奥讲她的事情，她说在适当的时候她自己会向他讲述一切的。

她整个人的状态都变了。我本以为她会尽早与她认定的旧情人相认，但好像她有自己的顾虑，她并没有那么做。当时我对此很不理解。她只是一反往常盛气凌人的样子，恭顺地侍候他，彬彬有礼地与他谈话，尽可能多地和他待在一起。自然而然，他对这个神秘的女人的好奇心越来越重，极想看看她的面孔，就和我当初一个样。我只是含糊其辞地说了一句她的面貌与她的形体和声音一样美，这就足以使任何年轻人的好奇心更胜。若不是他的身体还没有完全康复，要不是他还眷恋着犹斯坦，对她的细心照顾和舍命相救满怀感激的话，毫无疑问他会中阿霞的圈套，他必然会如她所料地爱上她。然而，他仅限于好奇而已，而且也像我一样有些害怕。虽然“她”从不曾暗示过她的异乎寻常的年龄，他也自然而然地把她和陶片上的那个女人联系起来了。第二天早晨穿衣服时，我实在被他那连珠炮似一个接一个的问题弄得招架不住了，只好老老实实地说我不知道犹斯坦的下落，叫他自己去问阿霞。所以在吃完一顿丰盛的早餐之后，我们就去觐见“她”，她曾吩咐侍从说，我们随时都可以进入她的寝殿。

她和往常一样坐在闺房里，帷幔一拉开她就从床边站了起来，向我们伸出双手，向利奥问候。可想而知，我已被冷落在旁了。她那从头到脚遮盖起来的身影飘飘然向一个健壮的英国青年走去的样子，看上去真是美丽至极！利奥身穿一套法兰绒服装，尽管他有一半希腊血统，可是除了一头金发外，他是我见过的英国气派最足的男子。虽然照我看，他从他的外国母亲身上继承了她的美貌，与画像上他的母亲长得一模一样，他却没有一点当今希腊人那种柔软的身段和圆滑世故的神态。他长得高大魁伟，但又不像一般大个子那样显得笨拙，他的那颗脑袋长得如此神气，高贵而又朝气蓬勃，正如阿马哈格人叫他的“狮子”那样雄姿英发。

“您好，我年轻的异乡君主，”阿霞极为温婉地说，“很高兴看见您能站起来了。请相信我的话，要是我未能在您最危险的一刻救您一命，您就永世也站不起来了。危险已经过去，现在我关心的是，”她意味深长地加重了语气，“让它一去不复返。”

利奥向她鞠了一躬，然后选用最为优美准确的阿拉伯语措辞对她给予一个素不相识的陌生人的仁慈礼遇表示感谢。

“您说错了，”她温柔地说，“人世间美丽的东西太少了，要是损失了您这样的人简直是罪恶。不必谢我，您的到来使我非常高兴。”

“喂，老伙计，”利奥侧过头用英语对我说，“这位女士很是知性。我们真是一跤跌进安乐窝了！但愿您尽量利用这个机会。瞧！多美的一双臂膀！”

我示意他别出声，阿霞那对一直透过面罩疑惑地盯着我的眼睛，这时突然警惕地朝我一闪。

“我相信，”阿霞接着说，“我的侍从们把你们招待得不错，如果在这个可怜的地方尚有舒适可言的话，那就是你们现在的生活了。你们还有什么需要的吗？”

“是的，女王陛下，”利奥赶紧回答，“我想知道和我一起的那个姑娘怎么不见了。”

“啊，”阿霞说，“那个姑娘嘛，嗯，我见过。啊不，我不知道。她说她要走，我不知道她要去哪儿，可能她会回来，也可能不会。侍候病人是很烦人的，这些野蛮女人本来就都水性杨花。”

听了这个答复，利奥又疑心又丧气。

“真怪！”他用英语朝我嘀咕了一句，然后又对“她”说，“我不明白，那个姑娘和我，怎么说呢，我们一直都相互尊敬呢。”

阿霞动听地咯咯一笑，岔开了话题。

第十九章 “给我一只黑山羊！”

此后的谈话就是东拉西扯，说了什么，我记不太清楚了。阿霞可能是为了不失身份和尊严，说话很拘谨，和平时不大一样。后来她突然对利奥说，为了使我们娱乐一下，她当晚要举办一个舞会。这使我大为惊诧，我无法想象这些死气沉沉的阿马哈格人何以能爱好这种轻松愉快的活动。但从以后的情况看来，阿马哈格人的舞会，与别的野蛮的或文明的国度在喜庆节日期间举行的、五花八门的舞会都大相径庭。我们要退出时，阿霞提议说利奥可能想看看山洞里的奇景，我们于是就此告别，由彼拉里和乔布陪同去洞中观看。

这次看到的墓穴和我之前见过的完全不一样，这里整个石山蜂窝似的布满了墓穴[①]，我们走进的墓穴虽然不一样，但里面的东西却没什么不同。后来我们又去看了那座搅得我头天晚上不得安眠的金字塔骨山，然后从那里再往下沿着一条长长的夹道，去到一个巨大的洞穴。这里是科尔帝国掩埋穷人骨骸的地方。这些尸体远不如那些富贵人家的尸体保护得那么完好，许多甚至连块裹尸布都没有，一个大坑里有五百至一千具尸体，就那么横七竖八地扔在那儿，有的地方尸体一个压一个，层层叠压，远看起来就像一个屠宰场。

看到贫富之间的差距如此之大，利奥产生了浓厚的兴趣，想想那些活生生的生命，确实会让人联想到很多。只有可怜的乔布对此不感兴趣。可以想象，从踏上这片土地开始，他就饱受惊吓，这里的死人堆只会让他更为胆怯。这些死者的声音虽然早已在坟墓的死寂中消失，但他们的形体却完好无损地摊在他面前。老彼拉里为了安抚他，对他说不必这么怕这些死人，因为他自己不久也会和他们一样的。

当我把彼拉里的话翻译给乔布听了后，他就嚷嚷开了，“我们能从这个老蛮子嘴里听到什么好话？但话说回来，他说的确实是大实话。”乔布叹着气说。

看完这些洞后，已经接近下午四点了，我们准备回去吃饭，这一天真是又累又饿，尤其是利奥。六点的时候，我们带上乔布一起去见阿霞，她让他看映在圣水盆形的容器里的水面上的图像，这又把我们可怜的仆人吓得要死。我告诉她乔布家有十七个兄弟姐妹，于是就叫他回想他的兄弟姐妹们

---

① 有很长一段时间，我都不明白，要想开凿出这么多的岩洞，肯定会挖出大量的岩石，那些岩石都放置在哪了？后来我才发现，大部分岩石都用来修建科尔堡的城墙和宫殿了，其余的则用于修建水库和排水沟渠。——路·霍·霍利

的样子，想象他们都集中在他父亲的屋里，然后叫他往里看。平静的水面上显出了多年前的景象，就和他脑子里想的一个样。有些人的面孔很清晰，有的模糊不清，有的黑乎乎一片，还有的某个部位特别醒目，这主要是因为乔布不太想得起这些人的外貌了或者只想得起某人的一处特征。水面映出的只能是人脑中的影像，“她”的能力也仅是如此而已，除了某些个别情况，水面上只能反射出人脑中想象的事物，而且还要是别人有意愿的情况下，才能出现画面。若是‘她’想知道什么地方发生了什么事情的话，就如我们乘船的时候发生的事情，‘她’就算是看水面的图像，也只能看见当时的人和船的外观。对于不在的人，这种能力就没有用了，而且别人脑子里的想法，就更不可能了解了。例如，她可以照我的记忆显示出学院附近的小教堂的内景，但不是此时此刻的情景，因为凡是与别人有关的事情，‘她’就只能靠对方的记忆来获取了。为了让她高兴，我们这样做了多次，让她看一些著名的建筑物，如圣保罗教堂，议会大厦等，但效果却不好，虽然我们能记住这些建筑的大体外观，却对建筑物的细节，记忆模糊，所以看到的图像也只是建筑物的轮廓，而不是那些精雕细刻的地方。这东西看似神奇，但也不过是，对一种心思的反射效应。而我们无法让乔布懂得这一点，他把这个当作是妖术。我永远不会忘记，他看见久已离散的家人从平静的水面上浮现出来看着他时，他那惊恐万状的号叫以及阿霞因此而发出的那一串银铃般的欢笑。利奥也不喜欢这东西，不过他只是搔搔头发，说让他起了一身鸡皮疙瘩而已。

后来，乔布根本就不敢再过去看了，就这么玩了一个来小时，哑侍女进来用手势表示彼拉里在等候召见。阿霞传他进来，他照往常那样诚惶诚恐地爬了进来，禀告说舞会已准备就绪，若‘她’和白人宾客乐意的话，舞会马上就可以开始了。我们都立即起身赴会，阿霞又罩上了一件黑披风在外面（就是在火堆边诅咒时穿的那一件）。舞会在露天举行，地点是大洞前一块平整的石台上。我们走了出去，距洞口十五步远放有三张椅子，我们坐了下来，等待舞会开始，但是跳舞的人却一个也看不见。当时天色虽然还没全黑，月亮也没升起来，但是已经不早了，我们都在纳闷，这舞者都在哪儿呢。

利奥问阿霞，她微笑着说，“您马上就会明白的。”话音刚落，四面八方就跑出来了憧憧黑影，每个黑影都举着一团大火，我们初看时以为他们持着“火把”。“火把”熊熊燃烧着，火焰拖在持火人身后有一码多长，共约有五十多个人，一个个就像从地狱里放出来的魔鬼。利奥是第一个发现他们手里拿的不是火把。

“天啊！”他说，“那是点着的干尸！”

我看了又看，他说的一点没错，照亮我们舞会的火把是坟墓中取出来的尸体！

这群手持点着了的尸体的人们跑到了离我们二十步左右的地方，把那可怕的东西架成了一个巨大的篝火堆。天啊！火堆疯狂地吼叫着！火苗蹿得老高，柏油桶烧起来也没有这些干尸烧得旺！根本无法相比！突然，我看见一个魁梧的汉子抓住一只从尸体上脱落下来的燃烧着的手臂，冲进了黑暗中。他猛然停住，顿时冲起一条高高的火柱，照亮了夜空，原来他点燃了一盏灯。这盏灯是一具女人的干尸，捆绑在一根插入岩石中的粗柱子上。他点燃了她的头发，又往前走几步，点着了第二个，然后是第三个，第四个……直到熊熊燃烧的尸体组成了一个巨大的圆圈把我们三面围起来。这些尸体的防腐剂极易燃烧，一尺多长的火舌从尸体的嘴里和耳朵中直往外喷。

残暴的尼禄王曾点燃浸泡柏油的活基督徒来照亮他的花园，我们今天目睹了类似的场景，也许这是继尼禄之后的第一次，点燃的是死人而不是活人。

遗憾的是，眼前的这副丑恶又可怕的壮景，我实在是无法用语言描述，而我也从内心里害怕去描述这样的场景。对于这种行为，我第一个感觉就是，不论是从感情上，还是从伦理道德上来说，都让我接受不了。从伦理道德上来说，用死去多年的死者之躯焚烧，以此作为当今生者欢宴之用，这本身就是对古今之人的一种讽刺，既恐怖又极度的荒唐。恺撒或亚历山大的遗骸尚可用以充当桶塞，而这些恺撒们的功能却只是为这种野蛮、原始的舞会照明！这种卑劣行径完全不顾及自己在后人心目中的印象，那些欣欣然来到这个世界的众多子孙中，许多人哪怕是以敬畏之心来回忆我们时，他们也必定会诅咒我们不该把他们带到这个不幸的世界上来。

从情感上来说，这幅景象确实是十分野蛮壮观，这些科尔堡的旧民燃烧起来和他们活着的时候一样痛快淋漓（从他们的雕刻和绘画中能看出来），又因逝者众多，根本就是取之不尽用之不竭的，只要二十多分钟，干尸就会从头一直烧到脚踝，于是烧剩的脚就被踢开另换一具。这堆不惜燃料的篝火，自然声如裂帛，烈焰腾空，那火足有二三十尺高，在黑暗中发出巨大的光亮。阿马哈格人魔鬼似的黑影在火光中蹦来跳去，往这地狱般的火堆上添柴加薪。我们都站了起来，惊魂失魄地看着眼前这幅惨景，甚至还有几分盼望看到这些燃烧着的尸体的灵魂能从四周的阴暗中悄悄爬过来，惩罚一下亵渎他们遗体的人。

“我跟你说过，我会让你看见一幅奇景的，霍利，”阿霞笑了，只有她一人好像无动于衷，“你看，我没让你失望吧！此外这也是给你敲个警钟。不要相信未来会怎么样，未来什么都不会给你带来！因此，人是要活在当下的，不要怕那象征着人类的末日的遗骸。如果这些王公贵妇们能知道有这么一天，他们精心制作的遗体竟会用来照亮野蛮人的舞会，他们会做何感想？你看演员们过来了，多么快乐的一群，是不是？舞台照亮了，舞会要开始了。”

她说话时，我看见约有一百人分成男女两队，绕着那堆人尸篝火走来，打扮依然是平时裹的豹皮或鹿皮。他们在我们与火堆之间的空地上面对面站好，然后跳起了地狱里魔鬼的舞蹈。要想描述这种场面是根本不可能的。虽然他们也在卖力地摇腿踏脚，但在我们这些没有练习过舞蹈的人来说，与其说他们在跳舞，还不如说是瞎蹦着玩。他们对此习以为常，这些人的性格就具有他们居住的那些坟墓的色彩，所以他们的娱乐也取之于那些与他们同居一室的用之不竭的储存的尸体，舞蹈的主题也极为可怖。

舞蹈开始时表演的是一场谋杀，然后是活祭的场面及充当祭品的人在坟墓中挣扎的情形。这幕令人生厌的演出始终都围绕着一个假设的牺牲品在狂舞乱跳，没有任何声息，那位充当牺牲品的人，则在篝火的红光之中，蜷缩在地面乱滚乱翻。

突然，这一幕被打断了。一阵轻微的骚动后，一个高大强壮、跳舞时最为卖力的女人好像中了邪似的，发疯一样跌跌撞撞地朝我们跑来，嘴里尖叫着：“我要一只黑山羊！一定要只黑山羊！给我一只黑山羊！”然后一跤跌倒在地，挣扎着，口吐白沫，尖叫着要黑山羊。那样子说有多可怕就有多可怕。

除了几个人还在蹦跳外，大部分舞者都一下子围到她的身边。

“她被魔鬼附身了！”一个人喊道，“快去牵一只羊来！魔王息怒！羊就来了，已经去牵了！魔王息怒！”

“我要一只黑山羊！我一定要一只黑山羊！”那个口吐白沫在地上翻滚的女人又尖叫起来。

“遵命，魔王！羊就来了！请您息怒，魔王开恩！”

就这么一直叫喊着，直到有人从附近的一个羊栏里牵来了一头羊，抓着它的犄角直拖到演出的地方。

“是黑的吗？是黑的吗？”那女人又问。

“是的，魔王！像夜色一样漆黑！”然后一个声音朝一边说，“把羊藏在身后，别让魔王看见它肚子和屁股上的白记。马上就来，魔王！快割开它的喉咙！盘子在哪儿？”

“山羊！山羊！山羊！给我羊血！我要喝羊血！你们不知道吗？啊！啊！给我山羊血！”

这时，一阵惊恐的“咩咩”声宣告了这只可怜的牲畜已被宰杀，一个妇女立即手捧满满一盘羊血跑上前去，那个拼命地乱喊乱叫的口吐白沫的女人一把抓过盘子将羊血一饮而尽。她立即就镇定下来，没有一丝歇斯底里的痕迹，也看不出一点她受过什么可怕的折磨。她伸出双手，微笑着，走回那群舞蹈者中。他们像进来时那样排成双行退了出去，我们与篝火堆之间的场地又空了出来。

我以为节目该完了，只觉得一阵恶心，刚要问阿霞是否可以起身回去时，突然看见一个像是狒狒的东西在绕着火堆蹦跳。它转到火堆另一面时，来了一头狮子，或者说是披着狮子皮的人，然后又出来一只羊，再后是一个披着牛皮的人，两只角在头上滑稽地晃来晃去。在他后面又跟来了一只非洲羚羊和一只纰角羚，然后又是一些羊及许多其他动物。其中还有一个女孩子身上裹着一张磷光闪闪的大蟒皮，后面拖了有好几码长。等所有这样化妆人物都登场后，他们就开始笨拙地极不自然地跳起舞来，嘴里还发出他们代表的那种动物的叫声。一时间，各种动物的号叫声，山羊的咩咩声，以及蛇的嘶嘶声不绝于耳。

这个舞延续了很长一段时间，到后来我实在是看不下去了，便问阿霞我是否可以和利奥一起出去走走，看看那些人体火炬。阿霞答应了，我们便一起从左面转了出去。只看了一两具燃烧的尸体，那种可怖的怪相就使我们作呕。刚要回去时，一只跳得特别欢快的豹子吸引住了我们的视线。它远离动物群，围着我们身边跑来跑去，渐渐地把我们引向位于两个燃烧的尸体之间的黑影最深的地方去。我们好奇地跟着它，突然它绕过我们向前面的黑地里窜去，一面跑，一面站起身，对我们说，“快来！”我们听出来了，是犹斯坦的声音。利奥连问也不问我一句就随她走进黑暗中去了。我心里充满了恐惧，立即快步跟了上去。那只豹子又往前走了大约五十步。这儿离火炬和火堆已经很远了，十分安全。利奥赶上了它，就是说赶上了犹斯坦。

“我的君主啊！”我听见她小声说，“我终于找到你了！听我说，‘不可违抗的她’随时都可能要了我的命。狒狒老爷一定告诉过你她怎么把我从你身边赶走的吧？我爱你，我的君主，依我们的风俗，你就是我的丈夫。我救过你，你能就这样把我抛弃了吗，我的狮子？”

“当然不会！”利奥叫了起来，“我一直在找你，犹斯坦，我们去跟女王讲清楚就行了。”

“不！不！她会把我们都杀了的！你不了解她有多强大，狒狒老爷知道的，他亲眼见过的，你要马上和我一起逃跑，我们一起穿过沼泽，也许这样我们还能有一条生路。”

“上帝保佑，利奥。”我开始说，但是她打断了我的话。

“别，别听他的！快点走吧！死亡就在眼前了，可能现在她已经听见了我们讲的话！”为了说服利奥，让他立即同她一起逃走，她一把抱住了利奥。这时豹头从她头发上落下，我看见了上面三道白指印在星光下微微发光。看着她这样的孤注一掷，我感到一阵阵害怕，我知道利奥一碰见女人，就会变得优柔寡断，刚想再说两句，冷不防后面传来一阵银铃般的笑声。我转过身去，我的天，“她”就站在我们身后，彼拉里和两个侍从站在她身边。我吓得气都喘不过来，差点倒在地上，我知道，现在这样只会导致更加悲惨的结局，而我首当其冲会成为第一个牺牲品。犹斯坦放开了自己的爱人，用手蒙住了双眼，利奥则根本不知道现在这样有多么的危险，他只是像一般在这种场合被人抓住的人一样，窘得面红耳赤，不知所措。

第二十章 阿霞的胜利

一阵尴尬的沉默，是我从未感受过的痛苦。阿霞冲着利奥说：“这又是何必呢，我的君主和客人，”她温柔地说，“别那么扭扭捏捏的。你们这样看起来真好看，豹子和狮子挺般配的。”

“哦，真讨厌！”利奥用英语说了一句。

“还有你，犹斯坦！”她接着又说，“要是月光没有照到你头发上的印记的话，我真要认不出你来了，”她指着刚刚升起的月亮，“好！好！舞会结束了，你们看，蜡烛也点光了，一切都已安静，一切都已归为尘土。所以，我的奴隶，你犹斯坦，是不是觉得现在正是谈情说爱的好时候啊，我做梦也没想到过居然会有人敢违抗我，我以为你早就逃到九霄云外了呢！”

“别再讽刺我了，”那个可怜的姑娘呜咽着，“您杀了我吧！一了百了还痛快点！”

“不要？何必那么着急？刚才还热烈亲吻，一下子就要掉到死亡的冰冷的坟墓里，太着急了吧？这可不是什么好滋味。”她向侍从做了个手势，他们立即走过来，抓住了姑娘的双臂。利奥骂了一声，便朝最近的一个侍从猛扑过去，把他打倒在地。他脸色铁青，双拳紧握，居高临下地站在侍从面前，准备再打一顿。

阿霞又笑了：“揍得不错，客人，您病刚好就这么有劲可真不简单。不过现在我恳请您饶他一命，让他执行我的命令好吗？他不会伤这个姑娘一分。晚上天冷，我将在我的住处欢迎她。您喜欢的人儿必定也会为我所喜爱。”

我拽住利奥的胳膊，把他从那个趴在地上的哑巴身边拉了过来，利奥被弄得有点糊涂，大吼了一声，就退了回来。然后我们走过那个台子进洞里去，跳舞的人早就不在了，照亮用的那些尸体，也只剩下一堆堆白灰堆在地上。

我们都回到了阿霞的寝殿，我觉得一切发生得都太快了，心头那种不祥的预感，压得我心头沉甸甸的。

乔布和彼拉里退下了，哑侍从们点好了灯也遵命退出，只剩下一个她最宠爱的贴身侍女在房间里。阿霞坐在软垫上，我们三人则都站着，不幸的犹斯坦站在我们两个左面一点的地方。

“霍利，”阿霞开口道，“这是怎么回事？你亲耳听过我要这个家伙滚远点，”她指着犹斯坦，“我就是听了您的请求，勉强饶她不死的。我说这到底是怎么一回事？您怎么也搅进今晚上我看见的这件事里来了？快说！为了你自己，说实话，在这件事上我容不得半点谎言！”

“这一切都是巧合，尊敬的女王！”我说道，“我根本就没想到会这样。”

“我信你的话，霍利，”她冷冷地说，“那就我所看到的一切，这么说一切罪过都是她的了。”

“我觉得谁都没有罪，”利奥插话说，“她不是别人的妻子，按这个可怕的地方的风俗，她和我已经结婚了，她做的事碍着谁了？不管怎样，夫人，”他接着说，“她做的任何事情，就是我做的事情，要是您要惩罚她，就连我也一起惩罚了吧，但我要告诉您，”他越说越激动，说得非常认真，“要是您再叫那些又聋又哑的奴才碰她一下，我马上就把他们撕成碎片！”

阿霞默默地听着，什么也没回答。等他一讲完，她就问犹斯坦：“你还有什么话说吗，女人？你这个蠢货，这个连毛草都不如的下贱东西，居然异想天开企图满足你那卑鄙的情欲，居然胆敢违抗我的命令！说！我倒想知道你为什么要这么干！”

我看到了一个道德勇气和高风亮节的优秀典范。这个可怜的不幸的姑娘深知落在那可怕的女王手中会有什么下场，从痛苦的经历中她也知道她的对手力量是何等强大，但是她坚贞不屈，极度的绝望反而增添了她蔑视“她”的力量。

“是我自己，陛下，”她身体挺得笔直，把豹皮从头上拨到背后，“因为我的爱情比坟墓还坚。我这样做是因为要是我失去了心爱之人，我活着就似行尸走肉，所以我宁愿为爱冒险。现在我知道，违抗您的命令，我已命不久矣，但我绝不后悔！他还是把我相拥入怀，他告诉我，他还爱我，为了这句话，我就算死也值了！”

听到这里阿霞不由得躬身要站起来，但是又坐下了。

“我没有魔法，”犹斯坦接着说，她那圆润的嗓音坚强有力而且感情充沛，“我也不是女王，更不能长生不死，但是我是一个心如磐石的女人，无论水有多深，这颗心也是海底最沉的那一块，尊敬的女王！无论您的面纱盖得有多厚，女人的眼睛也是看得穿的，尊敬的女王!”

“您听着！我什么都知道。您自己爱上了这个人，因此您要除掉我这块拦路的石头！啊！我要死了！我就要死了！我要掉进黑暗中了，自己也不知道去到什么地方。但是这一点我是早就知道的。有一道光把我心中照得透亮，它像一盏明灯指引着我，使我看到了真理，看到了我无法享受的未来，它就像一幅展现在我面前的画卷。我第一次看见我的君主时，”她指着利奥，“就知道他给我的结婚礼物就是死亡。我很快就感觉到了，但我决不退缩，我准备好了付出一切代价。看！现在死亡就在眼前了，我已站在了末日的门口。但是，就像我知道我自己必死的命运一样，我也知道你从你的罪恶中得不到好下场！他是我的！虽然你的美丽可以像太阳一样使群星失色，但是他怀念的将是我而不是你！他永远不会尊重你，把你成为他的妻子！我知道你没有好下场!”她的声音升高了，就像一个激昂的预言家似的高喊，“没有好下场！啊！我知道!”

阿霞又怒又怕地大叫一声，我转过头去，只见她已站了起来，伸手指着犹斯坦，犹斯坦顿时一句话也说不出来。我看见这个可怜的姑娘双目圆瞪，鼻翼大张，嘴唇泛白，脸上满是那次唱歌时那种哀怨而又恐惧的表情。

阿霞没有说话，她挺身而起，指着犹斯坦，双眼死死盯住她的阶下囚，颀长的身躯颤抖得像风中的白杨树叶。犹斯坦撕心裂肺地尖叫了一声，双手抱头，旋转了两次，便呼的一声倒下，伏地不动了。我和利奥都向她跑去。她已经死了，那位使人畏惧的“她”用一种神秘的令人震惊的力量或者是某种势不可挡的意志力把犹斯坦杀死了。

好一会儿，利奥呆呆地不知道发生了什么。但当他回过神来的时候，脸色立刻就变得凶狠可怖，他狂叫一声从尸体边站了起来，转身朝阿霞扑过去。阿霞早有戒备，一见来势便伸手指住了他。利奥摇摇晃晃地朝我退来，要是我没一把抓住他的话，准会倒在地上。后来他说，他好像胸部挨了猛烈的一击似的，让他感到特别害怕的是，他感到他的勇气像一下子被抽光了。

阿霞说："请您原谅我，我的客人，"她柔声对他说，"希望我的惩罚没有让你受到惊吓。"

"原谅你这个恶魔！"可怜的利奥大吼起来，他悲愤地绞着双手。"原谅你！原谅你这个杀人凶手！我对天起誓，总有一天我要杀了你！"

"好了，好了，"她柔声说道，"您还不明白，现在是揭开一切谜底的时候了。您是我的爱人，我的卡里克雷特，我的美神，我的力量之神！我已经等您等了两千年了啊！现在您总算回来了！这个女人，"她指着尸体，"因为她妨碍了我们，我才让她置身泥尘的，卡里克雷特！"

"别跟我胡说八道！"利奥说。"我不叫卡里克雷特！我叫利奥·文西！卡里克雷特是我的老祖宗，是我的祖先！"

"好吧，您说您的祖先是卡里克雷特，那么您就是他的再生之身！您终于回来了。我亲爱的君主，您回来了！"

"我不是卡里克雷特！也不是你的什么君主！我与你毫不相干！我宁愿要一个地狱里的魔鬼也不当你的丈夫！魔鬼比你好得多！"

"您怎么能说出这种话来，卡里克雷特！不过这不能怪你！我们分离的时间太长了，您已经不记得我了。要知道，我没有变，还是那么美，卡里克雷特!”

“我恨你！恨你这个凶手！我不想看见你！你美不美关我什么事！我恨你！恨你!”

“不过不要多久您就会拜倒在我脚下，发誓说您爱我的，”阿霞嘲弄似的甜甜一笑，“现在时间到了，好吧，当着这个爱过你的姑娘的面，咱们试试看。”

“看着我，卡里克雷特!”她头一摇，抖下了披在身上的薄纱，露出了她的低领长袍、蛇形腰带，带着她光彩夺目的美貌和帝王般高贵优雅的风度，出水芙蓉似的亭亭玉立于那一堆白纱之中，像维纳斯劈波而出，像加拉特娅倩影重降，也像一个美丽的精灵从坟墓中飘然而至。她那双明亮的眼睛无限深情地注视着利奥的眼睛。利奥紧握的双拳松开了，痉挛的铁板似的面孔柔和了，迷惑不解的神情变成了赞美，变成了渴求，他越是想从这种感情中挣扎出来，她那销魂夺魄的美貌就把他抓得越紧，使他心旌摇曳、神志迷离，忘乎所以。我不也有过这种经历吗？我这个年纪有他两倍大的人不也曾神魂颠倒过吗？她那迷人的、深情的眼睛不再看着我了，可我现在不也一样身临其境，重蹈覆辙了吗？是这样！天啊！我是在重蹈覆辙！我不能不承认一点！我妒火中烧，如痴如狂！我甚至想把利奥打翻在地！多么可耻的念头啊！这个女人几乎搅昏了我的头脑，毁灭了我的理智！真不知有多少见过她绝色姿容的人为之倾倒！但是不知怎的我终于控制住了自己，看着这可怕的一切。

“上帝啊!”利奥激动得声音都嘶哑了，“你是人还是神?”

“我是人，真真切切的人！您的妻子，卡里克雷特!”她伸出了她那象牙般洁白光润的臂膀，嫣然一笑，啊！那笑容是多么甜蜜！

他目不转睛地看着她，慢慢地走近她，突然，他的目光落到了可怜的犹斯坦的尸体上，他浑身打了个冷战，站住了。

“我怎么能?”他哑声说道，“你是个凶手！她爱过我。”

看这样，他已经忘记自己也爱过她了。

“那算什么!”阿霞柔声劝道，声音就像晚风穿林般清幽悦耳，“她的爱情一钱不值。我的美貌可以弥补我的罪孽。如果我做过错事，那也是因为太爱你了！撇开它，忘掉它吧!”她张开双臂，低声唤道，“来呀!”转瞬间，一切都土崩瓦解了!

我冷眼旁观着，我看见他的确也斗争过一下，甚至想转身逃脱，但她的目光像磁铁般牢牢地吸住了他，她倾城的姿色，她坚强的意志和狂热的热情像魔法般地注入了他的心田，控制了他的行动。啊，就在那儿，就在那深爱他的，为他而死去的姑娘横尸之地，他投进了她的怀抱！说起来真令人寒心，真是罪过！不过也不应过多地指责他，他的过错也就无非如此，因为勾引他犯罪的妖妇绝非人类，而且她的美貌又绝非人间女子可堪匹敌。

再一次举目看去时，她已经倒在他的怀中了，两人的嘴唇紧紧地贴在一起。这里，在自己爱人的尸体筑成的祭坛上，利奥·文西与双手沾满爱人鲜血的凶手订婚了！把自己永远给她了！大凡这种卖身求欢，背信弃义，为纵情声色而道德沦丧的人是难以挽救的。恶果已经种下，苦果只能无尽，即使手中那爱情的罂粟花已经凋谢，那苦涩的果实此生此世也品尝不尽。

突然她像蛇一般从利奥的怀抱中滑脱出来，指着犹斯坦的尸体，得意扬扬地低声笑着说：“我不是说过，不要多久你就会拜倒在我脚下吗？这段时间不算太长吧，卡里克雷特!”

利奥痛苦地、羞愧地呻吟起来。他虽然已经被她征服了，但毕竟还未沉沦到对自己的堕落全然无知的地步。他的良心终于起来挽救他的灵魂了，然后那天晚上发生的事情也说明了这一点。

阿霞又笑了，然后，迅速地又把自己蒙起来，朝那个迷惘惊恐地看着这场奇景的哑女做了个手势。她走了出去，很快带进来两个男侍从。女王又做了个手势，他们三人一齐上来，抓住了可怜的犹斯坦的手臂，拖着沉重的尸体，穿过帷幔朝洞外走去。利奥看了一眼，就用手蒙住了脸。我仿佛也觉得犹斯坦在目光灼灼地看着我们。

帷幔晃动了几下，又恢复了原状，把这悲惨的场面隔断了。阿霞正颜厉色地说了一句："逝者如斯，一去不返。"然后又掀掉面罩，带着一种疯狂的神情，照古阿拉伯的诗歌体吟诵起一首胜利之歌或者叫颂歌来。这首歌优美深邃，很难用英语转述出来。歌曲应该配上音乐吟唱，这样比书写和朗诵出来的不知要美上多少。全诗分为两部分，前半纯叙事抒情，后一半则加入个人情怀。就我的记忆，内容大致如下：

荒漠里的花朵，那就是爱情啊。
似那阿拉伯半岛的芦荟，一生只能盛开一次；
苦痛是她的归宿，绽放的光芒闪耀荒莽；
似那璀璨的明星，划破暴风的黑暗。

阳光洒满之处是灵魂的归宿，神圣之光照耀花瓣之上。

远方的脚步声声，爱情之花就要绽放，我说，我说爱情之花就要绽放，向过路的他绽放芳华。

他轻拾而起，似夜光杯中的甜蜜，芳香四溢。

跨过沙漠，直至花枯叶落，落花成泥。

茫茫的生命荒原上，唯一的幽花独立摇曳。

爱情之花啊！

漫漫迷雾中，一点孤星悬于天际。

爱情之星啊！

沉沉的黑夜，唯余心中之愿。

爱情之愿啊！

一切皆是虚妄，一切皆是水中浮花，一切皆是过眼云烟，一切皆是虚无！

爱情的重量有多沉？爱情的长度有多长？

生命之躯，灵魂之翼，将其抚育，供其成长。

星光才可与其媲美。

不知其状，却知其美，无人知其升起之处，也不知何处陨落。

阿霞唱到这儿又转身对着利奥，把手放在他的肩上，用一种更动情，更欢畅的调子吟诵起来。于是一篇散文诗便渐渐地变成了对仗工整、情真意切的韵文——

爱你已久的我，我的爱，我的爱从未消泯。

等你已久的我，你的归来是我的果实！

千年前的那次相对，你离我远去。

我在坟墓中播下忍耐的种子，我用希望的阳光将它沐浴，我用忏悔的泪珠将它浇灌，我用知识的和风将它吹拂。现在，种子发了芽，花儿结了果，树苗长在坟墓上，根子扎在白骨中。

等待着，等待我的果实。

死亡离我远去，死亡又将他送回。
重聚是多么欢畅，未来是多么美妙！
无尽的沼泽，绿草将道路铺就。
相聚的钟声已经敲响。黑夜向幽谷隐退。
朝霞亲吻着群峰。
我们将生活在温柔之乡，我们将迎接那锦绣前程。
帝王之冠将冠之你我。
万民敬仰，举世臣服，盛名远扬，四海称臣。
英明如我，与日俱增，声威赫赫，似朱庇特的战车，劈开岁月的迷雾。
一路欢笑凯歌，向着胜利，奔向胜利，欢笑的阳光穿越重重密叶，照满山峦。
前进，向着新的胜利前进！
前进，向着新的权利前进！
前进，矢志不渝，身披霞光，永不停歇！
直至使命终结，直至黑夜降临。

她的吟唱，声音奇妙，充满激情，却又意味悠长，她唱完了，但遗憾的是，我却只能摘其精要而记，就怕漏下了什么。她接着说——

“听了我的话，您可能深表怀疑，认为我是在哄骗你，卡里克雷特，你可能不相信我活了如此之久，也不认为您是为我而重生。相信我吧，不要这样疑虑重重，我没有半点谎言。太阳可能会忘记要从东边升起，燕子也可能会忘记家在哪里，但我的灵魂不会披着谎言的外衣欺骗于你，更不会背弃您，卡里克雷特。哪怕双目失明，挖去双眸，永浸黑暗的我，我的耳朵仍能听出您那难以忘怀的声音，号角的声音也不及它分毫，唯有它才能吹开我的心扉。若我不能听，哪怕有千万人抚摸我的额角，您的手指我一触即知。啊！哪怕我毫无知觉，哪怕我又瞎、又哑、又聋，我的灵魂会像一个机灵的孩童，向我的心呐喊，卡里克雷特来了！你的黎明到来了！你这个在黑暗中彷徨摸索的人，你的晨星已经升起！”

她稍停，接着说：“请停下脚步，若您还心存疑问，若您执意要消除内心的疑问，我马上就带您看证据，当然也给霍利看。你们每人提着一盏灯，跟我来。”

根本连想都没想（说实话，对我自己而言，我的好奇心我自己根本就无法战胜，所以我根本连考虑都不考虑），我们就拿起灯，跟在她的后面。进到她寝殿的最里面，她把帷幔掀开，露出了一段阶梯，这种阶梯在科尔堡山洞里随处可见。快步走下阶梯时，我发现阶梯中间因踩踏次数过多，已经比两侧稍低约三寸半至七寸半。到目前，我所看到的其他阶梯都完好如初，可以推想，那些阶梯大概只有运送尸体进去时才有人从上面走过。眼前的这种反常情况，突然间吸引了我的注意力，当我们的思想为一种突发的、强有力的感情所控制、所压倒时，一些很细小的事情会以一种微妙的力量引起人的注意，就像飓风初降，海面上的浮渣会激荡起来形成一个奇特的凸面一样。

下完了阶梯，我停下来回首凝视那一级级凹陷的梯阶。阿霞转身看着我。

“霍利，你是不是在想，是谁的脚把这些石头踩成这样？”她问，“是我，就是我这双小脚给踩出来的！这些阶梯平整、崭新的样子，我仍记得，两千年来，我日日从这里上上下下，您看，不管多坚硬的岩石都被我这双软鞋磨穿了啊！”

我没有回答，但我深深地感到，没有任何东西能比这些被她的纤足磨损的花岗岩更能说明她的年岁之大的了。她要在这些阶梯上上下往返多少次才能踩成这个样子啊?

下了阶梯是一段夹道，走几步就是一个挂着帷幔的走廊。我一眼就认出，这就是我那次在升腾的火焰旁看见阿霞诅咒的那个地方。我认出了那块帷幔，当时那可怖的一幕又逼真地重现在我面前，使我一想起来就暗自发抖。阿霞走进的那个坟墓（那确实是坟墓），我们也跟了进去，我为即将要揭开的秘密暗自高兴，也为可能会面对的结果感到不安。

第二十一章　生死轮回

“请看，这就是我两千年来的就寝之地。”阿霞说，她拿过利奥手中的灯，高举过头。灯光照到了地面上的一个洞，我曾见过那里面燃烧着可随意升降的火焰，但是现在火已熄灭。灯火照到了直挺挺躺在石床上的那个蒙着白布的尸体，照到了坟墓里早已剥蚀的雕刻，也照到了与停尸的石床正对的另一床石架。

“这里，”阿霞手扶着石壁往下说，“就是在这里，我夜夜睡在这里，只有一件披风遮身，我的夫君僵卧于此，我当然不能安寝于软榻之上，”她指着那具尸体，“我夜夜与他的尸首相伴，陪伴在他冰冷的肉体左右，到如今，这块厚厚的石块也像我走过的阶梯一样被我的身体磨出深痕。啊，卡里克雷特，哪怕是睡觉，我也对你赤诚一片！现在，我亲爱的，你会看见一件奇妙的事情，虽然你还活着，但你将看见你死时的模样，啊，卡里克雷特，您可知道，这么多年来，我一直是在怎样细心地照料着您啊！你们准备好了吗？”

我们都没作声，只是瞠目结舌地你望着我，我望着你。那景象又庄严、又可怖。阿霞走上前去，抓住了盖布的一角。

“不要大惊小怪，”她说，“虽然这在你们看来有些不可思议，但我们所有活着的人前生都是同样的模样，在太阳看来，我们中没有一个是第一次来到大地上。我们不知道这一点，是因为记忆不能溯及前世，还因为大地每次都要将她赋予人的东西统统收回，所以没有人能在坟墓中保持往昔的风采。但是我，凭我的才智，凭我从科尔人那里学来的技艺，我使您免于化为尘埃，我使您青春永驻，卡里克雷特！这具躯体是我思念的寄托，我用它来把您从往昔中召唤回来，让它披上生命的无言外衣，带着逝去岁月的幻影，不停地在我脑海中徘徊，满足我那无穷的情怀！

“看吧，生死轮回，跨过时间的鸿沟，它们仍是一体。生死归一的宿命，时间也无力抗衡，尽管长眠于地下，将我的记忆慈悲地收回，尽管人们的痛苦也被遗忘给封存，一生一世积累充塞于大脑的哀怨，也不会因一日的绝望而疯狂，但生与死无法剥离！生与死之间的迷雾终将被掀开，逝去的声音也将冲破冰雪重新高歌，无尽的岁月之峰必将缭绕往昔的哭泣与欢笑，正如狂风必将席卷乌云，阳光也必将冰雪融化一样！”

“啊，往日的双眸必将从沉睡中唤醒，往日的言语必将再次回荡，走过生命的轮回，灵魂之光必将点亮我们的生命；生命如斯，生命如雾，我们必将走向那宿命的归宿。”

“所以，不要感到恐惧，卡里克雷特，当您，活着（晚出生的你）看到阔别多年的自己时，多少年来，他也曾活着。我掀开的只是您的存在史中的一页，让您看看上面的记载。”

“看吧！”

她猛地一下掀开遮尸布，灯光照在那具冰凉的尸体上。我一看，吓得直往后退。这幅景象实在太不可思议！无论她事先怎么说明、解释，眼前的景象还是让我们难以接受。一旦深奥的哲理迷雾被拨开，冷酷震骇的事实就被严峻地摆在面前，我们就只好面对现实了。石床上躺着的是一具身穿白袍，保存极为完好的尸体，看上去就是利奥·文西本人！我目瞪口呆地看着活生生站在那儿的利奥，再看看冷冰冰躺在那儿的利奥，没有丝毫差距！只是石床上要显得年龄更大一些，他们的五官完全一样，就连利奥最有特点的金色卷发，也无一不同。甚至死者脸上的表情都酷似熟睡时的利奥！我不得不承认，不论是死者，还是生者，他们彼此之间的相似程度，就算是双胞胎也会逊色三分。

我转过身，看利奥有何反应，他看起来好像呆住了，足有两三分钟他就只是木然地瞪着眼，后来好容易才挤出来一句话。

“盖上！让我走！”

“不必如此匆忙，请等一等，卡里克雷特。”阿霞说话的神态宛如西卜拉，她那绝美的风姿和石床上那具尸体发出的幽幽寒光与闪耀在她头顶之上的灯光交相辉映，更显得容光焕发。说来惭愧，我竟无法描述她说话时那种雍容之态。

她端庄稳重地说：“请稍待片刻，我还要请您看一样东西，我不愿对您们丝毫隐瞒我的罪孽。霍利，请您揭开死去的卡里克雷特胸前的衣服，我担心我的君主，不敢去碰他的前身。”

我依言颤抖着双手，仿佛触碰身边这具活生生的身体，也是一种莫大的亵渎。那冰冷的胸膛裸露出来，在心脏的正上方，有一处伤口，一眼就能看出那是被矛或是匕首所伤。

“您看，卡里克雷特，”她说，“您现在应该明白了吧，就是我杀了您，我在生命之源的地方，给了您致命的一击。因为您爱那个埃及女人阿美娜特丝，因为她用奸计蒙骗了您的心而我又无力制服她，不能像杀死您现在的女人那样杀死她，盛怒之下我才杀死了您。这么多年来，我一直都在为您哀悼，等待您的再生。啊，您终于来了！什么也不能阻挡我们了！现在我将用死亡换回您的生命，当然这个生命并不是永生的，这谁也办不到，不过也能使您千秋万代永葆青春，给您带来荣华富贵，权倾朝野，让您尽情享受人世间一切美好的东西，前无古人，后无来者，没有人能比您更幸福！但是您也总有一天要死去，要等待来生。您看见这具尸体了，这是您自己的尸体。这么多年了，他就这么冷冰冰地陪伴着我，给我一丝慰藉。现在您来了，我再也用不着它了，这只能勾起我对往事的回忆，而我现在却只想将往事忘却。我曾使他免于化为尘埃，现在让他去他该去的地方吧。”

“你们看，这喜庆的时刻，我早已准备多时！”她从她睡觉的那个石凳上拿起一个硕大的两耳玻璃罐，罐口蒙着一个皮囊。她打开罐子，先弯下腰吻了吻死者洁白的前额，再将罐中的液体小心翼翼地倾洒在他身上，仔细地不让她自己和我们身上溅上一滴，然后把最后剩下的一点都浇到他的胸前和头上。顿时，一阵浓密的烟雾腾空而起，洞里充满了呛人的气味，我们根本无法看清这种强酸在怎样作用（我推测她用的是强酸类溶液），只能听到在陈放尸体的地方传来一阵刺耳的嘶嘶声和噼啪声。后来声音消失了，浓雾也渐渐散开，只有尸体上方还有一缕白烟，两三分钟就都不见了。在卡里克雷特安身的那个石床上除了几捧在散发着缕缕青烟的粉末以外，什么也没有了！酸已经将尸体销毁，甚至在石床上留下了几处蚀痕。阿霞一面俯身抓起一把把灰烬向空中撒去，一面庄严地说——

“尘归尘，土还土！逝者已逝，一去不回！卡里克雷特已逝，卡里克雷特再生了！”

骨灰静静地飘落在石地上，我们默默地看着它们飞舞、坠落，眼前的景象让我们呆若木鸡。

“现在你们走吧，”她说，“如果能睡着就睡一睡。我要好好想一想，看一看。明天晚上我们就要走了，我好久没有去过我们要走的那条路了。”

我们向她鞠躬告辞。

在回我们住的石室的路上，我朝乔布的卧室瞅了一眼，看看他现在怎么样了，在我们见到犹斯坦之前他就被阿马哈格人的表演吓得逃之夭夭了。他此时睡得正香！真是个忠厚老实的好人！他同很多没受过教育的人一样，都胆小怕事，但也恰恰是因为他们的胆小怕事，才免于目睹今晚这幅惨景。我们回到了房间，可怜的利奥，自从看见了自己僵卧的尊容后，就一直处于一种呆傻的状态，现在才稍微清醒过来，也才感到心中刻骨铭心的疼痛。那位可怕的“她”不在眼前了，已经发生的可怕的事情，特别是他如此亲密爱过的犹斯坦之死，像暴风雨般地冲击着他，悲伤、悔恨和恐惧交织在一起，鞭笞着他的心灵，他那可怜的样子真是让人不忍直视！他咒骂着自己，咒骂陶片上所记载的事实，咒骂自己的软弱无能，但却不敢咒骂阿霞，有谁敢说这种女人半个“不”字呢？她的灵魂说不定此时此刻正窥视着我们呢！

“我该怎么办啊，老朋友！”他把头靠在我肩上，悲痛至极地呻吟着，“是我害死了她！我不仅无法救她，而且她死后不到五分钟我就在她的尸体面前与杀她的凶手接吻了！我真是一个下贱的畜生！可是我又无力抵御那个可怕的巫婆，”说到这里他放低了声音，“我知道我明天还会这么干的，我知道我将永远在她的控制之下了。如果我再见不到她，我这一生也不会再爱其他任何女人。我必定像针随磁石那样地跟着她亦步亦趋！即使我能走开我也不会走，我离不开她，我的腿迈不动！但我的头脑仍然十分清醒，我心里是多么恨她！一切都是那么可怕，还有那个，那个死人！那是什么东西？是我！我像卖身樊笼之人，老朋友！她要按她出的价钱买去我的灵魂！”

待他发泄够了以后，我才有机会告诉他我的情况也比他好不了多少。说句公正话，尽管他自己正处于迷茫之中，他仍然在顾惜我，对我表示同情。可能他觉得在与那个女人有关的事情上，他并没有什么值得嫉妒我的。我建议还是想办法逃跑，不过很快就打消了这种妄想。说实话，即便现在突然出现一股神力，可以把我们从这些阴郁的山洞中救出，直直送到剑桥，我们也都不会就此离开阿霞的。我们就像飞蛾扑火一样，明知是死也趋之若鹜。我们就像两个吸鸦片的瘾君子，头脑清醒时深知此物只会让人欲罢不能，但谁也不打算就此悬崖勒马。

凡是见过她的美貌，听过她音乐般的声音，领教过她的聪明才智的人，即使给他以无限的平静、安乐和舒适，他也不会放弃这种与她待在一起的片刻欢乐。而且，放开我不谈，就说利奥吧，这个非凡的尤物公然表白她是那么虔诚地、忠贞不贰地挚爱着他，并有两千年一往情深的佐证，利奥又当如何呢？

毫无疑问，她是个心狠手辣的女人，她残酷地杀害了妨碍她的犹斯坦，但她却是个钟情的女人。男人天生容易为女人的罪恶开脱，特别是当她长得美，而且又是为了爱他才犯下过失的时候更是如此。

此外，又有谁享过利奥此刻这般的艳福呢？说实话，与这个可怕的女人结合，他自己的一生也必然为这个神秘的、无所不为的女人所左右[①]。但是，如果与一个普通的女人结婚，这种情况不也是在所难免吗？更何况普通的婚姻不可能给他带来这么一位摄人魂魄的美人（这是唯一可以形容她的美丽的词），不可能带来这么忠贞的爱情，这么高深的智慧，也不可能有通晓自然界一切秘密的才能和由此而获得的地位

① 经过几个月的思考，我对我的这一说法不是很满意。阿霞是有罪，但我想，假若我们也拥有同样的权力，假若我们面对这种关乎生命的厉害抉择时，我们的选择也必然如此。我们不应该忘记，她是把这当作一种对违抗她命令的人的惩罚的。她的那种法律是有权利对她稍有悖逆便将处以极刑。撇开这桩罪行不谈，她做的坏事与我们嘴巴上讲的道义是完全相悖的，虽然我们做的又完全是另外一套。乍看起来，这件事做得劣迹昭著，但是细想起来，以此人年龄之大，此举是否也是她从自己的痛苦经历中产生的一种玩世不恭的做法，或者是她的一种非凡的观察力呢？众所周知，经过童年时光，随着年龄的增长，人的心肠也会越来越硬，也就越是牢骚满腹。实际上我们许多人也只是因为死亡的及时到来，才免于头脑僵化，姑且不说是道德沦丧吧。没有人否认年轻人总的说来要比老年人好，因为他们没有那么世故，对一些敏感的事情也不那么说三道四，并且也没有那些我们所谓罪恶的、无人不晓的手段和习惯。现在世界上年岁最大的人与阿霞相比也只不过是吃奶的孩子，最聪明的人的智慧也只及她的三分之一。她用她的智慧总结出来的是：人类存在的唯一墓地，就是拥有忠贞的爱情。只有爱情她才会去关心，其他一切都可以忽略不计，这就是对她的罪恶的总结。另一方面，请各位读者不要忘记，无论人们对她的行为有何看法，她仍具有一些无论对男人或对女人来说都是难能可贵的品德，比如坚贞不渝。——路·霍·霍利

和权力，更不能获得永葆青春这顶至高无上的桂冠，如果她的确能说到做到的话。因此，利奥的想法和做法丝毫不足为奇，虽然他会像大多数有教养的人一样，在这种情况下感到痛苦和羞愧，但是不会放弃眼前这天赐的、难得的红运的。

我个人的看法是，若是他与这个机会失之交臂，必然会为之疯狂。但我也承认我的这种看法还有待商榷。直到今天，我仍然爱着阿霞，我宁愿只被她垂青不足一周的时间，宁愿当一个可怜虫，也不愿被其他的女人爱上一辈子。另外我还要说，若有谁对我的真心有所质疑，觉得我这是痴人说梦的话，只要他也能看一眼阿霞揭下面罩后，那光彩夺目的美貌，他就会赞同我的观点。当然我指的是男人。我没有机会征求女士们对阿霞的看法，不过我想她们大约不会喜欢她，多多少少都会表露出对她的不满，但最终都会被她比得相形见绌，无地自容。

我和利奥惊恐不安地坐着谈了两三个小时，议论我们经历的不可思议的事件。它像是一个梦，一个神话故事，而不是客观的事实。谁能相信陶片上写的东西都是真的，而且我们也亲身经历了，又有谁相信我们这两个打猎的人，居然就真的找到了那个女人，还会有人相信就是她自己，也在这科尔堡的坟墓中苦苦等待着我们的到来？谁能想到这个神秘的女人能从利奥身上发现，而且确信他就是她等了一个世纪又一个世纪的那个人，就是她一直保存着他的尸体直到那天晚上的那个人？但这一切都是真的！当这一切活生生地摆在我们面前的时候，我们这些只认客观事实的人，实在是对这一切无法否认。这时的我们，深感人类的无知，我们对我们未知的事物所保持的否定态度，又是多么的可悲。最后，我们心里也只能窥探自己的无知，躺下睡觉了，听老天的安排帮我们揭开令人类愚昧无知的面纱，让我们不分好歹、得以窥测生命的无穷潜力。

第二十二章　乔布的第六感

第二天早晨九点，乔布进来叫醒了我，他仍然是一副惊魂未定的样子，一见我们都还活着躺在床上，便快活得喃喃地感谢起上帝来，他原来大概以为我们都给吓死了。当我告诉了他，可怜的犹斯坦已经惨死了，他更感谢上帝保佑我们活了下来，不过也更感到害怕，犹斯坦不是他的意中人，她也不曾对他另加青睐，她用不地道的阿拉伯语叫他“猪崽”，他则用地道的英语回敬一个“骚婆娘”的雅号。但是，在女王施加于她的灭顶之灾面前，这些相互之间的亲切的“敬意”都统统抛诸脑后了。

“我不是要说谁的坏话，先生，”乔布说，在听了我讲的故事后，更是惊叫了一声，“但要是依我看，‘她’不是魔鬼尼克本人，就是尼克的老婆，那老混蛋干坏事总得有个伴，我想他老婆也准是这样的货色。巫婆恩多比起她来简直是小巫见大巫，先生，愿上帝保佑您，她决不会放一个基督徒走出这些发霉的坟洞的，就像在法兰绒上种不出水芹菜一样！这是个魔鬼当道的地方，先生，没错！她就是那帮魔鬼的头儿！要是咱们知道了她的底细，事情准得更糟！我琢磨着这次是甭想回去了！那个巫婆抓住了利奥先生这么个俊小伙，要她撒手根本没门儿！”

“不过，”我说，“不管怎么说，她还是救过他的命的。”

“这没错，她会用他的灵魂作为报酬的。她会把他也变成一个巫师，跟她这个巫婆一样。您就看着吧，只要沾上这样的人，就别想有什么好事。昨晚，先生，我躺在床上，看我那可怜的老娘给我的圣经，里面历数了巫婆所干的事情，简直是把我吓得汗毛倒竖，上帝啊！要是我娘知道她的乔布到了这个鬼地方，肯定能把她吓死！”

“这种地方是少见，乔布，这儿的人也就是怪。”我叹了口气，虽然我不像乔布那么迷信，但是对这些神乎其神、超乎自然之上的东西，我也怀有一种天生的敬畏之心。

“可不是嘛，先生！”乔布说，“如果您不把我当傻瓜的话，趁利奥先生不在的这工夫，我跟您说点心里话（利奥很早就起床出去散步了），实话实说，这可能是我在这个世界上能看见的最后一个国家了。我昨晚上做了一个梦，梦中我爹爹穿着一件像睡衣的衣服，跟这地方的人穿的差不多，手里拿着一根毛茸茸的草，可能是在路上掐的，昨天我在离这个鬼洞口有三百码的地方就见过那种草。”

“‘乔布’，他叫我，叫得很是严肃，他心里高兴得不行，就像个卫理公会的教徒把一匹劣马冒充好马卖给邻居时那么得意。他对我说，‘乔布，时间就快到了，乔布，我从未想过你会跑到这种地方来，可真是让我好找啊，你这小子真是忤逆不孝，让老子两条腿都快跑断了，还遇上那么一大帮科尔堡的混账东西!’”

“日有所思,夜有所梦。”我劝慰说。

“是的,先生,当然了,先生,我爹也说他们怪,‘一个个黑得像焦炭棒!’他是这么说的,没错!我知道这些人,我见过他们怎么用火罐子把人烧死,”乔布悲伤地接着说,“反正他说过我是快死了,不要多久我就能见着他了。他走的时候还说,不管我愿意不愿意,我们以后见面的日子有的是。我猜他是想我们爷儿俩没法在一起过,不出三天就吵一架。我敢说,等我俩再见面时准是这样子。”

“那是肯定的,”我说,“你不要再想你要死了,就算你见到了死去的老父亲那又怎样,要是一个梦见了逝去的父亲,就代表这个人大限将至的话,那梦见死去的丈母娘的时候,又是什么意思?”

“哎,先生,您这是在取笑我,”乔布说,“不过,您不知道我爹这个人。如果我是梦见别人,比方说我玛丽姨妈这种大大咧咧的人,我也不会这么多心的。我爹可是一个很懒的人,按说谁要是有十七个孩子拖累着,早就勤快点了,他可不会没事跑到这个地方来看风景。不会的,先生,我知道他来这肯定是有什么意思的,先生,我肯定是活不久了,我想人早晚也是个死,只是让我死在这种坟窟窿里,还真是让人觉得窝囊,在这么个破地方,连个成型的基督徒葬礼都搞不成。我这辈子光明磊落,老实本分,先生,要是我爹昨晚跟我说话的时候不那么神气活现的话,我也不会这么着急的,他那样子简直是把我看得一文不值,就像他根本对我的为人毫不知情一般!不管怎么说,先生,我伺候您和利奥先生真的是尽心尽力了,愿上帝保佑他!哎!那阵子我领着他,拖着辆小滑轮车在街上闲逛,好像是昨天的事情一样!我爹没和我提过你们，也许你们能有幸离开这个地方。要是你们能走出去的话，先生，我说句不好听的话，我求你们看在我的尸骨的份儿上，不要再去管那些花盆上刻的希腊字了！”

“好啦，好啦，乔布，”我认真地说，“别胡说八道了！你别傻里傻气地把这些话当真。我们经历了这么多稀奇古怪的事情，不都活得好好的吗？我相信今后也会如此。”

“不，先生，”乔布这种自信的口吻使我很不高兴，“我不是胡说八道，我知道我没几天可活了，说起来，我心里也不好受，先生！我一天到晚都在担心是不是有什么事情要发生，要是您吃饭的时候想的却是毒药，你还能吃得下去饭吗？要是你在乌漆墨黑的兔子洞里走过，心里却想到了匕首，您的脊背不会觉得发凉吗？先生，我不是那种没事装神弄鬼的人，我是真的要死了，就像那个可怜的姑娘一样。哎，这会儿她人已经不在了，想起我以前对她说的那些坏话，真的是对不住她。我这是对他们的结婚方式看不惯，这也太快了，一点没有姑娘家的矜持。先生，现在我只求别让我被火罐烧死就行啦！”可怜的乔布说着说着脸都白了。

“你瞎扯些什么！”我生气地打断了他的话，“别胡说了！”

“好吧，先生，”乔布说，“我可不是跟您抬杠，先生，我只是求您，不管您走到哪里，都一定要带着我，我死的时候也能安心了，您就帮我这个忙吧，先生！这会儿，我得去做早饭了。”说完他就走了，留我一个人心烦意乱地在那儿。

我非常喜欢老乔布，他是我所接触的人中，最为忠厚老实的好人。说实话，与其说他是个仆人，不如说他是我的朋友。一想到他会死，我就像如鲠在喉一般，心里很是难受。听他这一顿胡言乱语，我知道他只是自己觉得会有什么事情发生而已，虽然一般情况下，他的感觉都只是虚惊一场，但这一次却有点不一样了，可能也是因为这里的阴郁和陌生的环境，以及坟墓里死人的气味，实在让人沮丧的原因吧。尽管如此，他的话多少还是让我感到一丝丝的凉意，他的胆怯都是因为他的信念，但不论这种信念有多么的荒唐，仍然会让人不寒而栗。早饭很快就送来了，在洞外散步的利奥也回来了，他说散散步他的脑袋也能清醒点，他们来得真是时候，我也从忧虑不安中稍稍解脱了出来。早饭后我们又出去散步，看阿马哈格人在一块地上播种一种他们用以酿酒的谷物，他们干活的方式与圣经中写的差不多，男人腰间挂个羊皮口袋，在地里走来走去地撒种。看到这个可怕的民族也会从事耕耘播种这种积极的活动，我们的心情也是为之一振，我想这大概是因为耕耘把他们和其他种类的人联系起来了的缘故吧。

我们往回走时，正碰上彼拉里来找我们，他说‘她’请我们去见她，我们不胜惶恐地来到她的住处，毕竟阿霞可是一个非同一般的人物啊，她精通权术，热情洋溢，富有魅力，既令人畏惧又使人肃然起敬。

同以前一样，哑侍从在前面引路，他们退下之后，阿霞摘下面纱，叫利奥吻她，虽然他还在为昨晚的事情不安，但是他拥抱她的那股痛快高兴劲头仍然大大超过一般礼仪所要求的程度。

她白皙的手放在他的头上，深情地注视着他的眼睛，“亲爱的卡里克雷特，”她说，“当你说我的一切都是你的时候，当我们彼此结合、彼此拥有的时候，你会感到惊讶吗？我要对你说，首先，你要变成和我一样的人，当然不是说长生不老，因为我自己也不是永生的，但是要变得足以抵挡时间的侵袭。时间之箭扫过你强健的身体的铠甲就像阳光扫过水面一样于你毫无损伤。现在我还不能与你结合，因为我们不是同一类的人。我的生命的白炽之光会将你点燃，乃至致你于死命。你看我的时间都不能太长，否则你的眼睛会疼痛，头会发晕。因此，”她微微地点了点头，“我把面罩戴上好吗(但她并没有这样做)？听我说，我不会让你等得不太久的。今晚，日落前一小时，我们就出发。到明天天黑时，如果一切顺利，我又不走错路的话（我已经祈祷过了，大概不会迷路的），我们就将站在生命之源前。你将在生命之火中沐浴，出来时就会神采奕奕，精神百倍。除了你以外，没有任何人能享受这一切。然后，卡里克雷特，你就可以称我为妻，我也可以称你为夫了。”

利奥没想到会听见这些话，他含糊不清地说了几句，我没听清他到底嘀咕了些什么，她对他的迟疑不决感到有些好笑，接着又说：“霍利，你也去。我也赐予你这种恩惠，这样，你也会永远年轻了。这是因为，嗯，因为我很喜欢你，霍利，你不像一般人那么愚蠢，虽然你的满腹经纶也像那些老哲学家的一样，统统属无稽之谈，但你还没有忘记怎样在女人面前献殷勤，说奉承话。”

“太棒了，老伙计！”利奥悄悄地说，他从前那种无忧无虑的天性又回到他身上来了，“原来您也在恭维她呀？我从来没想到您也会来这一手！”

“深表感谢，阿霞，”我尽可能庄重地说，“但是，即使这里真有您讲的那个生命之源，即使在这个奇怪的地方真有一种能把人从死亡之手中解脱出来的神奇的火焰，我也不想去寻求它。对我来说，尊敬的阿霞，这个世界并不是我一直留恋不舍的安乐窝。我们的地球是个铁石心肠的母亲，石头是她喂养她的孩子们的食粮。石头充饥，苦水解渴，鞭笞就是爱抚和营养，谁愿意生生世世这么活着？谁愿意背负着对不断增添的往昔和爱情的痛苦、永恒的回忆而苟活于世？谁愿意看着亲朋邻友们的苦难和死亡而自己既爱莫能助，又只剩得孑然一身？谁希望那不能带来慰藉的智慧？死是艰难的，因为我们的血肉之躯不愿去喂蛆虫，因为那被裹尸布隔断的苍茫世界令人畏缩胆寒。但是对于我，活下去却更艰难，我不愿枝荣叶茂而根烂心枯地活着，我不愿让记忆这条无形的蛆虫永远噬咬我的心灵！”

“你还是仔细考虑一下吧，霍利，”她说，“要知道，无涯的寿命，无边的力量和无与伦比的美貌能带来权力和一切人类珍视的东西啊！”

“但是，尊敬的女王，”我说，“什么是人类珍视的东西呢？难道不都是些过眼云烟吗？难道人的野心不是永无尽头的阶梯，哪怕步步登高，直至最后也到达不了顶点的阶梯吗？过多的财富既不能使人满足和快乐，更买不来心灵上片刻的平静，徒增烦恼不安而已。人对智慧的追求愈是无穷尽，懂得愈多，自己的无知就暴露得愈甚。纵使活上一万年，有谁又能知晓日月星辰、天外之天及造物主的秘密？智慧不就像饥饿一样日日噬咬着我们的心灵，使我们的灵魂在空虚和饥渴中备受煎熬吗？它不就像这些山洞中的一盏明灯，灯光愈亮，愈显周围的黑暗吗？靠延年益寿攫取的那些分外之物又能有什么好处？”

“你说错了，霍利，还有爱情呢！爱情能使一切都美好起来，甚至连脚下的尘埃也变得圣洁。有了爱情，生活就会永远甜美、欢畅，像那些不朽的乐章，将听众的心灵陶醉，仿佛乘上飞鹰的翅膀，在人世间的卑劣行径和愚昧无知之上翱翔。”

“也许吧，”我说，“但是如果你爱的人最终只是一支刺穿你心灵的断箭或者你的爱情只是一种无望的单恋，那又会怎样？当一个人可以将他的痛苦不留痕迹地书写在水面上的时候，他肯把它们雕刻在石头上吗？啊，不！女王！我愿该活多久就活多久，该老就老，该死的时候就去死，让人们把我遗忘。我也希望拥有不朽的生命，但是您能给予我的那点生命岁月与不朽相比不啻是一个手指头与这个庞大的世界较量短长。您要知道，我希望的不朽，我向往的不朽，是摆脱了尘世间的精神桎梏的不朽。因为我们的肌体苟活着时，痛苦、邪恶和罪孽的蝎尾便会同时存在，只有在肌体腐朽之后，善行才会使灵魂永放光芒，透过人世的呼吸，天外的崇高思想也变得微乎其微，这种思想境界，无论是人类最高尚的愿望或是纯洁少女的最虔诚的祈祷，在它面前都会相形见绌。”

“你真是高瞻远瞩，”阿霞微笑着说，“说起话来像吹喇叭似的响亮、干脆，一点儿也不含糊。但是在我看来，你的这些高谈阔论只不过都是一些裹尸布所遮蔽起来的未知世界的东西。也可能您是根据你的信仰来观察这一切的，就是说，透过您的想象的有色玻璃来观察它的光芒的。人类用信仰这个画笔沾上想象的斑斓色彩描绘出来的未来世界的画面也真是奇妙，不过更奇怪的是，这些未来的画面却彼此各异，毫无共同之处。我可以告诉你，啊，算了，干吗要剥夺一个小傻瓜的一点点奢望呢？好吧，我们不谈这个了，我只求你一件事，霍利，当你感到衰老渐渐地侵入你的肌体，当衰老的钝刃搅得你的大脑痛苦不堪时，你切莫为此深悔。事情往往如此，人们永远不能满足于触手可及的东西。如果有盏灯照亮他穿过黑暗，他会因为它不是灿烂的星斗而立即将它抛弃。幸福像沼泽里的磷火，站在咫尺之间欢跳，但他却弃之不顾而要去攀摘天上的星星，美丽对他来说不值一文，因为更有甜言蜜语将他引诱，财富再多也嫌贫穷，因为别人会以更多的金钱将他压倒，名望只是空中楼阁，因为还有比他更伟大的人。这些话就是您要说的意思，我不过是用您的话来回敬您罢了。算了吧，您梦想您能摘下星星，我才不相信您能摘下星星呢！霍利，要是您扔掉了手头这盏灯，我只能叫您傻瓜！”

我无话可说，我什么都说不出来，尤其是当着利奥的面，我不能说从我见过她之后，她的脸就无法被我的双眼抹去，那不能对她诉说的迷恋和那永远无法实现的爱情，会永远追逐着我，折磨着我，我不能在这种无止境的日子里煎熬下去。所以苍天在上，我心已决！

“现在，”她继续说，语调和话题都变了，“卡里克雷特，我至今有一件事不明白，请你告诉我，你们怎么到这里来？昨天晚上你说那个卡里克雷特，你亲眼见他已经死了，你说他是你的祖先，这是怎么回事？简单地跟我说一下。”

于是利奥讲述了那个箱子和他的祖先，埃及女人那美娜特丝刻写在陶片上的奇妙的故事，是那个故事把我们带到这里来的等等。阿霞凝神听着，等他一说完，她就对我说：“霍利先生，有一次我们谈论善与恶时（当时我亲爱的人病得正厉害），我不是说过，善能产生恶，恶也能产生善，播种的人不知道收获的是什么，打人的人不知道他的拳头会落在什么地方吗？现在您看，这位埃及女人阿美娜特丝，这位尼罗河畔的公主，她恨我，到今天我也在恨着她，毕竟她还是胜过我几分。我的意思是，她亲自把自己的爱人领到我的怀抱中来了。因为她的缘故，我杀死了他。而现在，也是因为她，他又回到了我的身边。她本想诅咒我，她播下了仇恨的种子，想躺卧收获苦果，但是你看，她给我的却比全世界给我的还要多！在你的因果报应的轮回里，你要加进一个奇怪的方形才行啊，霍利先生！”

“因此，”她停了一下又接着说，“因此，如果她的儿子能办到的话，他应该将我置于死地，因为我杀死了他的父亲。而你，我的卡里克雷特，就是这个父亲，在某种意义上来说，你也是那个儿子，你会为我对你做的错事和对你那个遥远的母亲做的错事找我报仇吗，卡里克雷特？你看，”她跪了下来，掀开象牙般的酥胸，“你看，这是我的心，那边有一把刀，一把又重、又长、又锋利的刀，一把正好能杀掉一个犯过罪的女人的刀。拿起刀来报仇吧！杀吧！卡里克雷特，往要害的地方扎！这样您就满意了，您就可以高高兴兴地做一辈子人了。因为您已经报仇雪恨，完成了祖先的遗命！”

他看着她，然后伸出双手扶她站了起来。

“起来，阿霞，”他悲伤地说，“你明明知道我不会伤害你，哪怕是为了你昨晚杀害的那个姑娘。我臣服于你的脚下，我是你的忠仆。我怎么可能杀了你？与其如此，不如我自杀来得好。”

“你就要爱上我了，卡里克雷特，”她笑着说，“现在请讲讲你们的国家吧。你们的国家是一个像罗马那么大的帝国，你们的民族必定是个伟大的民族，是不是？你们肯定是要回到那里去的。这样也好，我也不愿叫你们长住在科尔堡的这些洞穴里。这里不是久留之地，一旦你们变成和我一样的人后我们就走（不必担心，我找得到路），然后我们就可以到你们那个英国去了，去把它变成个适合我们生活的地方。两千年来，我都在等待着这一天，离别这些可憎的洞穴和这些死气沉沉的人们。啊，现在这一天终于到来了！我就像儿童盼望节日那样急切地盼望着它的到来。为着要你来统治那个英国——”

“我们已经有个女王了。”利奥急忙插话。

“那没什么，没什么大不了的，”阿霞说，“可以将她推下台嘛。”

听到这话，我们同时惊叫了起来，我们解释说，要是这样的话，还是我们先自我了断的好。

“真是怪事！”阿霞惊奇不已，“居然还有受民众爱戴的女王！看来自我来到科尔堡后，世道真是变了。”

我们又解释说这是因为君主的品行变好了，我们的君主受到辖下所有正直臣民的尊敬和爱戴。我们还告诉她，国家的真正权力掌握在人民的手中，统治我们的实际上是我们社会中最少教育的下层阶级。

“哦！”她说，“这就是所谓的民主吧！那么，这之后必定有一个暴君。我早就见识过这种民主了！众说纷纭，莫衷一是，最终便推举出一个暴君，顶礼膜拜，唯他马首是瞻。”

“是的，”我说，“我们也有过暴君。”

“既然如此，”她接过我的话，“我们无论怎样也可以干掉这些暴君，让卡里克雷特统治这块土地。”

我立即告诉阿霞说，在英国“杀人”绝非说说就可以的，绝不可以不受惩罚地任意胡为，任何这种企图都将受到法律制裁，最终会被送上绞架。

“法律？”她讥讽地笑道，“法律？您难道不知道我和卡里克雷特是凌驾于一切法律之上的吗？一切人类的法律之于我们，犹如北风拂撼大山一般，是风吹动了山，还是山挡住了风呢?”

“现在，我请你，还有卡里克雷特，离开我一下，我要准备一下我们的旅行。你们和你们的仆人也要准备准备，衣服不要带得太多，我看我们最多离开此地三天，然后还要回来，我还要做些安排，以便永远离开科尔堡这座坟墓。好了，你们可以吻我的手了。”

我们告辞离开，我默想着我们面临的问题的严重性。很明显，这个可怕的“她”决心去英国了，一想到她去那儿后会产生的后果我便不寒而栗。我知道她的能量有多大，而且我毫不怀疑，她会使出浑身解数来实现自己的目标的。短时间内或许还可以约束住她，但她的狂妄和野心最后必然会冲破一切束缚，为自己长年的隔世索居而恣意报复一番的。如果单凭她的美貌还不足以达到目的，在必要时，她会摧毁一切障碍来开拓前行的道路的。更可怕的是，她是个不死之人，就我所知，没有任何东西可以将她于弄死①，有什么办法可以阻止她胡作非为呢？我毫不怀疑她最终将统治整个大英帝国，也可能统治全世界。虽然我相信她有可能很快就把我们的帝国变成一个前所未有的繁荣昌盛的国家，但是这必然会牺牲很多人的性命。

整件事情听起来就像痴人说梦，或者像一些不切实际的头脑中的异想天开，但它是一个事实，一个奇妙的事实，一

① 我很遗憾地说，我一直未能弄确实过，生命中的其他不测事件是否能伤害她。可能不能。否则，在这么多年中，一些意外事故也许早已置她于死地了。她的确说过要利奥杀死她这句话，但大概是测验他的性格和态度的一种手段吧。如果她不是有十分把握，她绝不会就这么原地待毙的。——路·霍·霍利

个很快就会举世瞩目的事实。这个事实的意义究竟何在呢？我想来想去只能归结为一点：这位神奇的尤物，在这么多世纪中，她为自己的爱情所桎梏，相对地说来还是与世无争的。而今，天意将令其大乱天下，或许她能够建立起一个坚不可摧的国家。这个世界的物质生活状况也许能够赖以得到改善，也未可逆料。

第二十三章　真理殿堂

没准备多长的时间，我们把一个衣包和几双备用的鞋往手提包里一塞，各自再带上支左轮手枪和一支快枪，配上充足的弹药就出发了，带枪是一种预防措施，而且有好几次全靠这些枪才救了我们的命。其他的东西和笨重的枪支我们都没带。

我们比约定的时间早几分钟到了阿霞的寝殿，她已准备就绪，在她那裹尸布似的衣服外面套上了那件黑披风。

“你们准备好去冒险了吗?”她问。

“准备好了，”我说，“虽然我本人对此毫无兴趣。”

“说实话，霍利，”她说，“你就像那些老犹太人，多疑而又守旧，我一想起他们就生气。但是你迟早会相信我的话的。如果我的镜子没欺骗我们的话，”她指着洗礼盘内透明的水说，“那条路一如既往，畅通无阻，现在咱们走吧，去开始一种新的生活吧。谁知道它的尽头将在何处。”

“哦!”我应了一句，“谁知道它的尽头将在何处呢?”我们穿过中心洞室，来到洞外。洞口只有一乘小轿等在那儿，配有六个哑轿夫，我们的老朋友彼拉里也和他们在一起。对这位老人，我们颇有好感，似乎因为一些无须说明的缘由，阿霞认为除了她一个人之外，其余的人还是都步行为好。在山洞里幽禁了这么久后能够出去走走，没什么比这更让我们感到高兴的了。这些岩洞，作为死者的安息地再怎么舒服，但对于我们这些活着有生命的动物住在里面，总是会让人感到沮丧。可能出于偶然，也可能是“她”的命令，在我们曾看过那场可怕的舞蹈的洞前空地上没有一个人影。因此，除了“她”的随身哑侍以外，我想没有什么人知道我们的离去，而这些哑巴又决不会把他们看见的事情说出去。

几分钟后，我们就轻快地行走在精耕细作、像翡翠一样镶嵌在起伏不平的峭壁间的平原或者叫作湖床的上面了。科尔堡的老居民选择如此优越的地势建立城府，使我们又一次对他们的选择赞叹不已。城市的建设者们为排干如此巨大的水量并使泉水畅流所付出的浩繁的劳动，他们伟大的发明创造性和高超的工程技术实在令人敬佩。就我们所知，这是人类征服大自然的最杰出的典范。我认为苏伊士运河乃至塞民山隧道在工程之浩大和气势之磅礴上都不能与这项古代工程相比。

走了约半个小时，科尔大平原就吹起了宜人的凉气，我们感到非常惬意，这里每天这个时候都有这么一阵凉风，在一定程度上补偿了这儿所缺乏的平原上或海上那种徐徐清风，因为这地方的一切风都被山岩组成的屏障挡住了。我们已经能清楚地看见那些建筑物了，彼拉里曾对我说过，那就是那个伟大的城市的废墟，老远就可以看见那片气势雄伟的废墟。

走得越近，就越令人惊叹。如果与巴比伦，底比斯或其他古迹相比，这座城池并不算十分庞大。护城河环绕的城池占地约十二平方英里或稍大一点，城墙也不十分高，走到墙边时我们估计了一下，至多不过四十尺。虽然有地面下陷或者诸如此类的情况，但城墙并未因此倒塌，原高度几乎与现在的高度相差无几，毫无疑问，城墙之所以高，是因为科尔人有着坚不可摧的天然御敌壁垒，任何人类所能修建的要塞与之相比都黯然失色。他们修筑的城墙只是一种象征性的建筑，或是用以对付国内纷争。但是，这些城墙的宽度却几乎与其高度相等，而且都是一些修整过的石头，可能是用开凿那些宽阔的山洞时挖出来的石头砌起来的。墙外还绕着一条六十尺宽的护城河，许多地方仍然积满了水。日落前十分钟左右，我们来到了护城河边，越过了几个原是大桥桥墩的堆积物后，从河床上走了过去，轻而易举地沿墙侧的斜坡登上了城楼。太遗憾了，我实在无力把当时见到的那种壮观的场面描写出来与读者共赏！那里的一切，延绵数里的废墟、圆柱、神殿、圣祠、王宫及夹杂其间的一片片丛林都沐浴在夕阳的金辉之中。这些建筑的屋顶当然早就荡然无存，但是它们宏大而坚固的石壁和圆柱依然都耸立在古城中。①

在我们面前是横贯该城的一条大道，非常宽阔、整齐，比泰晤士河河堤还要宽，它正如我们后来发现的那样，是用

---

① 联想到经过如此漫长的一段时间，至少六千年的时间，这座古城废墟还保存得如此完好，这的确罕见。别忘了科尔堡并不是毁于兵灾以及地震之类的灾祸，而是在一场可怕的瘟疫后变成的一片废墟，因此房屋没有受损。此外还因平原上气候十分干燥，少有风雨侵蚀，所以只有时间在消磨这些珍贵的遗迹。而时间对这种庞大的石建筑的作用力却又是微乎其微的。——路·霍·霍利

岩石，准确点说，就像砌城墙一样，是用一块块加工得平整光滑的石板铺砌而成的。就在我们见到的时候，上面也没什么野草灌木之类的生长，可能是因为土层太薄，不足以供其生存，但在原来是公园或花园的地方，现在则已变成了密密的丛林。实际上，都是用那稀稀拉拉的像火燎过似的枯黄的小草作标志，从而可以从远处分辨出各种道路来。在大道两边是大片大片的废墟，每一片都有空地与相邻的街区隔开，这些空地原来可能是花园，而现在却长满了稠密杂乱的荆棘。房屋都是用同一种颜色的石块建成的，大部分都有圆柱。我们沿着大道急速前进，借着微弱的光线，我们发现，几千年来没有任何人踏上过这些地方。①

我们很快就来到一座庞大的建筑物前，它的面积至少有八亩那么大。我看出这是座神殿，由一个接一个的庭院组成，就像中国式的套院一样，一个套一个，一个比一个小，庭院间都用一排排巨大的圆柱隔开。我现在还能回忆起这些漂亮的圆柱的形状。它们与我们所见过的圆柱都不相同，中间细，两头粗。起初我以为这是单纯模拟女人的体形线条，仿照许多古代宗教建筑设计师的模式建成的。但是第二天我们爬上山后，发现了许多高大的棕榈树，它们的树干都是这样生长的。我相信设计这些圆柱的第一位设计师就是从这些树的优美的曲线上获得灵感的，或者说，从他们的祖先那里获得这

---

① 彼拉里说阿马哈格族人认为这里是一处受到诅咒的地方，他们无论如何是不会来这里的。我看他本人此行也仅是因为有“她”的庇佑才稍感心宽，而绝非蔑视。我和利奥都十分奇怪，这些人生活在那些死者中间，他们对死者的不敬已经到了某种侮辱的程度，乃至用他们的尸体当柴烧，但是对这些人生前居住过的地方却如此敬畏，不敢问津。这大概是一种野蛮人的自相矛盾吧。——路·霍·霍利

种灵感的。正是他们的祖先在八千至一万年前用这些树木美化了古火山湖岸的山坡。

我想这座神殿几乎与底比斯的埃乐·卡纳克的神殿一样大（我量过一些最大的圆柱，底部直径达十八至二十尺，高约七十尺）。我们这支小小的队伍在大庙前停了下来，阿霞也下了轿。

“这里以前有个房间可以休息，卡里克雷特，”她对利奥说，他正走上前去扶她下轿，“两千年前，你，我，还有那条埃及毒蛇就在这里面休息过。但从那以后我就再也没有来过这里，可能它已经倒塌了。”她沿着宽阔的断断缺缺的阶梯走进外院，不住朝阴暗的四周打量。我们也随她走进了院子。突然，像是想起了什么，她沿着左面的墙走了几步，停住了。

“还是老样子，就在这儿。”阿霞说。她朝背运食物和行李的两个仆从招了招手，示意他们走过来。一个哑奴走上前来，拿出一盏灯，用火钵中的火将它点着。这些阿马哈格人上路时总要随身携带一个小小的蓄有火种的陶钵备用。火钵中的火线是用发潮的干尸碎片精心制成的，若干湿度得当，这个亵渎神明的混合物可以连续冒上几个小时的烟①。灯一点着我们就走进了阿霞前面的一个小房间，房间好像是从厚厚的墙壁中挖出来的，里面有一张巨大的石桌，我猜想它以前是个起居室，可能是供大庙的守门人用的。

在暗淡的光线下，我们草草地将房间清扫了一下，尽量弄得舒服一点，便歇下过夜了。利奥、乔布和我吃了些冷肉，

---

① 在这些事情上，我们也不比阿马哈格人强多少。我认为，所谓木乃伊，即古埃及人的干尸，无非是艺术家使用的一种颜料，特别是那些致力于复制古玩的人用的一种颜料。——路·霍·霍利

阿霞则还是像我前面说过的那样只吃面饼、水果和水。我们吃饭时，月亮爬上了山墙，将银色的清辉洒满大地。

“霍利，您知道为什么我今晚要把你们带到这里来吗?”阿霞问。她手托着头，看着天空中那轮冰清玉洁的月亮皇后，冉冉升到那些庄严的圆柱上空。“我带你们来，啊，不，真巧极了，卡里克雷特，你知道你现在睡的地方正是多年以前我把你背回时，你的尸体躺的地方吗?那幅景象又出现我的脑海中，啊，我真害怕!”她颤抖着。

利奥急忙跳了起来，换个地方坐下。无论这种回忆令阿霞有多么的感动，但对他来说实在没有什么迷人之处。

“我带着你，”她紧接着又往下说，“是让你们见见这世界上罕见的美景，皓月辉映下的科尔堡废墟。等你们吃过饭，卡里克雷特，我真希望能让你们像我一样，除了水果之外，什么都不吃，但那是你们经过火的洗礼以后的事了。我以前也像残忍的野兽一样吃肉。你们吃过饭后，我们就出去走走，我带你们去看看这座伟大的神殿和人们信奉过的神明。”

我们当即就动身了。眼前的场景，我的笔实在是无法描绘，若是我写出一个又一个院子的大小、样式及诸种细节，只会使人腻烦，但我又不知道怎么去描写我们看到的东西。尽管这里已经是一片废墟，但它那磅礴的气势还在，使人如入仙境一般。一个套着一个的庭院，阴森地排列着，一排又一排巍然的圆柱（其中有一些从底部直到柱顶都有雕饰，特别是门廊上的那些），那一间间的空荡荡的房屋，比熙攘的街道更能让人浮想联翩，寂静笼罩着一切，让人感到极度地悲凉，而去回忆往昔，则又会让人无限惆怅。夜色有多美，阴郁之感就有多盛！我们静静地走着，阿霞那长久的寿命，比起这古老的城池，也是不值一提，就是她也是蹑手蹑脚地行走其间。我们只敢悄声细语，但就是这细微的声音也仿佛回荡于廊柱之间，直至在这静穆之中慢慢消泯。如水的月光，泼洒在圆柱、庭院和残垣断壁上，一切缺陷裂缝都被银辉罩住了，夜用它那奇妙的光华把神庙庄严的雄姿打扮起来。多么迷人的景色啊！那高悬的满月，正俯瞰着荒凉的科尔神殿！天上那个死去的星辰与地下这座死亡的城市，千万年来，就这么遥遥相望，无声地相互倾诉着它们对早已消亡的生命和一去不返的荣华的怀念。这是让人多么的心胸开阔，多么的让人浮想联翩！皎洁的月光一分钟又一分钟缓慢地爬过杂草丛生的庭院，就像老祭司们的幽灵在他们曾经受到崇祀的故地巡游。月光慢慢地消逝，黑影也渐渐地拖长，直至这壮丽的景色以及它死亡的阴影粗犷而又威严地融入了我们的心房。它比千军万马的嘶吼还要响亮，它唤起了我们对那些埋葬在坟墓中被遗忘了的繁荣的遐想。

“过来，”阿霞说，我们忘情地凝视着这幅奇景，不知道看了多久。“我要带你们去看石花，它是美丽的奇迹之冠。它的美丽抵御住了时间的侵袭，它还使人心中充满了对掩在帷幕后面的未来的向往。”不等我们回答，她领着我们穿过了两个圆柱组成的庭院，走进了这个神殿的最里面。

这座庭院大约有五十码见方或稍大一点，我们站在庭院当中，面前是艺术之神的天才子孙们奉献给人类的最庄严的寓言式艺术佳作。庭院正中的一块厚厚的方石板上有一个直径达二十尺的巨大的黑球，球上飘然屹立着一尊彩翼双飞的美人，柔和的月光洒在她的身上，轮廓显得格外分明，迷人极了。我一看见她便惊奇得连呼吸都停止了，刹那间，心脏也仿佛停止了跳动。

美人像是用大理石雕刻的，约有二十多尺高，全像洁白无瑕，在经历了这么多世代之后它在月光辉映下仍然荧光熠熠。雕得如此妩媚动人，她那巨大的体积不但丝毫无损反而增添了她那充满人性的仙姿。她弯腰前倾，身子倚在半开的翅膀上，好像是为了保持平衡；她的双臂向前伸开，就像一个正欲扑向情人怀抱的女人；她浑身洋溢着温柔，又像在向人们恳求着什么。她那完美、丰满、端庄淑雅的身躯裸露着，只有脸上着了一层薄薄的轻纱，而这一点正是她与众不同之处，我们只能大致分辨出她五官的轮廓。一块又轻又薄的纱罩包住了她的头部，纱的一端从左胸前荡下来，另一端已经破碎，在她后面的空中飘扬。

“她是谁?”我转眼去问阿霞。

“你还猜不出来吗，霍利先生?”阿霞回答，“您的想象力到哪里去了？这是真理立于世界之巅在呼唤她的儿女们掀开她的面纱。看看写在底座上的字吧！它们无疑是从科尔人的圣典中摘选出来的句子。”她带我们走到雕像足下。那上面一段像中国字体的铭文刻得很深，至今仍清晰可辨，至少阿霞可以辨认。据她翻译，大意如下：

> “难道因为我的面容太美，竟没有一个人愿意揭开我的面纱，看看我的样子吗？我等待着揭开我面纱的人的到来，我将给他带来和平、宁静，带来知识和成就。”
>
> 一个声音在喊：“看啊！多少人在追求你，渴望你！你仍守身如玉，直到天荒地老你仍将是处子一名！现在没有一个女人生出的男子能活着看到你的真相，将来也永远不会有！只有死亡才能揭开你的面纱，啊，真理之神!”
>
> 真理女神张开双臂，泪如泉涌，因为那些追求她的

人不可能得到她，也不敢面对面地正视她！

“你们看，”阿霞翻译完后说，“真理是古科尔堡人信奉的女神，他们为她建造神殿，寻觅她，崇拜她，虽然他们知道永远找不到真理，但仍在不断地探索。”

“所以，人类至今还在探求真理，但至今尚未找到。”我悲伤地加了一句，“就像这段铭文讲的那样，永远没有人能找到真理，死亡才是最实在的真理。”

我们又看了一眼这个蒙着面纱的被神化了的美人，她那么的纯洁，那么的白璧无瑕，我们几乎可以想象出一个活生生的灵魂之光正透过大理石的躯壳引导人们向一种崇高的思想境界迈进，我永生永世不会忘记这座凝聚着诗人对美的梦寐向往的雕像。然后我们转过身子，沿着来路穿过一幢幢月光照亮的空旷的庭院走了，我再也没回头望一眼那座雕像。后来我对此懊悔不已，因为雕像脚下那个代表地球的大石球周围画着许多线条，如果光线充足的话，我们可能发现那上面画着一幅科尔人所掌握的宇宙图。至少它表明了一些科学知识，那些早已作古，崇尚真理的人们已发现了地球是一个球体。

第二十四章　悬于一线

第二天，天蒙蒙亮，哑侍就把我们叫醒，我们揉着眼睛，一边驱赶着睡意，一边来到清泉边洗脸，清泉被注入一个放在四合院中央的石盆中，洗过脸后，顿时来了精神。阿霞正站在轿子边准备出发，彼拉里和两个哑轿夫忙着收拾行李。阿霞与平时一样，像那座大理石神像似的蒙着面纱。我当时想，她可能就是从那个塑像那里得到启发，用面纱把自己的美貌遮蔽起来的吧，我发现她神情沮丧，并不似以往那般气宇轩昂，轻松恣意的神态也不见了，而这恰恰是她与其他蒙面纱的女人区别的标志。她低头站在那里，我们走过去时，她抬起了眼睛向我们问候，利奥问她睡得怎么样。

"睡得不好，亲爱的卡里克雷特，"她回答说，"糟透了。整夜都在做一些奇奇怪怪的梦，我不知道这是什么预兆，我总感到有什么灾难要降临到我头上。但是，有什么灾难敢碰我呢，真费解，"她带着一种突然流露出来的女性的软弱说，

“我真想知道，如果我出了什么事，如果我长眠于九泉之下，而您却还活着，您会时时想着我吗？告诉我，卡里克雷特，您会不会像我等你那样，几十世纪如一日地等待我的到来？”

然后，不等他回答，她又说了下去，“我们出发吧，前面路还长呢。明天日出之前，我们就会到达生命之源。”

五分钟后我们又穿过城市的废墟上路，在黎明时分黯淡的光线中，路旁的残垣断壁的轮廓依稀可辨，显得气势雄伟而又令人感慨万千。当第一缕晨曦像箭似的射到这历史名城的废墟上时，我们已经走到了外城城门边。在这里我们又回头看了一眼，一根根柱头庄严地屹立在苍茫之中，我们深深叹了一口气，为没有时间对它们进行发掘感到十分遗憾。只有乔布例外，这堆废墟对他来说毫无动人之处。然后我们一行穿过护城河，走上了河对岸的平原。

随着太阳的升起，阿霞的情绪也变得越来越好，等到日上三竿时，她已恢复常态，她笑着把她的忧郁归咎于睡觉的地方不吉祥。

“那些野人发誓说科尔堡是鬼祟出没之地，”她说，“这我相信，我记得我以前只有一次晚上这么难受过。那天晚上，也是那个地方，你卡里克雷特，死了，就躺在我脚下。我今后再也不去那个让人感到不祥的地方去了！”

短暂的一顿早餐后，我们又精神饱满地上路了，到两点钟的时候，我们已经走到了火山口边缘的石壁下面。石壁在这里陡然兀起，上升了大约一千五百到两千尺，我看前面已经根本无路可走了，果然，队伍停了下来。

“现在，”阿霞走下轿子说，“他们只能走到这里了，下面的路全靠我们自己走了，这里是我们这段艰难的行程的起点。”然后又对彼拉里说，“你和这些侍从留在此地等我们回来，如果没有意外，明天中午我们会回到这里和你们会合。要是有什么不测，我们没有回来，你们就在原地等待。”

彼拉里鞠了一躬谦卑地说，他们谨遵王命，哪怕等到老死也决不擅自挪动一步。

“这个人，霍利先生，”她指着乔布说，“他最好留下，此人胆小如鼠，鬼魅会把他吓破胆的。另外，我们要去的秘密之地，不宜让这些凡夫俗子窥探。”

我把她的话翻译给乔布听，他立刻眼泪汪汪地恳求我别把他扔下，他说不会有什么东西比他看到过的更可怕的了，还说想到自己要和这些哑巴待在一起才真的会把他吓死，很可能他们会趁这个机会用“火罐”把他杀死的，等等。

我把他讲的话翻译给阿霞听，她耸了耸肩说，“好吧，让他也一起来吧，我无所谓，随他的便，就让他提着灯，拿着这个。”她指着一块细长的木板说。这块板子约有十六尺长，原来一直捆在她坐的轿子的抬杆上，我还以为是用来撑开轿帘的，看来还是另有他用，与我们此行的非凡使命相关。

于是这块结实而轻便的板子，外加一盏灯都由乔布来拿了。我把另一盏灯往后一甩，背在背上，还背了一罐备用的油，利奥背了些食物和一羊皮袋水。准备好了后，阿霞命令彼拉里和六个哑轿夫退到百码之外的一丛盛开的木兰花后，直到他们看不见我们的时候才能过来，违者处死。他们都毕恭毕敬地鞠过躬后走了，彼拉里走时很亲切地拉着我的手，悄悄地说没叫他去陪同那位“不可违抗的她”继续这段神秘的探险，他感到十分高兴，而我深有同感。过了一会儿，他们就看不见了，阿霞简单地问了问我们是否准备好了后，转过身去，凝视着高耸入云的峭壁。

“上帝啊，”我说，“利奥，应该不是要我们爬上这处悬崖吧!”

利奥也只是耸了耸肩，对于接下来的旅程，他也感到很是迷茫，但又很期待，这时阿霞突然纵身一跳，只见她温柔、矫捷地从一块岩石跳上另一块岩石，在峭壁边缘上轻盈地荡来荡去，我们也只好跟上。这座山爬起来倒不像看上去那么难，虽然也有那么一两个不敢回首的地方。基本上还是坡地，还不像上面那么险峻陡峭。

我们没费多大力气就爬了五十尺高左右，因为我们是像螃蟹那样横着爬山的，所以向左移动了只七十步远。只有乔布拿着板子走起来有些费劲。没过多久我们就来到了一处飞崖上，起初飞崖十分狭窄，但越走就越宽了，而且是花瓣似的渐渐地朝里面倾斜下去。渐渐地，我们走进了一道越来越深的石沟或者叫作石缝里，最后石缝变得像德文郡的石巷那样突然往右一转，在一个天然洞口前打住了，它那弯弯曲曲，不规则的外观和洞壁，一看就知道不是人工挖的，而是气体突然从厚厚的山岩中喷出形成的，不像古代科尔人开凿出来的洞子那样匀称，整齐一致。

阿霞在洞口停住，叫我们点燃两盏灯。我点亮了灯，递了一盏给她，另一盏由我掌着。她第一个走进了山洞，小心翼翼地在前面带路。洞底坎坷不平，像河床一样乱石密布，有的地方还深深地陷了下去，稍不留神就很容易摔个粉身碎骨。

我们在这个洞里摸索着走了二十多分钟，洞里约有四分之一里长，洞里七拐八拐的，我还能估计出来洞里的长度，对我来说已经算是不错了。

好不容易终于走出了山洞，洞外微弱的光线，让我的眼睛一时适应不过来，这时一阵疾风吹了过来，把我们提着的两盏灯都给吹灭了。

阿霞走在我们前面一点，她朝我们喊了一声，我们摸索着向她爬去，那磅礴的景色实在令人胆寒。我们前面是一道黑黝黝的巨大的深渊，大约很久很久以前一次可怕的大震动将它崩裂撕扯成这种锯齿獠牙般模样，就像一道道闪电将它劈开来似的。深渊的两壁都是悬崖，当时我们看不清对面，但从黑暗程度估计，这深渊并不是很宽。只有一丝朦胧的光线从一线天缝中挤进来，根本无法看清谷地的大致轮廓，借着那丝光线，我们站的地方距峰顶至少有一千五百至两千尺左右，洞口向外伸出一个庞大的奇形怪状的石嘴子，悬在深渊半空中，足有五十码长，石嘴末端呈尖形，简直无法形容它像个什么。石嘴附在峭壁上，就像鸡脚上长的矩。当然其衔接处也是十分庞大的，否则就无法支撑石嘴了。

“我们必须从这里过去，”阿霞说，“当心别走错了路，当心别让风把你刮进深渊，那里可是个无底洞。”说罢，还没等我回过神来，她就走上了那个石嘴，并招呼我们努力跟上。我紧接在她后面，然后是吃力地拖着那块木板的乔布，最后是利奥。那个勇敢的女人毫无惧色地在这种危险的地方轻快地走着，看着都叫人惊叹。而我呢，一面慑于当时那阴森恐怖的气氛，一面又怕一跤不慎摔下去跌个粉身碎骨，走了几步就只好蹲下来手膝并用地爬将起来，身后的二位的状况也不比我好多少。

但阿霞却不想像我们一样，她步态从容，脚步平稳，继续淡定地逆着风往前走去。

费了好几分钟，我们也才不过在这座可怕的桥上走了二十步而已，前面的路变得越来越窄，突然一阵大风吹来。只见阿霞仍然淡然自若地逆风而行，风把她的披风下摆掀了起来，猛地从她身边刮了过去。那披风在风中飘飘荡荡，宛若一只受伤的大鸟，在风中拍打着翅膀，渐渐地消失在黑暗中，看着就让人胆寒。

我紧贴在岩面上向四周看去，那情景煞是惊人，石嘴像是有了生命一般在我们身下震颤，不住地嗡嗡作响。我们像是悬浮在上不着天，下不着地的一片幽冥之中，脚下是深不见底的万丈深壑，头上是令人头昏目眩的茫茫苍穹，只有在十分遥远的地方才有一线蓝天依稀可见，四周则是狂风呼啸，云蒸雾绕。孑孑立于此境此地，眼前迷茫，心里惶然，我们实际上已经完全麻木了。

事实上，这番极端恐怖，绝非人世的景象，确实把我们吓昏了。至今我仍然常常在梦中见到，醒来时总是浑身冷汗津津。

“快！快走！”前面那个白色的人影在催促，她的黑披风被吹走了，只剩下身上穿的白袍，看起来就像是个乘风而来的女妖而不是个女人。“快走！否则会摔下去粉身碎骨的！眼睛死盯着地下，身子紧贴着石头！”

我们照她讲的方法，艰难地在这块颤巍巍的岩石上爬行，风号叫着，不住地摇撼着岩石，使它像只巨大的音叉嗡嗡作响。我也不知道爬了多长时间，两眼也只有在必不可缺的时候才敢朝四下里打量打量，好不容易最后总算爬到石嘴尖上，石嘴尖比普通桌子大不了多少，像台超负荷的蒸汽机一样震动不停，我们趴在地上东张西望，一时间竟忘了脚下裂开的无底深渊。阿霞则迎风而立，长长的头发披散开来，她指了指前面。现在我才明白我和乔布费老大力气抬来的那块木板的用处了。我们前面横着一片黑黢黢的空间，对面是什么也看不清，可能由于悬崖的阴影遮住了，也可能是别的什么原因，对面黑得像漆黑的夜晚。

“我们得等一会儿，”阿霞说，“很快就会有光了。”

当时我根本不懂她指的是什么光，怎么可能有光明照到这种可怕的地方？正当我们疑惑不解时，突然，一缕落日的余晖，像一柄巨大的火剑，劈开了这儿阴森森地狱般的黑暗，落在了我们趴着的这块岩石上，以一种奇异的光辉照亮了阿霞美丽的身影。我多么希望能描写出那柄火剑刺穿黑暗，驱散浓云密雾的那种粗犷的、惊人的美啊！我至今猜不透这束光是怎么射到那地方去的。或许对面悬崖上有个裂缝或山洞，太阳落到某一位置时，正好阳光可以直线穿过缝隙射进山谷。我只能说这是一派无与伦比的奇景。那道光剑正好刺穿了黑暗的心脏，阳光所及，一片辉煌，哪怕距我们很远地方的石头的纹理也清晰可见；然而在光亮之外，哪怕只有几寸之遥，也仍是漆黑一团。

阿霞等待的就是这一束强烈的阳光，她知道几千年来，也就是在这个季节，每当傍晚它就射到这个位置上，所以安排好我们到达这里时正好是这个时辰，这样前面的东西便清晰可见了。距我们站的这块舌头形石嘴尖端十一到十二码的地方，有一块圆锥形石丘，就像从深渊底部冒出来似的，它的顶端正好在我们对面。但是这块石丘顶端距我们最近的地点至少也有四十尺远，我们过不去。好在上面架了一块平坦的巨石，颇像冰川石，可能就是块冰川石，近端离我们不足十二尺。这块摇摇晃晃的巨石平衡地架在圆锥顶、即小火山的喷火口上，就像酒杯边上平衡悬放着一枚五先令的硬币一样，在强烈的光线下，可以清楚地看见它在风中晃动。

“快！”阿霞喊道，“木板！我们得趁着有光的时候过去，光很快就会消失的！”

“上帝啊！先生！”乔布呻吟着说，“她不会真的要我们过那边去吧。”说完他顺从地把那块木板递给我。

“是得过去，乔布。”虽然一想到要踩在这条木板走，我也和乔布一样紧张，我还是强作镇静。

我把板子递给阿霞，她利索地把它架在了深渊之上，一头是那块晃动的岩石，一头是我们脚下这颤抖的石嘴，一座便桥就搭成了。然后，她一面脚踩住木板以防被风刮走，一面转身向我们说：“和我上次到这里的时候相比，霍利，”她说，“这块石头晃动得好像更厉害了，我不知道它能不能把我们托住，所以我要先走过去，就算是有意外发生，也不会损我分毫。”说完，她转过身，没有一丝犹豫地踏上了那座颤巍巍的桥，一眨眼就踏上了那块锥形石头。

“平安无事！”她喊道，“看，你稳住木板，我去站在石头的那一头！不然你身子太沉，会把石头踩翻的。过来吧，霍利！光很快就会没有了。”

我挣扎着跑了起来，这是我平生被吓得最厉害的一次，说实话，我如实地讲出当时那种迟疑和畏缩不前的样子一点也不觉得难为情。

“不要紧，别害怕！”趁着那狂风的间隙，她像一只鸟站在岩石上大叫着，“把道让开，让卡里克雷特过来。”

这可把我刺激到了，我宁愿掉下悬崖摔死，也不愿被这样的女人嘲笑。于是我咬紧牙关，立即爬上了那块木板，木板不但很窄，而且又晃晃悠悠的，周围都是无尽的深渊。我一向恐高，但从来也没有感受过在这块木板上，那种魂飞魄散的感觉！啊！特别是那块颤巍巍的木板竟然是架在两个摇来晃去的支点上！我头昏脑涨地往前爬呀，爬呀，心里总以为要掉下去了，甚至觉得自己正在往下落，当我发现自己已经趴在那块像是在惊涛骇浪中颠簸的小船一样的岩石上时，我那种狂喜之情简直难以言表！我这时唯一的想法就是，感谢上帝，在这天涯海角，他仍在冥冥中庇佑着我！

然后利奥也过来了，他虽然吓得面如死灰，还是像走钢丝似的跑了过来。阿霞为之拍手叫好，“真勇敢，我亲爱的！真勇敢！真不愧是古希腊人的杰出子孙！”

这时只剩下可怜的乔布还在峡谷那边了。他爬上了木板，大声喊叫着！“我动不了了，先生，我就要摔死了！”

“你必须爬过来，”我以一种很不合时宜的滑稽腔调对他说，“你必须过来，乔布，这就像抓苍蝇一样简单。”我也是在自我安慰，抓苍蝇这种事听上去仿佛是举手之劳，但是实际上，除了抓蚊子以外，天底下没有比这更难的了，当然这指在天气暖和的时候。

“我不敢啊！先生！实在不敢啊！”

“要么让他过来，要么让他待在那边等死，光马上就要没了，你看，就要没了！”阿霞说。

我一看，她说得不错，阳光正从悬崖上落日余光透过的洞隙上一点点消失。

“你再不动，乔布，你就会一个人死在那儿了！”我喊，“光马上就要消失了！”

“勇敢点，像个男人，乔布！”利奥也在喊，“好过得很！”

终于可怜的乔布惊恐万状地号叫了一声，猛地朝木板上一趴，两条腿跨在板子的两边，在这无底深渊的上空荡悠，开始急急忙忙地朝这边挪了过来，他不敢走过来，这也不能怪他。

他骑在木板上急急地挪动，使那块只有几寸搭在圆锥石柱上的巨石猛烈地晃动起来，更糟糕的是，他才走到半路，那缕苍白的光线突然消失了，就像一间帷幕重重的房间里突然熄了灯一样，本来就阴森恐怖的空间顿时黑成一团。

“往前走，乔布，看在上帝的分上！”我惊恐地大喊起来，那块巨石随着他的每一个动作晃动得越来越厉害，连我们都快站不住了，情况变得越来越糟了。

“上帝啊，可怜可怜我吧！”黑暗中传来乔布的哭喊声，“啊呀！板子滑下去了！”我听见一阵激烈的挣扎声，以为他真的掉下去了。

就在这时，我的手突然碰到了他在空中乱抓的手掌，我连忙一把抓住，使尽了吃奶的劲头，又拖又拉，直到他躺在我身边的石头上气喘如牛，才放下心来。但是那块板子呢？我觉得它滑下去了，我听到它撞在一块外伸的岩石上然后就无声无息了。

“天啊！”我惊叫起来，“我们怎么回去啊！”

“谁知道啊！”利奥在黑暗中说道，“能活着走过来已经谢天谢地了，别想那么多了！”

阿霞什么话也没说，只是叫我搀着她的手跟在后面。

第二十五章　生命之魂

我依阿霞所言，只感到她带着我们走在岩石边，不禁吓得索索发抖，我伸出腿探了探，果然空空如也。

“我要摔下去了!”我上气不接下气地说。

“要么摔下去，要么相信我!”阿霞说道。

我现在回想起来，我当时之所以跟着阿霞亦步亦趋，与其说是相信她的品行，不如说是盲目自信。我知道她可能把我引向可怕的末日。但是在生活中，我们有时总会把自己的信心寄托在某种奇怪的圣坛上，当时的情况亦是如此。

“你就自己掉下去吧!”她又喊了一声，我别无他法，只好听命于她了。

我觉得自己顺着山岩的斜坡往下滑了一两步，然后就落到半空中了。我想这下可完了！但是不然，我马上就觉得落到什么硬东西上了，我的脚踩着了石头。只听见风声在头上呜呜吹过，但又吹不到这里。我正站在那里感谢慈悲的上帝，又有什么东西滑落下来，我听见拖足行走的声音，原来是利奥。

“哈喽！老伙计！”利奥惊喜地叫了起来，“是你吗？这可真有意思，是不是？”

正在这时，随着一声可怕的号叫，乔布从我们头上凌空而降，把我们都砸倒在地。等我们站起来时，阿霞也过来了。她叫我们把灯点上，幸好灯和油壶都没有摔破。

我找到那一盒蜡火柴，在那个可怕的地方，居然和在伦敦的客厅中一样，火柴一擦就燃。

不一会儿，两盏灯都点着了，灯光照出了一幅奇特的景象。我们挤在一间宽约十尺的石室之中，一个个吓得魂不附体，只有阿霞若无其事，抄着手站在那儿等灯光。这个房间看上去一部分是天然生成，一部分是在火山喷火口上挖凿出来的。天然生成的那一半的屋顶是一块极大的岩石，石室的后部向下倾斜，其屋顶则是从岩石中开出来的。这地方又暖和又干燥，与那半空中遥遥相对的颤巍巍的石头和石嘴相比，简直是天堂了。

“好了，”她说，“我们都平平安安地到了。起初我还担心那块晃动的石头会和你们一起滚进下面的无底深渊呢。因为我相信那道裂缝可以直通地球的心脏，而且圆石下面的岩石一定被压碎了。但是他，”她朝乔布点点头，他正坐在地上有气无力地用一块红色面部手帕擦额角，“他把木板弄掉了。别人叫他猪真叫对了，他真是蠢得像头猪。回去再过那个深谷就难了，我只有另想办法。你们休息一下，看看这个地方。你们知道这是什么地方吗？”

“不知道。”我说道。

“或许你不相信，霍利，曾经有人将这处世外巢穴当成他的居所，他在这里住了许多年，每隔十二天出去取一次人们送来的食物、饮水和油。这些东西就放在我们走过的那个山洞洞口，多得他拿都拿不下。你们相不相信?”

我满腹疑团地看着她。

“这是事实。有一个人，自称为努特（Noot），虽然他出生的时候较晚，但他是科尔人的后裔。他是一个隐士，一个哲学家，通晓大自然的一切秘密，他就是那位发现了生命之火的人。我将带你们去看那股火，它是大自然的血液和生命，凡是在火里面沐浴和呼吸过的人都将与大自然共生存。但是，霍利先生，这位努特先生也像你一样，不愿利用自己的才识，他总说人活着没什么用处，因为人生下来就是为了将来死去。所以他对他发现的秘密守口如瓶，他就住在这儿，住在这个寻求生命之源的人必经之路上。当时的阿马哈特人尊他为圣人、隐士。”

“后来当我来到这个国家时，你知道我怎样来的吗，卡里克雷特? 以后我会告诉你的，那是个很荒诞的故事，我听说了这位哲学家，就到对面岩洞等着他出来取食物，然后和他一起回到这里，走过那道悬崖时我也很害怕。我以为我的美貌和聪颖博得了他的欢心，用我的三寸不烂之舌博得了他的信任，于是他带我去生命之火燃烧的地方，告诉了我火的秘密。但他不许我走进火里。我也怕他会因此将我杀死，只好克制住自己。我知道他已经很老了，很快就会死了，因此，从他那里获得了他所知道的全部有关世界之灵的知识后，我就回来了。他的学识极为渊博，由于他禁欲洁身，专一潜心于那些高不可及的真理，他已超脱了尘世间的一切俗念，达到了出神入化的境界。而我们只有当这些真理在空中翱翔穿行时，才间或可以听到它们翅膀的拍击声。之后，过了没几天，亲爱的卡里克雷特，你和埃及美人阿美娜特丝私奔到了这里。我第一次，也是最后一次懂得了什么是爱情，而且一爱至今。我想和你一起来到这里，接受生命给予你和我的礼物。因此，我们，还有那个与你形影不离的埃及女人来到了这里。可是，我们发现努特老人已经倒在地上，他刚刚去世了！他就那么躺在那儿，雪白的胡须像外套似的盖住了他的身体，”她指着我身旁说，“不过，现在他肯定早已荡然无存了，风早已将他的骨灰吹散。”

这时我伸手在灰烬中摸索，手指像碰上了什么东西，一看是颗人牙，很黄，但很结实。我拿给阿霞看，她笑了。

“是的，”他说，“这就是他的。你们看，努特和他的智慧在这个世界上留下了什么吧！一颗小小的牙齿！而他却掌握着所有的生命奥秘！仅仅由于他的思想作怪，他自己才命归黄泉！还是接着说吧，他刚死不久，躺在那儿，就是待会儿我也会带你们去的那个地方，然后，我鼓足勇气，冒死去求那荣耀的生命之冠。我走进了熊熊的火焰之中。啊！你们只有身临其境才会感受到，强大的生命力注入了我的身体，我活着走了出来，美得难以想象！我向你伸出手，卡里克雷特，向你献出我这个永远年轻的新娘。啊！我的赤裸裸的美貌使你眼花缭乱了！你转身躲开了我，把双眼埋藏在阿美娜特丝的胸脯上。我顿时怒火填膺，难以自抑，一把抓住你身上的佩枪，刺进了你的胸膛。就是在生命之源，你倒在了我的脚下，痛苦地呻吟着，就这么死去了！当时我还不知道，就是我的目光和我的意志，就可将人置于死地，所以我疯了一般用标枪将你杀了！[1]”

“你死了以后，啊，我哭得是那样伤心！你死了，而我却死不了！我在生命之源旁痛苦不已！倘若不是我已超越了生死的话，我的心早就哭碎了！而她那个狠毒的埃及女人，还以诸神的名义咒骂我。她以俄赛里斯神的名义诅咒我，以伊希斯神，以奈弗塞斯神，安努毕斯的名义，以猫头神塞赫特和塞特神的名义诅咒我，愿他们降罪于我，愿我孤独凄凉一生等等。啊！她那阴沉沉的面孔像聚集在我头上的暴风雨，但她不能伤害我，而我，我不知道能不能伤害她，我没试过，当时我已无暇顾及这些了。我们同心协力把你抬了出去。后来，我送她，就是那个埃及人，走出了沼泽。看来她生了个儿子，并写了个故事，指引你，她的丈夫，回到了我，她的情敌，杀死你的凶手的身边。”

“这就是事情的始末，我的爱人，现在，该是了解的时候了，也是该我们重新在一起的时候了！就像世上的万物一样，皆是由善和恶两面组成，或许恶还要比善多一些，或许也是由鲜血写成的故事。我所说的都是事实，没有丝毫隐瞒，卡里克雷特。现在，在让你经受这场考验前，我还有一件事情要讲。我们正在走向死亡，因为生与死只有咫尺，有谁知道

---

① 阿霞对卡里克雷特之死的叙述与阿美娜特丝刻在陶片上的铭文有出入。陶片上写的是，“她盛怒之下以魔法将他杀死。”我从来没弄清过哪一种说法是正确的。但是各位读者可能还记得在卡里克雷特尸体的胸脯上有一个矛刺的伤口。这似乎很能说明问题，就是说，若不是在他死后才刺进去的话，那么事实如她所述。另一种无法证实的事情是，这两个女人，“她”和埃及公主阿美娜特丝怎么把那具她俩都热爱的男人的尸体搬过那个可怕的悬崖，走下那个颤巍巍的石嘴的。这两个肝肠寸断的美人儿，抬着死者的遗体，艰难地走在那可怕的道路上时该是一幅什么样的情景！不过，那时候这条路可能要好走一些。——路·霍·霍利

会不会有什么事情，让我们再次分开，我只是一个微不足道的女人，我不是预言家，无法预言未来会怎样，但我知道，智慧的努特曾亲口告诉我，我的生命很长，光彩夺目，但却总有一天会死去。因此，卡里克雷特啊，在我们去那里之前，请你告诉我，你是不是真正宽恕了我的过错，是不是真心从心底爱上我了。你看，卡里克雷特，我做过许多坏事，就在两天前，我还杀死了一个爱你的姑娘。因为她违抗我的命令，预言我将遭到不幸，我才一怒之下置她于死地。当你获得了权力之后，你也要谨言慎行，否则，你也会在盛怒或嫉妒之下杀人，因为在误入歧途的人手中，不可战胜的力量是他唯一的武器。是的，我犯过罪，出于深切的爱情产生的痛苦，我犯过罪。但是我分得清善与恶，我的心并不是铁石一块。卡里克雷特，你的爱将是我的赎罪之门，正如在过去，爱情引诱我走上了犯罪之路，啊，因为我要的爱无法得到满足，高尚的心灵才会备受煎熬，因为爱情得不到慰藉，才有了被诅咒者的悲惨命运。但也正因为爱情，我们爱情完美的映照，它挥动着激情的翅膀，把我们提高，将我们升华，让我变成了最高尚的人。卡里克雷特，握住我的手，不要害怕，不要把我当成世界上最美的最聪慧的女人。就把我当成一个农家姑娘，将我的面纱揭开吧！看着我的眼睛告诉我，你真的饶恕我了，你全心全意地爱着我，崇拜我！”

她不说话了，她充满无限柔情的声音，似对死者的怀念萦绕在我们心田，这柔软的声音满是人情，满是女人的柔情，比她的语言更让我感动。利奥也被深深地触动了。最近几天，他就像一只被抓住的小鸟，迷惘慌张，如醉如痴。但是现在，我知道这一切都过去了，他知道他完全地爱上了这个奇妙的、光彩照人的美人，天啊，就像我爱她一样深！我看见他泪水盈盈地向她疾走过去，取下她的面纱，握住她的纤手，凝视着她那迷人的面庞说——

“阿霞，我真心实意地爱你，要说原谅的话，我已经原谅了你，原谅你杀死犹斯坦了。至于其他，那是你和造物主之间的事情，我什么都不知道。我只知道我爱你，从没有这么爱过一个人，我只知道不论天长地久，我都将与你不离分!”

“现在，”阿霞自豪又谦卑地说，“谢谢我的夫君如此宽容地饶恕了我的罪过，现在该我呈现我的礼物了，我将献出我的一切。你看!”她将他的手放在自己美丽的头上，慢慢地弯下身去，一条腿在地上跪了下来，“你看，我将永远臣服于我的夫君!”她吻了吻利奥的嘴唇，“啊，我的吻是我作为妻子，对你的一片赤心，”她把手放在他的胸前，“啊，我以我犯过罪恶的名义，以一去不返的我数十个世纪孤寂等待的名义，以我满腔的伟大的爱情的名义，以予取予夺万物生命的不朽之神的名义，我发誓!”

“我发誓，作为一个女人最神圣的时刻，我庄严宣誓，我将永世行善，疾恶如仇。我对你永远恪守妇道，言听计从。我从此决不再颐指气使，永远遵从智慧和理智，追求真理，追求真知。啊，卡里克雷特，我向你宣誓，我将给你荣光，我将永远珍爱您！啊，时间的浪潮终于将你送回了我的怀抱，无论我的末日何时到来，我们都再也不分离了！我宣誓，啊，不！我言之已尽，赤诚一片，语言永远也表达不了我对你的爱！啊，我的卡里克雷特，你可知道，你的阿霞一字千钧!”

“我现在宣过誓了，你，亲爱的霍利，是我誓言的见证。我将与我的夫君在此结婚，这幽冥就是我们婚礼的华盖，我们将永结夫妻，直至天地毁灭，狂风写着我们的婚姻誓词，带着誓言冲上天堂，永远盘旋在天地之间。”

“我的美貌是献给你的婚礼桂冠，无尽的生命，无穷的智慧和不计其数的财富是送给你的结婚礼物。看吧！世上所有的伟人都将匍匐在你的脚下，所有的美人都将因你灿若明星的面容而自惭形秽，所有的智者也会在你面前甘拜下风。人们的内心世界将像一本打开的书摊在你的面前，因为你能洞悉他们的一切秘密，无论走到何处，你都心如所愿，你就像埃及那个古老的斯芬克斯一样，永远高高在上地俯瞰人间，让芸芸众生探索你永恒的伟大之谜，而你只用你的沉默将他们嘲笑。”

“看吧！我又一次亲吻了你，随着这个亲吻，我给了你无上的大权。从此，从海洋到陆地，从蜷缩于茅舍中的农夫到高居于宫廷之内的君王，从良田万顷的乡村到高楼林立的城市，都将受你统治。阳光所及之处，月光所到之处，狂风所及之处，彩虹所跨之处，从冰雪覆盖的北方，到多情温暖的南方，所有这些地方都受你管辖，都是你的领地，蓝色的汪洋是你的卧榻，长春花的芬芳是你的呼吸。疾病远离你，恐惧不敢近身，悲伤、痛苦、不安都不能将你笼罩在它们的阴影下。你是一个圣人，惩恶扬善，定夺生死，而我也将在你面前俯首听命。这就是爱情，这就是爱情的力量，这是我送给你的结婚礼物，卡里克雷特，我至高无上的君主。”

“我们现已是夫妻，我将为你献上我的童贞，不论是狂风暴雨，不论是朗日高悬，不管是福，不管是祸，不管是生，不管是死，我们都将永不分离。因为，现在，此刻，将来乃至永远永远，这都是不可更改的事实。阿霞一诺千金，从此以后，永不违背我的誓言！”说完，她拿起一盏灯朝洞室深处走去，在那块晃动的岩石屋顶下站住。

我们紧跟在她后面，原来圆锥形石壁下有一道阶梯，说准确点，是一些岩石的伸出部分的形状很像个阶梯。阿霞像只羚羊似的灵巧地一级级往下跳，我们则笨拙地跟在她后面往下爬。走下去十五六步后，我们发现下面是一道长长的石坡，形状就像一个倒圆锥体或者漏斗。

这坡又陡又险，但还可勉强通过，再加上我们手里有灯，也就没费多大的力气就爬了下去。虽然这样走路实在是不舒服，但无人知道我们正朝着这座死火山的中心走去。我一边走，一边努力记住走过的路，这并不难做到，路边总会有一些奇形怪状的石头可以用作标记之用。在暗淡的灯光下看起来，许多石头并不像普通的石头，而像那些中世纪雕刻的奇形怪状的凶狠怪兽。

我们走了很久，我想最少走了有半个小时，行进了有好几百英尺，终于到达了那个倒圆锥的顶点。就在这个漏斗形顶点的地方，有一道又窄又低矮的通道，我们弓着腰爬了进去。爬了约五十码后，过道突然变宽成了一个洞穴，大得看不见顶，也望不及边。实际上，我只是听着脚步的回声，和周围凝滞沉寂的空气，才猜测这里是一个洞穴。我们静静地又走了很久，就像在冥府中徘徊的灵魂，只有阿霞似鬼魂般的洁白身影在前面闪动。总算走到洞的尽头了，前面又是一段过道，然后又是一个石洞，比刚才那一个要小得多，我们能清楚地看到它的拱顶和石壁。从岩壁表面上的裂缝和缺口看来，我想它是由于岩石内某种气体爆炸时产生的巨大的力量震裂形成的，就像我们以前走过的那块颤动的石嘴前面的山洞一样。这个洞再往前又是一个夹道，一缕淡淡的光芒射了过来。

当这缕不知何处发来的光线照到我们身上时，我听见阿霞放心地舒了一口气。

“总算到了，”她说，“准备进入世界的心脏吧！这里孕育了生命，不仅仅是人类，世间万物皆在此诞生，准备好了，先生们，你们将在这里获得新的生命！”

她快速向前走去，我们也竭力跟在她的身后，踉踉跄跄地，心里又是害怕，又是好奇。我们会看到什么？我们走下夹道，光线越来越强烈，就像海上灯塔射出的强光，轮番照耀在茫茫的漆黑水面上。随着光线传来的还有一股震人心魄的声音，既像雷鸣又像树木倒地时的折裂声。现在，我们走到了夹道的尽头，天啊！我的天啊！

面前又是一间洞室，长约五十尺，高度和前面的洞穴一样，宽约有三十尺。地上铺着精细洁白的沙子，墙壁在火与水的映衬下，显得光怪陆离，它不像前两个洞室那么暗，满室充满了玫瑰色的柔和光线。若不是亲眼所见，很难想象，原来光也能如此之美。这时，光线已经消失不见了，雷鸣般的怒吼也消失了。突然，就在我们迷惘地看着眼前的奇景，纳闷这玫瑰色的光线是从何处射来的时候，一个可怕而又壮观的场面出现了，在洞的另一端，突然响起了一阵巨大的爆裂声，吓得我们浑身发抖，乔布甚至跪倒在地，洞室尽头冒出来一股可怕的烟云，或者说火柱，像彩虹一样五色缤纷，像闪电一样明亮耀眼。它燃烧着，嘶吼着，缓慢地转动着，持续了四十多秒，然后声响渐渐消失，火焰也随之消失，留下一片我们最先看见的那种玫瑰色的光芒。

“走近点，走近点！”阿霞兴奋得发狂，“看吧！看生命之源和生命之心如何在这世间跳动！看万物的力量的原形，看这个星球的光明的灵魂是什么样子！万物无它皆无，唯余死亡与冰冷，就似那无生命的月亮。走近点，让生命之火将你洗涤，让这至洁的力量，让这至纯的美进入你那可怜的躯体！

这是生命之源带来的不竭生命力，不是你那胸膛中脆弱的力量，不是被无数人过滤的力量。”

我们跟着她穿过玫瑰色的光走向洞口另一端，直抵这伟大的脉搏跳动和伟大的火焰经过的地方。感到暴风骤雨般的欣喜，醍醐灌顶般的振奋，感到一股强大、狂暴、炽烈的生命气息。比起这股气息，我们平时最为欢快，最为身强体健的时刻也显得平庸、单调和萎靡衰弱了。啊，这一切不过是那火焰发出的磁电，是一种微妙的媒介随着生命的颤动，进入了我们的身体，让我们像巨人一样强壮，像雄鹰一样矫捷。

我们走到洞的尽头，在耀眼的光芒中，你看着我，我看着你，都觉得如醉如痴，飘飘欲仙，不禁开怀大笑起来，就连一周以来无半丝笑容的乔布也在哈哈大笑。我觉得所有的人类智慧都已降临到我的身上，我可以讲出莎士比亚的无韵诗那么优美的词句，我脑海中闪现的幻想充满着灵感，我觉得我全身松弛，灵魂出窍，充满力量地在空中自由翱翔。倾注到我身上的那种感受简直妙不可言！我对生活充满了渴望，感到了生活的无限乐趣，我好像在品尝从未有过的敏锐的思想的甘醇，我好像换了一个人，一个意气风发，蓬勃向上的人，通往最高成就的条条大路，也在我脚下豁然通畅。

就在我陶醉在这种崭新的，生机蓬勃的自我之中时，突然远处又传来了那可怕的，低沉的吼声，渐渐地变成了巨大的爆裂声和咆哮声，把一切可怕而又宏大的声响都融为一体。声音越来越近了，直逼头顶，就像天空中所有闪电之马都拖着雷霆之车轰隆隆直扑过来。那团光辉灿烂的五彩云霞也随之而来，舒缓地翻腾着，仿佛在我们面前停留了一下，然后随着吼叫声又一起消失到不可知的地方。

这奇妙的景象如此惊人，除了“她”以外，我们都吓得匍匐在它面前，把脸藏在沙里，只有“她”一人独立，伸手走向火里。

火焰过去后，阿霞说道：“现在，卡里克雷特，这个时刻终于来到了。等这股熊熊大火再次来临时，你就要走进去。要把衣服脱掉，否则，大火会把它们烧掉的，但是不会伤你。你要站在火中，能站多久就站多久。火焰把你围住以后，你要把生命的精华吸到胸膛里去，让它在你全身跳跃游荡，这样你才能把它大部分的效力吸收进去。你听见我说的话了吗，卡里克雷特?”

“我听见了，阿霞，”利奥说，“不过，说实话，我不是胆小，但我对这股烈焰腾腾的大火还是拿不准。谁知道我会不会给烧死，要是我失去了生命的话，不就也失去了你吗?”后来他又补上一句，“不过不管怎样，我都听你的。”

阿霞思忖了一下，然后说道：“你不放心这也难怪。告诉我，卡里克雷特，要是你看见我站在火里，毫发无损地从火中出来的话，你会走进火里吗?”

“会的，”他说，“即使它把我烧成灰，我也会进去的。我已经说过，我会进去的。”

“我也会进去!”我也喊了起来。

“什么！亲爱的霍利!”阿霞朗声大笑，“我还以为你一天也不想多活呢，怎么又改变主意了?”

“我也不知道，”我说，“我只是觉得心里像有个声音在叫嚣，叫我去体验一下这生命的火焰，叫我活下去。”

“好吧，”她说，“看来你还没有傻透彻。现在你们看，我将第二次在生命之火中沐浴，如果还有可能的话，我希望变得更美，更年轻。即使不可能，它也对我毫无损伤。”

停了一会儿后她又说，“我还想再在火里洗沐一次，是因为当我第一次体会到这种力量时，我心里充满了爱情，也充满了对埃及人阿美娜特丝的仇恨，因此这么多年来，尽管我拼命想摆脱这些感情，但是从那个悲惨的时刻起，爱情和仇恨却一直重压在我心头，现在情况变了，现在我无忧无虑，幸福而又纯洁，我希望永远如此，因此，我愿再洗沐一次，使我变得更纯贞，更配得上你。啊，卡里克雷特，你站进去时，你要剔除心中一切杂念，让一种心满意足的感情来占据你的心灵。放飞你心灵的翅膀，想着你母亲温柔的亲吻，想着那些架着银色的羽翼来到你睡梦中的最美好、最崇高的幻想。因为在这种意境中，你心里播上什么样的种子，就会结出什么果实，它将陪伴你度过你无以数计的天年。”

“好了，好好准备一下吧！哪怕末日即将降临，哪怕要走进死亡之地，哪怕通往生命的金色大门，好好准备吧！亲爱的！”

第二十六章　怎么了?

这之后是一阵短暂的静默。阿霞好像在养精蓄锐，以投入这场烈火的考验，我们则紧紧挤在一起，静静地等待着。

终于，从远远的深处传来了第一声低沉微弱的声响，渐渐汇成一般轰鸣和吼叫。阿霞一听到声音传来便迅速地脱下纱罩，解开金蛇腰带，把美丽的头发摇散，让它像一件袍子一样遮住自己的身体，然后，她脱下白袍，再把蛇形腰带系在披散的头发外面。她像夏娃站在亚当面前一样站在我们的面前，除了浓密的秀发和金色的腰带外，全身一丝不挂。我用尽我所会的所有语言，也描绘不出她的身姿有多么的迷人，震耳欲聋的生命之火越来越近，阿霞从她的黑发中伸出一只象牙般洁白的臂膀搂住了利奥的脖子。

“哦，我的爱人，我的挚爱!”她呢喃着，“你知道我是多么爱你吗?”她吻了吻他的额角，好像迟疑了一下，然后走到了生命之火要流过的地方。

她的话和在利奥额上的亲吻深深打动了我的心，它像母亲的爱抚，又像一种深沉的祝福。

吼叫声滚滚而来，宛如一场飓风正将一片森林夷为平地，树木像小草一样被连根拔起，然后风暴又以雷霆万钧之力将它们抛下山谷。声音越来越近了，闪耀的火光像箭似的穿过玫瑰色的空间，这是那股翻腾不息的火龙的前驱。现在，火龙的头也看得见了。阿霞向火转过身去，张开双臂，迎接它的到来。它缓慢地滚过来了，火焰包围了阿霞的身体，生命的精华迅速向她的身体卷上去。我看见她像捧水一样将火焰捧起，向头上泼去，我甚至还看见她张开嘴把火焰吸入肺腑。那是一幅多么可怕、多么奇特的景象啊！

她停了下来，伸出双臂静静地站着，脸上带着天使般的笑容，宛若她就是生命之火的精灵。

神秘的火焰在她乌黑波浪般的头发上翻腾嬉戏，像无数条金色的丝带在她的发间交织盘旋。头发从肩上披散下来，火焰在她象牙色的胸脯和肩头上闪光，然后卷上她浑圆的脖子和美丽的脸庞，好像要在那对越来越明亮的、比那燃烧的生命精灵还要灿烂的眸子中找到归宿。

啊！火中的阿霞那么的美，天堂里的天使也无法与她相比！今时今日，每当我想起她的美貌，就心痒难耐，她站在火中，赤身裸体，朝着我们那惊惶的面孔微笑，啊，为了再这样看她一眼，哪怕让我的寿命减半，我也心甘情愿！

但是，转瞬之间，一个我无法描述的场景发生了，她脸上的笑容顿时消失了，取而代之的是一种僵硬的、困苦的表情，丰满圆润的面庞消瘦萎缩了，好像一种巨大的焦虑掠过后留下的痕印，那双神采飞扬的眼睛也失去了光泽，就连她那亭亭玉立的身材也变形了。

我揉了揉眼睛，以为这是幻觉或者是由于强烈的光线而造成的视觉错乱，而当我还在迷惘惊诧之中时，火龙已慢慢地旋转着、轰鸣着。一如既往地朝着大地的腹地滚过去了，只留下阿霞还在原地站着。

火焰刚刚消失，她就步履蹒跚地走到利奥身边，伸出一双手放在利奥的肩上。啊，那光洁丰满的、美丽的臂膀到哪里去了？我眼前的手臂竟是嶙峋的两根枯骨！她的脸，啊，我的天，她的脸正在一点点地变老，我猜利奥也看见了，因为他向后畏缩着。

“怎么啦？卡里克雷特？”她惊慌失措地问道，“我感到有些头晕，但火的性质是不会改变的啊，生命的准则难道能改变吗？告诉我，卡里克雷特，我眼睛出了什么毛病吗？我什么也看不见了！”她伸手摸了摸头发。天啊！太恐怖了！头发都掉了！

“你瞧！瞧！”乔布吓得失声尖叫，眼珠鼓得像要掉出来似的，嘴里吐着白沫，“瞧，她蔫了！快变成猴子了！”说罢，他便口吐白沫，牙关紧咬，跌倒在地。

千真万确，阿霞正在干瘪枯萎下去！那样子太可怕了，就是我现在写到当时的情景时，也还觉得浑身发软。那条系在她那优雅的腰上的金蛇滑过了她的臀部，落到地上。她越缩越小，皮肤的颜色也在变，洁白如玉的肤色变得又黑又黄，像一张干缩的老羊皮。她摸了摸她的头，原来娇美细嫩的手变得像鸡爪子，像一具保管不善的埃及木乃伊的手了。这时她似乎也明白了她身上在起什么变化了，她顿时尖声大叫起来，啊！阿霞在尖叫！在地上翻滚着尖声号叫！

她越缩越小，越缩越小，变得只有猴子那么大。她的皮肤缩成了无数褶皱，年年的风霜，顿时在那张变形的脸上显现，我再没见过如此可怕的面容，任何人的皱纹也没有如此的深邃。她的头还是原来那么大，但脸却缩得只有两个月大的婴儿那般大小！啊，要是人们不想疯掉的话，让他们祈祷永远不要变成这样吧！

她终于静静地躺在地上，只偶尔轻轻地动了一下。她，两分钟前还在凝视着我们的她，那个最美丽、最高贵典雅、最光彩夺目、举世无双的绝代佳人，此刻一动不动地躺在我们面前，躺在她那堆乌黑发光的头发旁边，只有猴子那么大，而且又那么可怕，可怕得难以用语言来形容。这居然是同一个女人，多么不可思议，多么难以想象！

她快死了，看着她的痛苦，感谢上帝，要是她还活着，她会有所感觉，她会感到些什么呢？她用枯瘦如柴的手撑起身子，茫然地四下张望，像乌龟似的迟钝地把头转来转去。她的双眼看不见了，眼睛上蒙了一层白色的角膜。天啊，这是多么的凄凉啊，多么让人哀婉的景象啊！但她还能说话。

“卡里克雷特，”她的声音嘶哑而发抖，“别忘了我，卡里克雷特。可怜可怜我吧，我还会回来的，我会再变得美丽的，我发誓，真的！真的！啊！”她伏在地上，不动了。

就在两千年前阿霞杀死祭司卡里克雷特的地方，现在，她自己倒下去了，死了！

在这片可怕的沙地上，我们极度惊恐，昏倒在地，也不知到底昏睡了多久，但时间不会太短。当我终于睁开眼睛时，他们二人还是四仰八叉地躺在地上。玫瑰色的红光依然像天上的朝霞一样绚丽，生命之髓仍然在它的轨道上滚滚向前。我醒来时，那股火龙正从那里经过。躺在一旁的，还有可怕的猴子似的尸体，那皮肤像皱巴巴的黄色羊皮纸似的尸体，那就是曾几何时无比光艳照人的“她”。啊！上帝！这不是噩梦！这是事实，一个可怕的、空前绝后的事实！

这个惊人的变化是怎么产生的？是生命之火的本质改变了吗？还是它时而发出的是死亡而不是生命的精华？抑或是经历过一次它的奇妙的效力锻炼的人无法再消受第二次？无论时间相隔多久，重复一次就会使这两次注入的生命力相互抵消，使他们的身体变得像未经生命之火锻炼之前一样？这点，也只有这么一点才能说明阿霞突然的、可怕的老化现象，正如她两千年的岁月在她身上起的作用一样。我毫不怀疑，一个女人，无论她用什么手段生活了二十二个世纪之后，她死去时必定是眼前的这般模样。

事实就摆在面前，又有谁能说得清到底是怎么回事呢？从这个可怕的时刻后，我经常在想，这是不是上帝在最直接地表明他的意图？一个世纪又一个世纪，阿霞孤守在那个活坟墓里，等待着她的情人的到来，因此她对外部世界的进程没有丝毫作用。以她永驻的青春，天仙般的美貌，在几十个世纪中积累起来的智慧和才能，手握大权的阿霞本会使整个社会来个大变革，乃至改变整个人类的命运。但是，尽管她力量无限，她与永恒的法则相对抗，最终仍然只能以蒙受奇耻大辱告终，被风卷残云般地扫回一无所有的境地，变成可怕的猴子！

我躺了几分钟，翻来覆去地想着这些可怕的事情，等体力渐渐恢复的时候，在那生机盎然的地方这是轻而易举的事情。想到利奥和乔布，我就挣扎着站起来，想把他们唤醒。但是我先捡起的还是阿霞的长袍和遮蔽她的美容、以障男人眼目的薄如蝉翼的纱罩，我转过头去，看也不敢多看一眼，只好把这个集人类之美貌和生命之精华于一身的人物那可怕的尸体遮盖起来。我盖得很匆忙，唯恐利奥醒过来会看见。

然后，我迈过散在地上的那一堆芳香扑鼻的头发，向乔布走去。他趴在地上，我把他翻过来时，他的胳膊僵硬地拖在地上，我不禁打了个寒战。我又迅速地打量了一下他的面孔，一眼就看得出来，我们忠实的老仆人死了。他的见闻和经历早已使他备受惊吓，最后的这场惨景终于使他精神完全崩溃，活活被吓死了，当然也可能是由于恐惧引起的痉挛致死的，一看他的脸就知道，他是这场悲剧的又一个牺牲者。

这是对我们的又一次打击，人们可以理解到我们的经历是何等可怕，而我们当时却已经麻木了。我仿佛觉得这位可怜的老朋友的死是自然而然的事情，利奥呻吟着，四肢抖了十来分钟后醒了过来，但是当我告诉他乔布已经死了的时候，他只是轻轻地“啊”了一声。这不是利奥心狠，他与乔布情深谊厚，至今还常带着无限的感情和忏悔之意谈论乔布。而当时的情况是他的思想已经无法忍受更多的痛苦了。正如一架竖琴只能发出一定的音量，无论你敲得多重都一样。

令我欣慰的是利奥没有死，只不过晕过去了，我弄醒了他，让他坐了起来，但我却看见了另一件令人震惊的事情。我们走进那个可怕的地方时，利奥的卷发还是金光熠熠的，但现在已经变成灰色，等我们走到洞外时又变得雪白了。他像一下子老了二十岁。

“现在可怎么办啊，老朋友？”他声音嘶哑，死气沉沉地问，好像是记起了那刚发生过的事情。

“想办法走出去，”我说，“我的意思是，除非你也想进去。”我指了指又一次滚滚而过的火焰。

“如果能保证进去就会烧死的话，我就进去，”利奥淡淡一笑，“我真该死！要不是我那么犹犹豫豫的话，她就不会为我以身试法了。她的死是我造成的！当然，也可能火在我身上起的作用正好相反，它也许会使我永生。老朋友啊，我可没有耐心像她等我那样熬过两千年等待她再回来啊！我该死的时候，死了就好了！我想我的死期不会太远了。我要去冥间找她，要是你愿意的话，你去试试好了。”

我只摇了摇头。我的激情已逝，现在心如止水，我又不想延年益寿了，而且比以往更加厌恶。更何况，我们对这股生命之火的效力究竟如何尚不得而知，它在“她”身上产生的效果并没让人觉得心情激动，而我们对产生这种效果的确切原因仍然不得而知。

“好了，我的孩子，”我说，“我们不能枯等在这儿，像他们一样死去，”我指着白袍下面盖着的那个小堆和乔布的僵硬的尸体说，“如果我们打算离开的话，还是马上就走为好。不过，那两盏灯大概燃尽了吧。”我拿起一盏灯看了看，的确是油尽灯熄了。

“要是罐子没打破的话，”利奥冷淡地说，“里面也许剩点油。”

我疑惑地看了一下那个罐子——里面的油居然原封未动！我哆嗦着把灯注满了油，灯芯也还有一截没燃完，我用蜡火柴点着了灯。这时火龙又活过来了，它无休止地奔腾，这正是同一条火龙在绕着圆周回旋。

“再看它一次吧，”利奥说，“世界上再也看不到这样的东西了。”

这纯粹是一种无聊的好奇心，然而，我也想再看一看。我们等在那里，等待着那团火云，烈焰熊熊、雷声隆隆地、缓慢地绕着它的轴心转动过去。我默默地想，这股火在地球中心往返来回已重复了多少万年了？以后还会往返多少年呢？我还在想，还会有什么人的眼睛能看见它的轨迹，什么人的耳朵能听到那震耳的轰鸣？永远不可能了！我们将是最后见过这种非俗世景象的人了。火龙很快就过去了，我们也转身启程。

临走前，我们握了握乔布冰凉的手，这种告别仪式虽然简陋，却是我们当时对这位忠诚的伙伴表示敬意的唯一方式，也是我们所能给他举行的葬礼的唯一形式。我们没有揭开白袍下面那一堆东西，我们实在不愿看见那可怕的惨景。各自拿了一束她那闪光的头发，至今还保留在身边，这是阿霞留给我们的唯一纪念，它使我们回想起她的风华绝代的时期。利奥把一束芬芳的头发举到唇前。

“她叫我不要忘记她，”他嘶哑地说，“她还发誓说我们还要再见面。上帝啊！我永远不会忘记她，我发誓！若我们都能活着走出这里，我此生此世绝不会再同任何其他女人交往。无论我走到什么地方，我都会像她等我一样忠诚地等着她回到我的身旁。”

“是啊，”我心想，“要是她回来时，还是美貌如她。但要是她回来时像这副样子呢？”①

我们走了，把那两个人留在那个无人知晓的洞窟中。他们躺在生命之源旁，陪伴他们的却是死亡。他们躺在那儿，多么孤独，多么怪异，那小小的一堆是一个活了两千多年的，天地间最聪明、美丽、骄傲的尤物的遗骨，她根本就不是凡间的女子。她的所作所为却有违道德之处，但是，上帝啊！人的意志是如此薄弱，她的不义并没有减少她的魅力，当然

---

① 这是多大的讽刺啊，任何一个让我们深爱的女人，都是因为她的外表才会与她接触的啊。若我们和她们分离之后，她们变得相貌丑陋地重回我们身边时，我们又会一样爱她们吗？——路·霍·霍利

也绝没有增添她半点风韵。但这也是人之常情，也无损于阿霞这样一位高贵杰出的人物！

可怜的乔布！他的不祥预感变成了现实，他终于死了！古往今来，没有一个诺福克的农民的墓地能与他的比拟，况且，与那位女王“她”的可怜的遗骸同穴而葬，多少也算是一种安慰罢！

看了他们最后一眼，看了笼罩着他们的那种难以付诸笔墨的玫瑰色的光辉最后一眼后，我们两个衰弱不堪的人告别了他们，怀着一颗沉重的心，拖着沉重的脚步离开了。我们心力交瘁，连获得永生的机会都放弃了，因为一切使生命变得有价值的东西都已经消失，因为那时我们已经明白，生命的无限延续无异于苦难的无限延续。因为我和利奥都知道，见过阿霞的人，不可能忘记她，只要我们还有一口气，她就一直活在我们的心底。不论是现在，还是在将来，我们都会爱着她，她已经深深地刻在我们的心上了，任何女人和乐趣也都不会把这位死者的光辉形象给抵消。

一想到这，我就感到痛苦，不论是过去，还是现在，我都没有权利去思念她。就像她对我说的那样，我并不是她的心上人，也永远不可能成为她的心上人。唯有时间的尽头，世态轮转，两个男人可以同时爱上一个女人，三个人也因此感到幸福。那日就是我这颗破碎的心唯一的希望，一个断不可实现、虚无缥缈的希望。除此之外，我一无所求。我已经毫无保留地付出了沉重的代价，我毕生所能付出的全部代价，而这点缥缈的希冀就是我所能得到的唯一报酬。但对利奥而言就不一样了，我常常嫉妒他的好运，若是“她”没说错的话，若是她的智慧和学识都未有所减退的话，他起码还有可以期待的未来。但从阿霞自身情况来看，她的命运与她的预言相悖，利奥希望实现的可能性微乎其微，但还是有一线希望。而我什么都没有。啊，人类的心是多么愚蠢和软弱！让那些弱者从中汲取一点教训吧！但尽管如此，我仍矢志不渝地爱她，我心甘情愿地付出我已付出的一切，并将永远如此。尽管我所得的报酬只是我的女主人餐桌下的一点残羹剩饭，几句温言细语的回忆，一点淡薄的友情，对我对她和利奥的忠诚表示的一点谢意，或者是那遥远的，不可知的未来“她”认出我来后报以的一个甜蜜的微笑而已。

若是这还不能称之为真爱的话，又有什么可以算是真爱呢，我要说的是，我这种已到壮年的人，还会沉溺到这种一厢情愿的情感之中，没有比这更糟的事情了。

第二十七章　飞越天堑

我们顺利地穿过了几个山洞，但走到那座倒立的锥形陡坡前面，我们就遇到了两个困难。一是坡太陡，无处可攀，二是根本就没有可走的道路。事实上，要不是沿路那些奇形怪状的岩石让我记住了，我们是根本不可能找到出去的路的，只能在这个可怕的火山腹地团团乱转（据我估计它以前肯定是座火山），直至精疲力竭，绝望而死。就算是记住了那些标志，也还是好几次都走差了路，有一次还差点掉进一条巨大裂缝中。那伸手不见五指的黑暗和可怕的沉寂，我们唯一可以用来辨认道路的就是那一点可怜的灯光，一边摸着石头，一边找着出路。我们的心情都很沉重，根本就不愿意说一句话，只是咬紧牙关踉踉跄跄地走着，也不知摔了多少跤，跌得头破血流。事实上，我们的神经已经完全麻木了，对这些皮肉之苦早已置之度外，只有一种生存的本能在促使我们前进。我估摸着，我们就这么步履蹒跚地走了大约三四个小时，因为我们的表都坏了，具体是几点我们也不知道。最后的两个小时，我们根本就找不到路了，我担心我们不会是走进什么别的锥体的通道中了吧。正在那里彷徨不安时，我终于偶然间认出了我们刚下山时看到的一块巨大岩石。我们当时已经走过了这块石头往右拐过去了，石头上好像有什么东西引起了我的注意，我转过身来，无意中打量了它一下，没想到这一眼倒救了我们的命。

此后，我们没费多少力气就爬上了那道天然石梯，走进那位死心眼的努特的住室兼坟墓的石屋。

这时我们又面临着一种新的难题，我前面讲到过，因为乔布的胆怯，我们来时走过的架在石嘴尖和晃动的岩石间的木板已经掉进了下面那个无底深渊。

没有木板我们怎么过去?

答案只有一个，那就是我们必须试着跳过去，要不然就只能在这里饿死。其实峭壁之间的距离并不大，我估计也就在十一到十二尺之间，利奥还是读大学的时候，就能轻松地跳出二十多尺，但一想到我们现在自身的条件。毕竟我们都虚弱不堪，精疲力竭，而且我已经四十多岁了，而脚下的岩石摇摇晃晃，对面十几尺外的岩石也是颤颤巍巍，中间又是狂风呼啸的无底深渊！天知道，这怎么能跳过去，但当我向利奥说明情况的时候，他只是冷冷地说，我们要不就在这山洞里慢慢等死，要不就痛快地从半空中掉下去摔死了事。

诚然他的话也不无道理，但有一件事情是我们不可能摸黑跳过去，只有等待日落那缕阳光穿过缝隙射进来才行。究竟还有多久才会日落，我们都不知道，只知道那道光线最多也就能坚持两分钟，所以我们一定要做好准备。于是我们决定爬到那块晃动的巨石上去，躺在那里等。手里的灯油也快耗尽了，一盏灯已经熄灭了，另一盏也因油不足，火苗忽闪忽闪的，我们只有快步前行才行，借着这点即将熄灭的灯光，迅速离开小屋，爬上了那块巨石的边缘。

刚刚爬上去，灯就熄灭了。

那时那刻的险象真是让人永生难忘。在下面那间小小的洞室中，我们只是听着狂风在头顶咆哮，而到了这里，脸朝下地趴在那块晃动的大石头上，置身于狂风之中时，才真正体会到风的强劲。那狂风暴怒地全力向我们扑来，忽左忽右地呼啸着穿过那巨大的悬崖，穿过峭壁，像万千厉鬼在号哭戾叫。一个小时又一个小时，我们趴在那里，倾听塌塌罗斯狱中的吼声，那种痛苦和恐惧我至今不忍重历。尤其是对面的石嘴在风中深沉地低吟，和着上空的风吼就像一架可怕的竖琴在轰鸣。这些可怕的声响回荡在悬崖两侧，此呼彼应，汇成一片。人类的梦魇无论多么可怕，信口开河的人的吹嘘无论多么荒唐，都无法与当时的恐怖状况相比，都无法与黑暗中那瘆人的号叫声相比。我们就像船只失事后死死抓住救命木筏的幸存者一样，在万丈深渊的空中颠簸。好在气温还好，吹来的狂风也算暖和，否则我们早就冻死了。我们紧紧抱住岩石，听着狂风的呼号，突然，一件意想不到的事情发生了。虽然这不过是一个偶然巧合，但它却又显得那么意味深长，使我们的神经更为紧张了。

也许读者们还记得，在过这道深渊前，阿霞站在石嘴上时，风曾把她的披风刮进了黑暗的深渊中。哎，我真不想讲这件事，它实在离奇得令人难以置信！正当我们趴在那块晃动的岩石上时，那披风居然从黑暗中飘了出来，像恋恋不舍的死者一样，落到了利奥身上，几乎从头至脚把他盖了起来。起初我们想象不出它是什么东西，但很快就根据它的质地辨认出来是阿霞的遗物。可怜的利奥再也控制不住自己，伏在石头上悲伤地哭泣起来。披风无疑是挂在什么石头尖上的，偶尔被一阵风吹到了那里，但无论什么原因，这总是一桩奇异而又令人伤感的事情。

不久，突然地，没有一点预兆，阳光像一柄红色利剑，刺透了层层黑暗，射了进来，我们苟且栖身的那块巨石，被照亮了，对面那块石嘴尖上也有了一缕苍白的光芒。

“就是现在，”利奥喊道，“机不可失！”

我们站了起来，绝望地看了看脚下萦绕的云雾，鲜红的光线穿云过雾射进那令人胆寒的万丈深渊，给它镀上了一层鲜血般的殷红，又看了看脚下的石头与对面石嘴尖间的空隙，那里就是我们的坟墓，虽然我们准备孤注一掷，但仍然无法驱散心中死亡的阴影。

“谁先跳？”我问。

“你先，老朋友，”利奥说，“我去坐在石头的那一头稳住它，你要先跑上几步，然后使劲往高里跳。愿上帝保佑你我！”

我点点头同意了，然后我做了件从利奥小时候起我就没做过的事情。我转过身去，抱住他，亲吻他的前额。这看似有些唐突，但我是在和我一生中最疼爱的人诀别，就算他是我的亲生儿子，我所能给予的爱也就这些了。

“再见了，我的孩子，”我说，“无论去到什么地方，但愿我们还能重逢。”

当时我以为，我顶多能再活两分钟了。

我退到岩石的尽头，等一股变幻莫测的风从背后吹来时，再往岩石的边缘跑，跑了约三十三四尺，然后不顾一切地往那使人目眩的空中一跳！啊！当我从岩石上弹射出去时，一种病态的恐惧攥住了我的心，而当我意识到我跳得太近了时，一种毛骨悚然的绝望情绪掠过了我的脑际！果然跳得太近了，我的脚掉在空中，只有手和身子擦着了石嘴。我情急地狂叫了一声，才抓住了石头，但一只手还是滑了下来，人也跟着顺势向右甩荡了半圈，这样就面对着我跳过的那块岩石了。我挣扎着用左手一把抓住一块岩石的突出部。在那一片可怕的红光中，我就那么吊在空中，脚下是万丈深渊。我双手各抓住石嘴的一侧，它的尖头正好架在我头顶上，因此，即使我的力气再大也不可能把自己拉上去。我最多只能坚持一分钟，然后掉下去，落进无底的深谷之中！要是有谁能说出来比这更吓人的场景，就让他说说看！我知道不过就半分钟，我就昏了过去。

我听见利奥大叫了一声，然后看见他像一只羚羊似的从半空中跳了过来。他在绝望和恐惧中的这一跳简直精彩极了，就像脚下没有深渊似的，他稳稳地落在了石嘴上，然后立即向前扑倒，以免因惯性一头栽下崖去。我感到我头上的石嘴在他的撞击下震动，对面那块晃动的巨石被他跳起时的强大冲力压了下去，他跳开后又立即弹了上去。于是这块年深日久的巨石再也保持不住平衡了，随着一声极可怕的巨响，正好掉进了哲学家努特隐居的那间石室。通往生命之源的通路这样就被数百吨重的石头永远地封闭起来。

一切都发生在一瞬间，但是人就是这么怪，就算我现在身处险境，也还是注意到了发生的一切，我记得那时我甚至还想过，这下就再不会有人到那个可怕的地方了。

后来我感觉到利奥抓住了我的右腕。他只有卧在石嘴尖上，手才能勉强够到我。

“你得松开手，”他沉着地说，“我才能设法把你拉上来，否则咱们都得摔下去。准备好了吗?”

我松了手，先是左手，然后是右手，终于，我的身体摆开了那石尖突出的部分。在这生死攸关的时刻，我身体的全部重量都维系在利奥的两只手臂上，我知道他身强力壮，但在这一刻，他也只是立在那块小小的石尖上，他还能有多少力气把我拽上去啊?

有好几秒钟，我荡过来，荡过去，他竭尽全力把我往上拽，我甚至听到他的肌肉在头上嘎吱作响。我感到自己像个孩子似的被人拉了起来，终于我左手抱住了石头，身子也靠着了石头。后来的事就好办了。又过了两三秒钟，我就上去了！我们躺在一起大喘着粗气，两个人的身子抖得像两片树叶，浑身都被冷汗浸透了。

这时，亮光和上次一样，像灯火似的一下子消失了。

我们静静地躺了半个多小时，然后，才小心翼翼地走进稠密的黑暗中，沿这块石嘴爬了过去。我们终于爬到了石壁前，石嘴就是从这里伸出去的，好像是钉在墙上的一颗长钉。上面虽然还是一片黑暗，但多少有了一点光，风也没有那么大了，我们的速度也快了，最后终于到了第一个山洞或者叫隧道的入口处。但这时又出现了新的问题，那就是油早就用干了，灯也掉到那块晃动的岩石下摔得粉碎了。在努特石屋中我们就已经把水喝光，现在口渴不已，身边又没有一口水，我们怎么能看见路，走出这个砾石满地的山洞呢?

很明显，我们只有依靠自己的触觉在黑暗中摸索出一条路来，别无他法可想了。我们立即爬进山洞，唯恐一停下来就会累得不想再动一下，一旦躺下就永远站不起来了。

啊！走过这最后一条隧道，我们吃了多少苦啊！到处都是石块，我们跌倒了，爬起来，磕磕碰碰，遍体鳞伤，浑身是血。我们一步步摸着洞壁走，因为它是我们唯一的向导，我们心急如火，迷迷糊糊地在黑暗中摸索，有两次都以为走错了方向，心里害怕得要命。我们这样一小时又一小时地不停地走着，渐渐地开始走不动了，每走几分钟就得停下来喘气，还有一次我们睡着了。我估计这一觉，睡了足有好几个小时，醒来时四肢已经发僵，伤口中流出的血已经结成了痂，又干又硬地绷在皮肤上。我们又拖着身子继续往前走，走呀，走呀，我们已经绝望了。就在这时，我们看见了天光，我们来到了隧道外面的山石褶缝中或者叫作石巷中。各位读者应该还记得，我们就是从这条石巷进来的。

甘美的空气和明朗可爱的天空告诉我们，此刻恰是清晨，我们做梦也想不到我们终于又重见天日了！日落之后大约两个小时，我们走进了这个山洞，而从那个可怕的地方爬出来用了整整一夜！

“再加把劲，利奥！”我哑声说道，“我们快到那个山坡了，只要彼拉里还没有走，他就会在那里等着我们。再加把劲，别泄气！”利奥趴在地上了，我一说他便又站起来。我们相互搀扶，跌跌撞撞地走下了那堵高约十尺的峭壁，连我自己也记不清是怎么走过来的了。只记得我们发现我俩挤在一起，躺在峭壁底下，我们是一步也动不了，只好又一次手膝并用，朝“她”叫彼拉里在那儿等她回来的树丛爬去。爬了约四十码，一个哑侍从突然从左面树丛中跑了出来，我想他大概是早晨在林间散步，以为我们是什么罕见动物才跑过来的。他呆呆地望着我们，仔仔细细地端详了一番，害怕地举起双手，差点瘫倒在地上，然后，又飞快地朝二百码外的树丛跑去。这当然不足为奇，因为当时我们那副尊容足够让人退避三舍。先说利奥吧，他那满头金色的卷发变得雪白，衣服破得快从身上掉下来了，面容憔悴，手上全是裂口和血迹，正痛苦地拖着身子挣扎着在地上爬行，看着都叫人心碎。我自己的那副模样肯定也和他差不了多少，两天后我在水中照见自己的面孔时，几乎认不出我自己了。我从来就没以美貌闻过名，但是当时在我的脸上除了丑陋外，还有一种能把人从睡梦中惊醒的疯狂的神情。这也难怪，我们能靠自己活着走出来，已经算是奇迹了。

我突然看见彼拉里匆匆向我们跑来，心情顿时明朗起来，即使在当时我也不禁对他那高贵的面容上的惊愕失措的表情报之一笑。

“啊，我可怜的狒狒！我的狒狒！”他喊道，“我亲爱的孩子，这是你和狮子吗？啊，这是怎么啦？他金黄的头发怎么变成雪白的了？你们去什么地方了？猪崽呢？不可违抗的‘她’呢？”

“死了，都死了！”我说，“别问了，帮帮忙吧！给我们拿点吃的和水来，不然我们就要死在你面前了！你看不见我们的舌头都干得发黑了吗？我怎么讲得出话来！”

“死了！”他声音嘎哑了，“不可能！‘她’不会死！‘她’怎么可能死！”然后，我想他是为了不让那些匆匆赶来的哑巴看见他的脸，他不说话了，示意他们把我们抬进帐篷里去。哑巴们遵命把我们抬走了。

碰巧的是，当我们进到帐篷里时，火上正好煮着肉汤。我们已经虚弱得不能自己吃东西了。彼拉里喂了我们一点汤，我知道现在我们有救了。他叫哑巴用湿布将我们身上的血迹和尘垢揩干净，我们躺在芬芳的草堆上，身心俱疲地沉沉睡去了。

第二十八章　告别科尔堡

我觉得全身僵硬，一种奇怪的、模模糊糊的感觉浮现在我似醒非醒的脑海里。我觉得自己就像是一块刚被敲抖过的地毯。睁开眼睛来看见的第一样东西就是老朋友彼拉里那令人肃然起敬的面孔，他坐在我睡的那张临时的床铺前，若有所思地捋着白胡须。一见他，我立即想起了我们所经历的一切，再看看躺在我对面的利奥，这种记忆就更清晰了。累累的伤痕使他的面孔又青又紫，金黄的卷发变得雪白①。一看见他的白发我不禁又闭上眼睛呻吟起来。

"你睡得太久了，我的狒狒。"老彼拉里说。

"多久了，父亲?"

① 奇怪的是，利奥的头发已经逐渐恢复了以往的颜色，就是那种有些黄又有些灰的颜色，希望他的头发能恢复到和以前一样。——路·霍·霍利

“太阳和月亮都转过一圈了，你已经睡了整整一昼夜了，狮子和你一样。你瞧，他还没醒呢。”

“睡得着也是一种福气，”我说，“它能使人忘却忧愁。”

“告诉我你们出了什么事，”他说，“那位永生的‘她’是怎么死的？孩子，你要明白，若真有此事，你和狮子就太危险了，就是说那烧红的罐子就要套在你们头上了，那些想吃你们肉的人早已馋涎欲滴了。难道你不知道那些阿马哈格人，我的那些孩子们，那些在山洞里长大的男女有多恨你们吗？因为你们是异乡人，又因为由于你们的缘故那么多兄弟被‘她’施以酷刑，他们对你们恨之入骨。一旦他们知道‘海雅’已逝，已经对他们构不成什么威胁的时候，不可违抗的‘她’已不足畏惧的时候，他们肯定会用火罐将你们杀死的。给我讲讲你们的经历，我可怜的狒狒。”

于是我把我们的经历一一道来，许多情况肯定是让他难以理解的，因为我并没有都对他和盘托出，也没那个必要。我只是让他明白“她”已经死了，已经掉到火山的烈焰中化为灰烬了，我还讲了我们逃出来时经历的种种危险。他听后为之震惊，但是我很清楚地看出来，他并不相信阿霞已经死了。他只是觉得，我们以为阿霞是死了，而事实上她不过就是失踪了而已，她经常愿意搞失踪，他说，他父亲在世时，她有一次一走就是十二年，还传说许多世纪以前，有整整二十年里没人见过她，后来她突然又回来了，并杀掉了一个篡位的女人等等。我没有反驳他，只是难过地摇了摇头。我深信阿霞不会回来了，永远也不会回来了，起码彼拉里是再也见不到她了。我们可能在别的地方会再见她，因为我相信我们会找到她的，但不是在这里。

“现在，”彼拉里说，“你打算怎么办，我的狒狒？”

"不知道，"我说，"我真的不知道。不过，父亲，我们不能从这个国家逃出去吗?"

他摇了摇头。

"谈何容易！科尔堡你们是不能离开的，因为他们会看见你们的，一旦那些凶狠的家伙发现你们没有了靠山，根本不会善罢甘休的，"他意味深长地笑了笑，举手做了个往头上戴帽子的动作。"不过还有一条穿过峭壁的小路，我原来对你讲过一次的。那是赶牲口去牧场走的路，牧场那面是沼泽，三天三夜才能走完，再过去是哪里我就不知道了。我只是听说过从那里再往前走七天有一条大河，河水流入一片黑色的水里。倘若你们能走到河岸，或许能逃生，可是你们又如何去得了河边呢?"

"彼拉里，"我说，"你知道我救过你一命，现在该你回报我了，父亲！救救我和我的儿子狮子吧！待您临终之时您会为此感到欣慰的！如果您在有生之年犯过什么过失，这能使您将功折罪。待她回来的那一日，她也一定会因此报答您的。"

"我的孩子，狒狒，"老人说，"不要以为我是个忘恩负义之徒，是的，我溺水时，那些狼心狗肺的不肖子孙们，袖手旁观，见死不救，是你使我幸免于难。知恩不报非君子，只要有一线希望，我必倾力相助。现在听我说，你们做好一切准备，明日早晨，就会有轿子到这里来抬你们越过高山，穿过那边的沼泽。我将传'她'之命这样做，宣布凡违命者，皆处以极刑。过沼泽后你们就只有听天由命了，但愿你们能鸿运高照，能到达你们讲过的那片黑水之滨。现在你看，狮子也醒过来了，早饭我已备好，你们该用点餐了。"

一觉醒来，利奥的情况并不像表面看上去那么糟。我们正饿得不行，饭一来便狼吞虎咽地饱餐了一顿。然后我们一颠一跛地走到泉水边洗了个澡，回来后又一觉睡到天黑，然后又是一顿美餐。一整天也没有见到彼拉里，他肯定是去张罗我们的轿夫和轿子去了。半夜时分我们被吵醒了，一大群人来到这个小小的营地。

黎明时，老人来了，他告诉我说虽然费了些周折，但是假“她”的名义还是找到了人，另有两个向导带我们走出沼泽。他催促我们立即动身，并表示要送我们一程以防那些人图谋不轨。这位足智多谋的老人对我们两个无依无靠的外乡人的关切使我为之感动。算上来回的时间，走过那个可怕的沼泽要走上整整六天，对他那么大岁数的人来说，这得多累啊！但为了我们的安全，他甘愿去吃苦。这说明就算是那些可怕的阿马哈格人（就他们阴郁的天性，魔鬼一样的习俗而言，他们无疑是我们所见到过的最为可怕的野蛮人）也大有善良的人在。自然这中间也可能牵涉些个人利益，彼拉里以为‘她’会突然再现，询问我们在他手下时的情况。尽管如此，这在当时也够使我们喜出望外的了。我只能说在我有生之年，我将永远由衷地怀念我的再生之父彼拉里，永远感激他的恩德。

吃过早饭，我们就坐上轿子出发了。经过这一番休整，我们觉得体力几乎恢复得差不多了。至于脑子，那还是由它胡思乱想好了。

攀登那座峭壁真是件令人望而生畏的事情。有时山路还比较平缓，但大部分都是蜿蜒曲折，崎岖难行的，这条路必定是科尔堡人开凿出来时的老样子。那位老阿马哈格人曾说过他们一年一度赶着牛群经过这里到山下的牧场上去。事实如果确实如此的话，这些牛的腿脚必定格外灵便壮实。当然在这地方不能再坐轿子了，我们只能徒步前行了。

中午时我们到达了那堵高大的石壁的顶端，山顶很平，往下看去，景色十分壮丽。山这面是科尔平原，平原中央的真理圣殿的残垣断壁清晰可辨，山那边是沼泽，死气沉沉，一望无际。这堵石壁从前无疑是火山喷口的外壁，厚约一厘米，石壁上仍覆着熔岩，寸草不生。因最近下过雨，凡是有洞穴的地方都积满了一潭潭晶莹的水，星罗棋布，十分好看。我们越过了石壁平坦的顶部往下走去，下山虽不及上山那么吃力，但很容易摔倒，到日落时才走到山下。那天晚上，我们就在通往沼泽的宽阔的山坡上宿营，安稳地过了一夜。

第二天上午十一点钟左右，我们便开始了在那片无边无垠的沼泽地上的艰苦行程。

整整三天，我们的轿夫都在恶臭的泥沼和漫天的瘴雾中艰难跋涉。最后，终于跨过了那片荒凉可怖，没有向导根本无法通行的地区，来到了一块莽莽苍苍、起伏不平的高地，这里寸草不生，但却有各种各样的动物出没其间。第二天清晨，我们恋恋不舍地与老彼拉里告别，他捋着雪白的长髯为我们祝福。

“永别了，我的孩子，狒狒!”他说，“永别了，尊敬的狮子先生。我只能把你们送到这里了。若是你们能回到家园，请听我一言，切莫再到异国他乡去涉险猎奇，否则必将有去无回，仅留下白骨以志你们的旅程，再见了，我会永远怀念你们的，你们也不会将我忘却的。我亲爱的狒狒，你长得那么丑，但你却有一颗善良的心!”说罢，他便转过身走了，那些高大而荫翳的轿夫也随他一起走了。这是我们最后一次看见阿马哈格人。我们目送着他们抬着空轿子，沿着弯弯曲曲的小路走着，就像一队抬着阵亡将士离开战场的士兵，直到沼泽地上的浓雾将他们的身影遮蔽。这片凄凉的旷野里只留下我们孤零零的两个人。我们转过身去，凝视着周围无际的荒漠，四目相对，良久无语。

三个星期之前，我们四个人走进了科尔堡的沼泽，现在死了两个，活着的两个也是九死一生，就算是死，也不及我们所经历的万分之一，三个星期，才三个星期啊！衡量时间的长短真不该用小时，而该用事件。从我们在那艘捕鲸船上被俘至今，好像过去了整整三十年！

“利奥，我们得设法走到赞比西河，”我说，“天知道我们到不到得了。”

利奥只是点了点头。他变得不爱说话，我们出发的时候除了身上穿的衣服、一只罗盘、手枪、快枪和大约二百发子弹外，我们已经一无所有。就这样，我们结束了对这个强大的古科尔帝国遗址的拜访。

以后我们经历过的危险和磨难虽然也是千奇百怪，但经过我的再三考量，我决定不在这里详述了。至于上面所述的经历，我都是摘其精要而写，目的并不是为了能马上发表，而是希望在记忆没有缺失的时候，能记录下来，以此留念。我相信，若是有朝一日把它发表出来，我们这次旅行的细节和结局必定会引起读者广泛的兴趣。但在我们有生之年，我们并不想如此。

以后的经历很是平常，凡是在中非旅行过的人都有相同的经历，我们的所见所闻也无不同。我只想说在经历了千辛万苦之后，在我们与彼拉里告别的地方以南一百七十英里的地方，我们终于到达了赞比西河岸。在那里，一个野蛮部落把我们扣留了六个月之久，利奥的鹤发童颜使他们把我们奉若天神。从这些人手中逃出后，我们渡过了赞比西河，辗转南行，就在我们饿得快要死了的时候，有幸遇上了一位半葡萄牙血统的猎人。他跟踪野象来到了这块从未来过的大陆腹地，他极为好心地招待了我们。在我们踏上科尔堡的沼泽十八个月之后，在经历了无数苦难和危险之后，我们终于在他的帮助下到达了迪拉果阿湾。第二天就很幸运地搭上了一艘在好望角与英国之间经商的轮船，一帆风顺地返回了故土。我们登上南安普敦的码头的那一天，正是两年前我们告别英国进行这次疯狂而又荒唐的探险的日子。此刻，利奥正靠在我的肩上，我们坐在学院里我原来的房间里，二十二年前，我可怜的朋友文西在他去世的那个令人难忘的夜晚，拿着那个铁箱子跌跌撞撞地走进了这个房间，现在我在这同一个房间里写下这最后的几句话。

这段历险及与它有关的科学和外部世界的记录就到此为止。利奥和我将来的结局如何，我无法预测。但是我们都觉得事情不会就此了结，两千年前开始的事情未尝不会延续到遥远的不可知的未来。

利奥真的是那篇记载中讲过的古人卡里克雷特再世吗？还是阿霞被一些不可捉摸的相似遗传特征所欺骗？此外，在这场再生剧中，犹斯坦难道与那多年前的阿美娜特丝就毫无瓜葛吗？在这些问题上，读者们肯定也会有自己的看法。就我来说，她对利奥问心无愧。

每到夜深，我独自一人时，我的灵魂之眼就会凝视着未来，猜想在将来的某一天，这场伟大的戏剧又会以何种形式，在何处继续上演。我坚信，它必将沿着命运的安排，朝着那不可阻挡的目标，走向它落幕的那一刻。卡里克雷特为了与那位美丽的埃及公主阿美娜特丝的爱情，背弃了他在爱塞司神前立下的誓言，这位愤怒的女神立志报复，逼得他逃到利比亚海岸，最终惨死于科尔堡，那么，在这场戏中，那位法老的后裔，埃及公主充当的又是什么角色呢?